U0530572

下册

灯花笑

共此灯

千山茶客 著

陆瞳眼眶慢慢红了。

她做完一切,她步步走向泥潭,安静地等待泥水没过发顶将她吞没,却在最后一刻看见有人朝她奔来。

他跪倒在岸边,让她看沿岸花枝灯火,遥遥伸出一只手,对她说:「上来。」

她很想抓住那只手。

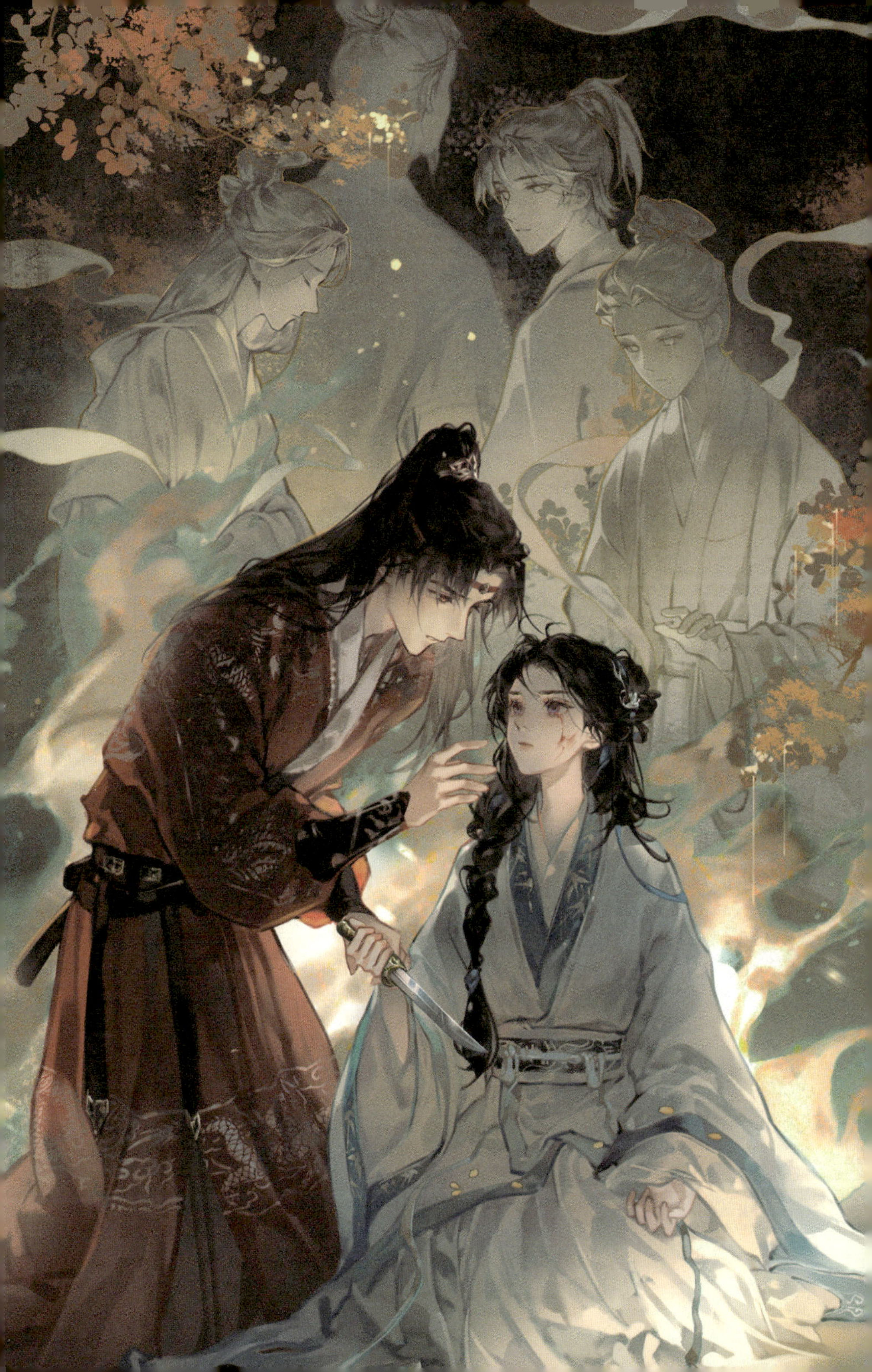

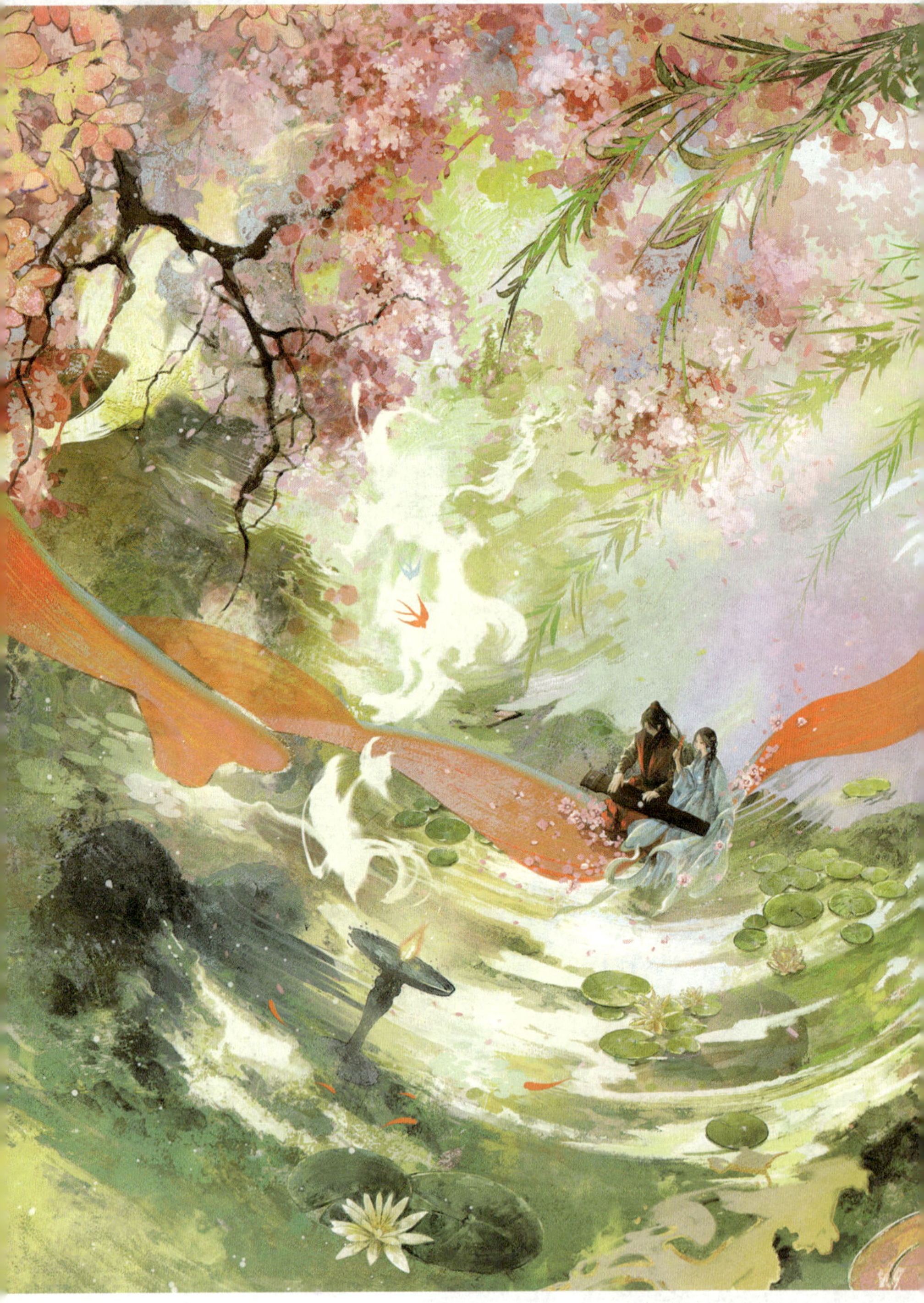

远处画舫的琴娘歌声清越,陆瞳望着裴云暎。

对于眼前这个人,她一直在退,一再逃避,拼命压抑自己的心。但很奇怪,或许有些缘分斩也斩不断,兜兜转转,注定相遇的人,总会回到原地。

她终究会被吸引。

683	675	661	647	635	623	589
番外 画像	番外 如云往事	番外 故人入我梦	番外 落叶逐风轻	番外 塔	第十八章 终章	第十七章 同心

目录

557	521	489	463	429	391
第十六章　备亲	第十五章　告别	第十四章　药人	第十三章　旧屋	第十二章　受伤	第十一章　苏南

灯花笑

第十一章 苏南

十月节,已近立冬。

广云河水面渐结薄冰,宽阔大河之上,巨船缓缓靠岸。

一群身穿深蓝棉袍的人从大船甲板纷纷而下,远远望去,似荒原中一行蚁群。

河畔有暂时落脚的茶坊,茶坊主人送上几壶热茶烫面,摆出炭火,人群渐渐热闹起来。

林丹青打了个喷嚏,抱怨了一声:"好冷。"

旁边人宽慰:"马上就过孟台了,挨着河是冷些,过了孟台要好得多。"

去往苏南的随行车队已出发半月了,其间广云河一段需乘船,立冬后河面结冰,又连日下雨,脚程耽误了些。

盛京处北地,冬日一向很冷,原以为苏南靠南,冬日暖和得多,未料不仅不暖,比盛京的冷还添了份潮湿,连身上棉袍都像是在冰里浸过,又冷又沉。还没到苏南,有医官手上就先生了冻疮。

常进从茶摊里头走出来,递给陆曈和林丹青一人一碗热汤,道:"趁热喝。"又看向陆曈,"陆医官感觉如何?"

陆曈白着一张脸,接过热汤道:"好多了。"

行路长远,陆曈比别的医官还多了一份折磨——她晕船。

过广云河乘船得七日,陆曈从未走过这样长的水路,纵然晕船药吃了不少,仍吐得昏天暗地,下船时,脸都瘦了一圈。

"陆妹妹,从前见你无所不通,没想到是个旱鸭子。"林丹青拍拍她的肩,"或许老天爷是公平的,医术上给你些天赋,别的事就要寻你些不痛快,否则这么多人,怎么就你和纪医官二人晕船成这副模样?"

旱鸭子不止一个,纪珣也是。

不过纪珣又比陆瞳好些,至少晕船药对他有效。

听见谈论自己,纪珣朝她们看来。

林丹青被抓了个正着,赶紧端着热汤离开。

陆瞳低头喝汤,汤是茶坊主人自家做的白萝卜鸭子汤,清甜鲜爽,一口下去,胃里渐渐熨帖起来。

正喝着,身边多了一个人影,陆瞳侧首,纪珣在她身边坐了下来。

"你好些了吗?"他问。

陆瞳点头。

众医官都打趣他俩是整条船上唯二的旱鸭子,总有几分同病相怜。

"本想做一味晕船药给你,没想到到下船也没做出来。抱歉。"

纪珣虽也晕船,但吃过晕船药立刻好转。陆瞳却不然,整整难受了七日。

一整船医官,愣是没找出一个靠谱方子,就连纪珣也不行,做出的晕船药被陆瞳吃下去,丝毫没有好转。

纪珣看着她,神色有些奇怪:"为何所有的晕船药都对你毫无效用?"

"或许是心病。"陆瞳坦然回答,"我心中忧惧,所以无论用什么药物都没用。"

这也未必不是一个原因。

纪珣点头,转而说起别的:"过了孟台,再走几日就是苏南。陆医

官是苏南人,归乡在即,心中可会紧张?"

陆曈垂眸:"不紧张。"

"我以为,陆医官是为了家乡才主动要求前往苏南。"

随行车队里,林丹青一个新进医官混入已是十分出格,临行前又添了一个陆曈。

明眼人都瞧得出来,陆曈是为了避免太师府的迁怒才远走苏南,不过也有人认为,陆曈是苏南人,主动要求前往,或许是忧心故乡。

默了默,陆曈道:"纪医官认为是怎样,就是怎样。总归我已经在路上了。"

纪珣看着她,犹豫片刻才开口:"我有件事,想问陆医官。"

"何事?"

"戚家公子出事前,先由崔院使行诊,后来崔院使落罪,你接替崔院使之职。戚公子的医案只有你能翻阅。"

"不错。"

他道:"虽太师府说戚公子是因丰乐楼大火受惊致病,但我听旁人口中的症象,戚公子更似癫疾。我记得陆医官曾问过我,茯苓、茯神、没药、血竭、厚朴……再加一味山蚕虫如何。我说过,若用此方,短时间里,或可舒缓情志,平息癫疾。但长期积累,体内余毒淤积,麻痹神志,表面是好了,实则病越重,将来疾症反复难治。"

纪珣顿了顿,见陆曈并未反驳,才接着说道:"后来戚公子反复生病……"

"纪医官此话何意?"陆曈打断他的话,"我是为戚公子治病,戚公子也并非癫疾。这一点,崔院使、太师府都已反复说明,世上没有凭一句问话就定罪的道理。"

她开口:"况且,戚公子死于其父之手,是众目睽睽的事实。莫非纪医官也认为，只要我曾登门戚府，身份高贵的戚公子身死，作为他行诊医官的我便不能苟活，非得陪葬不可？"

纪珣怔了一下："我不是这个意思……"

"那纪医官处心积虑寻找我的罪证，是为何意？"

纪珣语塞。

戚玉台确实是死于戚清之手，这一点和陆曈没有半分关系。他也知道陆曈若不跟着救疫医官前往苏南，或许会被牵连到这桩事故之中。

自己于医案的怀疑反而令陆曈如惊弓之鸟，是他没有考虑周到。

"抱歉，"纪珣道，"我不是怀疑你，只是医案上有些不解之处，日后不问你了。"

陆曈没说话。

二人正沉默着，远处石菖蒲匆忙奔来，神色有几分惊惶。

他一口气跑近，拉起常进就往一边走，隐隐有声音传来："刚才孟台驿站那边的人过来接应，京城里出大事了！"

陆曈心中一动，朝二人远走的方向看去。

出大事了？

石菖蒲将驿站传来的消息带给常进，不多时，整群救疫医官都知道了。

盛京确实出大事了。

前些日子，车队忙着赶路，日夜兼程。后来过广云河，七天七夜都在河上，什么信件都传不过来。是以这消息都传到孟台了，众人陡然得知，大吃一惊。

陛下驾崩了。

三皇子元尧在勤政殿外设下伏兵，趁夜里入宫觐见时发动宫变，弑君夺位，陛下重伤。太子替陛下挡剑，不幸丧于元尧之手。

宁王元朗赶入宫中，擒拿三皇子，打入昭狱。陛下临终前下了一道传位诏书，将皇位交给宁王元朗手中。

短短数日，太子身死，三皇子入狱，竟由宁王登上龙椅。

这实在古怪得过分。

虽然梁明帝近年来身子不好，太子与三皇子间明争暗斗，众人都知或有一战。然而一夜间天翻地覆。从来"父死子继，兄终弟及"，梁明帝尚有二皇子与四皇子两个儿子可接应大位，何以绕过二人传位给宁王？

而那个成日笑眯眯的、只知道流连坊市、官巷上买花买菜的废物王爷，又如何能凭一己之力擒拿乱党？

朝堂之事远在千里，医官院中位卑名隐的医官们噤若寒蝉，不敢多问一句。

有年迈的老医官颤巍巍开口："医正，咱们还去不去苏南？"

救疫名册由梁明帝通过，如今龙椅却已换了人坐，世事无常。

北风呼啸而过，常进打了个冷战。

"去。"他定了定神，"这些和咱们有什么关系？"

他们是去救疫的人，无论坐上龙椅的人是谁，苏南百姓正受疫病之苦是事实，绝无掉头撂挑子不干的说法。

再者，新皇登基，盛京风云涌动，这时候回去反而不妙。倒不如安心在苏南，待疫病解决后，一切尘埃落定后回盛京更好。

他们是蝼蚁，卑微的小人物撼动不了大局，只能随波逐流，尽力坚持本心。

得知这么桩惊心动魄的消息，众医官都有些不平静，聚在一处低声议论。

陆疃放下药碗，朝着常进走去。常进见她来了，转过身来。

"医正，"她停了停，声音放轻了些，"驿站传来的消息里，可有提过太师府的近闻？"

常进惊讶地看她一眼，很快恍然，看了下远处茶坊里烤火的医官们，才凑近低声道："提了。"

他说："三皇子弑君一案，株连蔓引，带出不少朝臣。戚家也在其中为三皇子出力，凡与太师府有接触的列侯通缉，坐党夷灭。戚家抄斩三族。"

陆瞳愣了一会儿。

明面上，戚家分明是太子的人，然而朝堂之争一旦落败，牵连下来，想给一个人定罪易如反掌。

她从苏南回到常武县，又从常武县杀至盛京，步步为营，处心积虑，除掉柯承兴，杀了刘鲲，扳倒范正廉，最后设计让戚玉台死在自己父亲手里。

如今，戚清也死了，她最后一个仇人消散于世间。

大仇彻底得报，她做完一切，本该觉得快意，然而那快意之后，却如远处结了薄冰的蜿蜒大河，苍苍茫茫，不知流往何方。

见她不语，常进低声宽慰："陆医官，这回待你回到盛京，倒不必担心戚家迁怒于你了。"

戚家败了，不会再有人替戚家出头。

陆瞳点了点头，却没有立刻走开。

常进见状，问："陆医官可还有其他事？"

没了火盆，外头风一吹尚觉冷意，陆瞳顿了顿，才轻声开口。

"医正，可还听到裴殿帅的消息？"

常进一怔。

陆瞳和裴云暎的传言，医官院都传遍了。陆瞳一向对他事冷淡，居然会主动询问裴云暎的消息,看来二人间或许有情。

"他去歧水了。"

"歧水?"

"歧水兵乱,先前陛下派振威将军前去平乱,三皇子犯下罪责,陈国公一脉全被牵连,陛下收回兵权,令裴殿帅赶往歧水,数日前已出发了。他们脚程快,歧水与苏南隔得不远,或许比咱们更早到达目的地。"

陆曈沉默,常进看着她,想说什么,最后还是什么都没说。

宁王登基,三皇子一脉牵连甚广,裴云暎却似未受太大影响。陛下甚至还让裴云暎带兵去歧水,分明是要重用。

那位指挥使本来就前程大好,经此更是不可限量。可陆曈却是平民之身。

身份之别,有时大过一切。

他没再说什么,心中微微叹息,掉头去与茶坊主人说话了。

陆曈回到茶肆。

屋子里,火盆热烘烘的,林丹青见她回来,递给她一个汤婆子,侧着身子问:"你和常医正说了什么?"

"问了救疫的事。"

陆曈低头,抱着汤婆子,温暖热意顺着指间渐渐蔓延过来,冷热交替,一时令人有些恍惚。

裴云暎竟去了歧水。

他是宁王的人,筹谋许久无非为的就是这一刻。如今大局已定,宁王登上皇位,待他一如往昔,是件好事。

他更有能力去做想做之事,保护自己想保护之人。

身侧传来林丹青的声音:"这天儿真是越来越冷,原以为南地比咱们盛京暖和，怎么冬日比在盛京还要难熬。"

她搓了搓手，看着外头肆虐北风，小声嘀咕："不知到了苏南会不会下雪啊？"

陆曈抬头。

天阴沉沉的，南地冬日很少下雪，苏南最近一次下大雪已是六年前。

六年前，大寒，她第一次遇到裴云暎的那一天。

陆曈低眸，伸手抚过心口，那里有残留遗痛隐隐传来。

她一直以为自己会死在盛京，没想到最后却是苏南。

故事开始之地，终于故事结局。

或许，死在那里也不错。

时日流水般过去，转眼立冬。

清晨，街上起了雾。

大雾也是灰蒙蒙的，落在人身上，刺骨逼人。

沿街两边家家户户屋门紧闭，本该嘈杂热闹的早市死一般的寂静，街上一个人也没有。远处渐有浓烟起，夹杂皮肉烧灼的焦气，滚滚灰烟飘向上空，把天空也凝出一层厚重的霾。

苏南县尉李文虎站在城墙下，低声骂了一句。

"方子，"他问身侧人，"都这个时辰了，他们不会不来了吧？"

站在他身侧的中年男子一身皱巴巴长衫，脸色已冻得发青，不住跺脚搓手，神色却很坚持："再等等，再怎么今日也该到了。"

李文虎看向空无一人的城门远处。

苏南遭了蝗灾。蝗灾毁了庄稼，没了粮食，很快就闹起饥荒。

朝廷分发下来的赈灾粮银迟迟不到，苏南疫病先来。

这疫病来势汹汹，不过数月，城中死者过半。

州府的刺史说了要派人救疫，却不知为何迟迟不至，死的人越来越多，县衙也未能幸免，终于在某个夜里，知县带着一家老小偷偷出城，再也没回来。

只剩下县丞蔡方和县尉李文虎面面相觑。

屋漏偏逢连夜雨，今年苏南又分外冷，日日阴雨，堆积的尸体烧也烧不完，寒饿而死的贫民又添了不少。苏南医行药材告罄，大夫也接连病倒，再这样下去，用不了多久，整个苏南恐怕会变成一座空城。

"我看，他们不会来了。"李文虎原本壮实的身体在连日奔波下已瘦了一大圈，"朝廷要是心里有咱们，怎么会拖到现在？几月前就说派人救疫，连个鬼影都没看见，我看，是想咱们自生自灭得了！"

他又看一眼蔡方手里提着的馍馍，更是气不打一处来："城里每天饿死那么多人，你还给他们准备馍馍，盛京里的金贵人说不定瞧不起这窝头，还费什么劲！"

蔡方搓着手道："你少说两句！"

"咋，还不让说？"

李文虎不喜欢盛京的官。

苏南出现疫情后，知县第一时间向朝廷求援，通判、知州、知府一层层报上去，到盛京已是多日后的事。盛京官员每日忙着军国大事，没心思在意小小一县的死活。

中间倒是来了几位从盛京来的所谓治理蝗灾的"大官"，在苏南待了三五日就回去了，吃光了县衙半月口粮，洋洋洒洒写了封《治蝗论》。

县衙如获至宝，依言照做，屁用没有。

有了前车之鉴，李文虎再看盛京医官便格外不屑，那些医官自小在太医局进学，多半家世不差。有如此家世之人，怎会放心让儿女来此疫地冒险？此次派遣而来的医官，要么是被迫，要么便是医术平庸的无能之辈，医官院的弃子，赶鸭子上架，和先前那些人一样。

"要等你自己一个人等。"李文虎撂挑子不干了，"我回去搬尸体，刑场昨日摆的尸体快堆满了！"

他掉头要走，才走了两步，忽听得身后蔡方喊了一声："来了！"

来了？

李文虎回头。

远处，城门外数百步之地，渐渐行来一队车马。

车马走得不算快，但对数月来杳无一人来的苏南城而言，如在长久阴霾后陡然出现的一丝日头，登时照亮城门前二人的眼。

车马辚辚靠近，在城门前停驻，从车上跳下来一位身穿棉袍头戴棉帽的中年男子。

"你们……"蔡方激动上前。

男子朝蔡方拱手，声音客气有礼。

"在下翰林医官院医正常进，受朝廷之命，领医官院随行医官，前来苏南治疫。"

城门口，连日来的荒芜被嘈杂车马冲散了几分。

身穿棉袍的医官们纷纷下车，戴好护住口鼻的面巾。御药院与医官院，连带护送车队的护卫，一共百来人。

这百来人俨然成了苏南的希望。

蔡方激动上前，与常进攀谈，李文虎却挑剔地打量起这群医官。

医官们大多四五十岁出头，看起来弱不禁风。其中又有三人尤为显眼，两个年轻女子，一名年轻男子，看上去年纪不大。

李文虎微微皱眉。

苏南医行的大夫，再年轻的也多近而立，叫几个小孩儿过来，这不是闹着玩嘛。这群人养尊处优,苏南如今处境,他们坚持得住几日?

正忧愁着,走在后头那位年轻女子抬起眸,正对上李文虎打量的目光。

李文虎以为自己这失礼的动作即刻要惹对方不悦,没想到对方只怔了一下就别开眼,看上去神色冷淡。

李文虎一愣,挠了挠头,转头去寻蔡方说话了。

陆曈收回目光。

这人她认识。

从前她在苏南刑场给芸娘查验尸体,有一次不小心撞上李文虎。对方以为她走岔了路,给她塞了颗糖,让她赶紧离开。

她同医官们往前走,听见常进与二人的交谈顺着风传来。

"蔡县丞,先前赶路匆忙,收不得信件,如今苏南疫病究竟是个什么境况?"

叫蔡方的男子叹息回道:"实不相瞒,眼下境况实在不好。疫病严重,这两日,每日死的人都快上百。医行的人都病倒了,若不是医官们前来,苏南恐怕真只有坐地等死。"

"没有药棚吗?"

"先前城里还分发汤药,不过近来药草告罄,药棚也拆了。"

常进点头,神色严肃起来:"我们此次来苏南,倒是运来许多药草,只是……"他看了看四周空无一人的街道,"怎么不见得了疫病的人?"

长街小巷人烟寥寥,偶有一两个裹得严实的路人经过,恹恹地朝这行人投来一眼,又飞快拐进街角屋房,砰地关上大门。

"医行的人说,得了疫病的人不可四处走动,以免传染他人。是以大家都不愿出门。"蔡方解释,"家境好些,宅邸宽大的人家,若生病,便在府中隔开间屋子,独一人住着。但更多的贫苦穷人,屋舍狭窄,若待在屋中怕过疫病给家人,就主动出门到疠所避瘟。"

话至此处,蔡方犹豫一下:"若医官们不怕,在下可带诸位去瞧瞧病人所在疠所……"

"这有什么好怕的?"林丹青道,"我们本来就是来治疫的,不见病人,难道是来吃喝玩乐吗?"

李文虎看她一眼:"小姑娘,话莫说得太早,到了再说吧。"

常进便让几个医官先去把物资车马放下,自己带着剩下的医官们同蔡方前去病人所在疠所。

一路随行,城中越显荒凉,越往前走,焦臭气味越浓,远处有大片灰云,像是焚烧东西,烟尘呛人。

陆曈瞧着蔡方带路的方向,心中一动。

这是……

蔡方在一处荒地前停下脚步。

"诸位,这里就是病人们住的疠所了。"

众人抬眼看去。

这是一处破庙。

破庙倒也宽敞,四周荒芜,既无农田,又无街道,孤零零地矗立在众人视线中。庙门前站着两个戴着面巾的护卫模样的人,见蔡方和李文虎,忙上前几步,目光掠过一众医官,语气陡然惊喜:"县丞,可是盛京的医官们来了?"

蔡方点头,又转头对医官们道:"病人们都在此处,平日有人守着,以防疫病传播。"

常进点头,叫众人戴好面巾,自己率先迈步走进。

众人紧随而后。

一进庙里，众人骤然一惊。

地上一铺挨着一铺，全是被褥毯子，上面躺着一个个面孔发黑的人，或面露痛苦，或神情麻木，纵然听见有人走近，这些人也只是掀一掀眼皮子，疲惫地瞅上一眼，无动于衷。

塌了一半泥塑神像之下，密密麻麻挤满了低声呻吟的病者，沉沉死气扑面而来。

纪珣皱了皱眉，低声道："此地寒冷空旷，并非养病佳处，怎会将病所立在此处？"

蔡方拉着众人走到外头，回头看了一眼庙宇内，才沉沉叹了口气。

"医官有所不知，"他说，"苏南蝗灾已有数月，后来起了饥荒，城里已闹过几次乱子，后来……送去朝廷的文书迟迟未见结果，知县也跑了。"

话至此处，蔡方有些难堪："主心骨都没了，县衙形同摆设，人死的死跑的跑。我和李县尉召集了剩余的十多人勉强维持，可这么点人，实在杯水车薪啊！"

他痛苦开口："苏南每日会死很多人，这两日已死了上百人，尸体摆在外头，恐疫病蔓延，可县衙这十来人根本烧不完尸体。"

蔡方一指身后，远处，大片大片荒地在灰蒙天空下死寂一片。

"那是刑场，有大片空地。此庙挨着刑场，每日新进来的病者，至多撑不过一月就会死，死了，就拉到刑场烧了，这些日子烧不过来，就拉到刑场埋掉。这样处理最方便。"

林丹青皱眉："不出一月就会死……可这样，设立疠所的意义何在？"

"没有疠所了。"蔡方苦笑，"苏南救不了这些人，医行的大夫最先染了疫病，全死光了。其实来这里治病的人心里清楚，根本没什么解药，只是在这里等死。我们也知道救不了他们，不过是让他们在临终前有个栖身之所。"

名为病所，倒不如说是另一种义庄。

他说得悲戚，没注意到身边李文虎在拼命对他使眼色。

李文虎心中暗急，将苏南疫病一开始就说得如此严重，万一使这群医官心生退意，待不了几日就回去了怎么办？

毕竟上一个过来信誓旦旦要治蝗的官员，连半月都没待满就打道回府。

常进颔首，心中已对苏南境况有了底，医官院收到的信件里写得并不清楚，情势比他们想得更严峻。

"医书云：瘟疫始于大雪，发于冬至，生于小寒，长于大寒，盛于立春，弱于雨水，衰于惊蛰。"医正道，"如今正值严冬，疫病关键之处，必须在明年春日前控制病情蔓延，否则……"

否则，苏南会变成一座死城。

他看向蔡方："将病者与其他人隔开是对的，只是此地住处简陋，风寒也无法遮蔽，你们人手太少，只能先暂且在此地将就。但从今日起，我们会熬制汤药给疗所病人，同时制作药囊，给苏南剩余未染疫之人防备。病所病人所用被褥需全部蒸煮，消点苍术除恶气……"

他一连说了许多，蔡方和李文虎认真听完。

常进话毕，待李文虎和蔡方离开，才对剩下人道："事不宜迟，都随我先进病所查看病人情状。"

医官们纷纷称是。

陆曈也要往里走，被常进拦住。

他看着陆曈、林丹青和纪珣："你们三个，不必进去了。"

林丹青："为何？"

"苏南比我想的情势更凶险,眼下疠所病气最重,你们暂且不要进来。"

常进亦有私心。这三人医术皆是盛京数一数二,还这样的年轻,他们这些半老头子来之前便做好准备,却不愿见年轻人去赴险。

"你们三人就在蔡方安排的处所研制避瘟新方,不要踏入此地。"

"医正,你还没老,怎么就糊涂了?"林丹青匪夷所思,"我们连病人都没瞧见,无法亲自辨症,如何研制新方?"

常进一噎。

"医正这是瞧不起谁呢?况且我出门前还特意带上了一本老祖宗传下的《治瘟论》,我们老林家,对治疫再有经验不过。回头到了盛京别人问起来,你们在疠所尽心尽力,反衬得我们贪生怕死,说出去像话吗?"

林丹青扬头:"别打扰我的晋升之路。"一脚踏入疠所大门。

"哎——"

常进还未唤住林丹青,陆瞳已走到面前,对他颔首:"医正,我进去了。"径自而入。

常进:"……"

他看向纪珣。

纪珣对他一拱手,微微点头,也紧随而后。

常进无言。

总归话是白说了。

他看着三个年轻人的背影,嘴上轻斥,心里隐隐地却油然而生一股骄傲与欣慰来。

这是翰林医官院中最年轻的三位医官,也是医术最好的三位医官。有此仁心,医德配得上医术,翰林医官院将来不愁光明。

疠所里传来医官们的催促，常进应了一声，撩起棉袍，匆匆跨进庙门。

"来了。"

县衙。

寒风刺骨，破了个洞的窗户被吹得噼啪乱扇，李文虎伸手关了窗，在桌前坐了下来。

原先还算气派的县衙如今空空荡荡，宛如被人洗劫一空，一眼看上去十分凄惨。

知县大人走后，得知真相的民众群情激奋，一面哭号官府也不管百姓死活，有人在其中搅动闹事，趁着打砸县衙时浑水摸鱼搬走县衙值钱东西。

平州刺史派兵过来一趟，却不是为了救济，而是封城门，不许疫地之人出城离开。

未病的人出不去，同得病的人在一起，迟早也是个死。所有人都已绝望，然而今日这群盛京来的医官，却似绝望中陡然出现生机，让人心中又生出一丝希望来。

蔡方笑着开口："这群医官还不错吧。"

他已许久没像今日这般高兴。李文虎瞅他一眼："话别说得太早，先看他们坚持得了几日。"

"不管怎么说，咱们这边人手增派不少，你也不用日日去刑场。"蔡方道。

李文虎没说话，忽地瞧见桌上一筐馍馍，愣了一下："他们没吃？"

"医官们说自行带了干粮，不用县衙操心他们的饭食。"

李文虎眯眼："嫌弃？"

蔡方无奈:"你怎么老以小人之心度君子之腹?"

"我怎么就小人了?那你说为什么?"

蔡方道:"医官们自己带了粮食,方才常医正告诉我,粮食都交给县衙,搭粥棚,每日让百姓去领取药粥。人家要是嫌弃,何必干这些?"

闻言,李文虎没作声,过了一会儿,小声嘀咕:"人倒是挺、挺不错的。"

"这群医官和先前来治蝗的大人不一样。"蔡方望着窗外,"或许医者仁心,才能感同身受。你不要老敌视他们,人家是过来救疫,也不想想,远近三月,还有几个人愿意往这里来?"

知道他说的是实话,李文虎低下头,沉默片刻才道:"我就是……有点慌。"

高大的汉子望向窗外,苏南的天阴沉沉的,已许久未见过太阳。

"方子,这些医官带来的粮食够吃多久?"

蔡方一愣:"每日发粥,省着点,至多三月。"

"你看,"李文虎开口,"至多三月,咱们的粮食不够了。"

苏南蝗灾,先前就已闹过饥荒。朝廷的赈灾粮款迟迟不至,以至闹起饥荒,后来好容易盼来了,还净是些发霉陈米。

到如今,陈米都快不够了。

苏南的医官们的到来确实可解燃眉之急,可长此以往又该怎么办?疫病凶猛,想在三月前解决犹如痴人说梦,待三月时期到了,他们会不会离开?

苏南就这样,又要被抛弃一回?

蔡方也跟着沉寂下来。

旧的问题还未解决,新的难题又接踵而至。麻烦,从来都没有离开过。

忽然间,他想起什么,抬头问:"大虎,咱们先前不是听说,朝廷新派了人去歧水平乱吗?"

歧水匪乱有一阵子了,前些日听外头的人传信说,盛京来的官兵办理歧水匪乱一案,此次带兵的首领骁勇善战,短短数日,乱兵尽数伏诛,拿获党首,清剿贼寇。

蔡方道:"能不能请他帮忙?"

歧水与苏南离得很近,那些官兵过来平乱,所带物资绝对不少。纵然没有物资,歧水又未瘟疫,若能从歧水运些药粮过来……

"有用吗?"李文虎迟疑,"咱们先前向歧水那头求援,人家可是理也不理咱们。"

苏南就像个烫手山芋、无底洞,谁也不愿沾手。

"我也不知道。"蔡方想了一会儿,下定决心地开口,"试试吧。那些医官都来了,咱们也不能什么都不做。"

病所门外,堆起苍术白芷。

《时疫》一书有云:"此症有由感不正之气而得者,或头痛,发热,或颈肿,腮腺肿,此在天之疫也。若一人之病,染及一室,一室之病,染及一乡、一邑。"

苍术"能除恶气,古今病疫及岁旦,入家往往烧苍术以辟邪气,故时疫之病多用"。

病者们全被叫了起来,到门口长棚暂避,地上所有被褥全被带出去以沸水烧煮,蔡方令人送来新的被褥。需在病所熏燃半个时辰苍术祛除恶气。

来病所的病者都已做好等死的准备,陡然被医官们叫起,尚是懵懂。一位年迈老妇轻轻扯了扯林丹青裙角,小声问道:"姑娘,这是在做什么……"她有点不安,看向刑场方向,"不会是要咱们、咱们……"

从前有大疫,曾听闻官府将生病之人就地烧死。

"不是的,大娘,"林丹青了然,宽慰道,"这是在熏染苍术,让你们先出来避避,过半个时辰再进去。"

老妇茫然:"燃点苍术?"

林丹青点头:"我们是翰林医官院来治疫的医官,从今日起,就由我们来给你们治病啦。"

"翰林医官?"老妇吓了一跳。

苏南医行的大夫都病死了,没有药,也没有人,大家都不再抱有期望。

"你们是来救我们的吗?"她不敢相信地开口,几乎要跪下身去感谢。

"是呀。"女医官扶住她,笑着说道,"大家别怕,都会好起来的。"

窗外传来人群的饮泣,那是走投无路之人陡然得到希望之后的喜极而泣。

陆曈跪下身,把装满燃烧苍术白芷的铜盆放到角落,庙宇人多,处处都要熏染。

起身时,额头不小心碰到桌角,她揉揉撞得发红的额角,一抬头,不由一怔。

头顶之上,半塌的神像正如当年一般,静静俯视着弱小的她。

苏南刑场的破庙,昔日泥塑神像,似乎还是过去那副模样。

她曾在此地栖息避雪,未承想,今日又回到了原地。

夜深了,苏南的冬日很冷。

同北地不同，南地的冷泛着股潮湿，像细细的针刺穿骨髓，冷气往心里钻。

疗所的人总是拥着潮湿的被褥睡在阴冷土地，木然听着门外风声，一夜又一夜，等第二日一早，许多人再不会醒来。

今日却不同。

所有被褥都被重新换过，原先的地铺换成了木板床。墙角四处堆放燃尽苍术，更有清苦药香渐渐传来，不时有穿灰青棉袍的医官们在疗所中走动，脚步声使人安心。

"希望"是很神奇的东西，纵然什么都没做，却似救命良方，今夜疗所的呻吟都少了许多。

门外风声细细，医官们都已歇息，狭窄的木床上突然坐起一个人。

小姑娘掀开身上被褥，探身去看睡在身边的父亲，见父亲未曾醒来，蹑手蹑脚下了床，走到庙宇中那尊泥塑的神像之前。

供桌空空如也，泥塑神像沉默俯视众生。

疗所最拥挤的时候，这尊神像也未被拆掉。身处绝境之人，神佛是唯一救命稻草。

每一个刚进疗所的人都会跪在垫子上祈求，仿佛这样就能更安心一点。但随着被抬出去的尸体越来越多，拜神的人也越来越少。

翠翠在破垫上跪下来，虔诚看向头顶泥像。

"神仙，求您保佑翠翠和阿爹活下来。"

翠翠今年七岁了。母亲和爹在富户人家为奴，她是少爷的玩伴，一家三口过得也算顺利。

瘟疫来临时，所有人都不知所措。

翠翠也得了病。

富商将她扫地出门，念着昔日情分，叫她爹娘将她送进疗所，他夫妇二人仍可留在府中。

翠翠娘亲怎么也不肯。送进疠所就是等死，翠翠还那么小，需要人照顾。

他们同翠翠一起离开富户家，独自照顾翠翠，可疫病凶猛，再如何提防，日日相处，他们也染上了。

再后来，药也吃不上，苏南死了好多人，母亲病死，翠翠和父亲二人回到了疠所。

爹总是说："翠翠不怕，爹陪着你呢。"

但她每日早晨醒来，都能看见昨日还好端端的人被一卷席子裹了出去，再没回来，心中越来越恐慌。

她不想死，也不想阿爹死。

"菩萨，"她心中默念，灯火中重重朝前磕头，"救救我们。"

"求您救救我们。"

夜色沉寂，北风呼啸着拍打庙门，把庙宇中的灯火吹得摇摇将熄。

一双鞋子在她面前停了下来。

翠翠身子一僵。

那是双踩满泥泞的棉鞋，往上，灰青裙角上有淡淡血痕。翠翠抬头，灯烛下，女子眉眼秀致，一双漆黑眼睛静静盯着她。

翠翠瑟缩一下，喏喏着开口。

"……陆医官。"

这是翰林医官院的医官。翠翠记得这位女医官。

从盛京来的医官们，其中年纪与爹爹差不多的，只有三位年轻医官。

那位姓林的女医官开朗爱笑，颇得病者喜爱；这位姓陆的医官却性情冷淡，不爱说话，翠翠有些怕她。

"你在做什么？"陆瞳问。

"我在……在求神保佑。"

女医官看着她，没说话。

翠翠无端觉得有些心虚。医者在前，她拜的却是神，或许有些冒犯。她抬头偷偷觑一眼陆瞳，见对方并没有生气的意思。

她胆子大了些，问对方："医官，神仙会来救我们吗？"

"不会。"

她回答得如此冷静无情，翠翠眼眶一红。

"那我们会死吗？

女医官看着她："不会。"

翠翠一怔。

"神仙不会救你，但我会救你，所有医官都会救你。"女医官的声音仍然平淡，但那平淡却无端让人安心了一些。

"大夫就是救人的。"她说。

翠翠望着她，眼眶渐渐有泪积蓄。

"可是我怕。"她说，"爹爹手肘上红斑越来越深了，我娘死前，也是这样的。"

翠翠忍泪道："最近，我也开始长了。"

她伸手挽起袖子，白嫩手臂上生着大片大片红色斑块，像灼灼桃花。

陆瞳一愣。

翠翠低下头，眼泪一滴滴砸落下来。

她还记得娘快死的那几日，每日夜里躺在地上翻来覆去睡不着觉，竭力压着病痛呻吟。苏南城的药铺里，药草早被有钱人哄抢一空，疠所那些稀薄汤药救不了任何人。她在夜里瞪大眼睛，注意着娘亲一举一动。可有一日没忍住打了个盹儿，醒来时，娘亲已被一卷席子盖住了，只露出一截垂下来的手臂，红斑深艳若紫。

翠翠哭了起来，哭也不敢大声哭，低声啜泣着。

"我娘就是死在疠所的，我怕死，也不想爹死……"

疠所里静悄悄的，偶尔有病者翻身的窸窣声，不知是没听见，抑或是听见了却没有打断，拥挤的庙宇仍维持一种沉闷的缄默。

"别怕。"

突然间，翠翠感到有人拉起了自己的手。

女医官的手冰凉柔软，将她从垫子上拉了起来，对她道："你看。"

翠翠顺着医官的目光看去，供桌上，供果早已被饥饿的民众抢食一空，只有一盏烛火摆在台上。

烛火幽微，昏黄微光成了寒夜里唯一暖意，燃烧灯烬爆开，结成一朵小小灯花。

"昔日陆贾说，灯花爆而百事喜。古有占灯花法，灯花连连逐出爆者，主大喜。"

仍是那副平淡的语气，翠翠抬眼，女大夫那双稍显漠然的眼在灯色下若宝石发亮。

"无须忧心，此乃大喜之兆。"她说。

像是陡然得了一束依靠，翠翠惶惑的心一瞬有了支柱，她用力点了点头，望着供桌上那盏烛火，眼泪落了下来。

爹爹一定会没事的，大家都会没事的。

她抬头，看向面前那个女医官。

女医官站在泥塑神像下，沉沉光焰照在她面巾上，那双稍显冷淡的眼眸似掠过一丝悲悯。

像是神仙故事里，陡然出现救苦救难的女菩萨。

疠所的苍术燃了又散，散了又燃，一连过了六七日，刑场暂且没有成山的尸体堆积了。

陆瞳早起去送药,翠翠见了她很高兴,送给她一只用干草编的蚂蚱。

"爹爹给我编的,送给你。"小姑娘坐在床上,接过陆瞳手里药碗,"爹爹说,等到明年开春,就能陪我去小河边捉螃蟹。"

陆瞳接过蚂蚱,冬日没有新鲜青草,干草编的蚂蚱软塌塌的。

"陆医官。"

陆瞳抬头,翠翠的父亲——一个肤色黝黑的男人看着她,局促搓了搓手。

翠翠父亲从前是给富商家抬轿的轿夫,周围人叫他"丁勇"。

丁勇拍拍翠翠的头:"这孩子这些日子多谢陆医官费心了。"

"是我分内之事。"陆瞳把汤药递给他。

丁勇仰头把汤药喝完:"医官每日忙得慌,这份大恩大德,我们一辈子都忘不了。"

盛京来的医官,一开始众人虽觉有了期盼,到底心存怀疑,这些人能坚持得了多久?然而一日日过去,医官们没有叫停。

来的都是年长医官,忙着照顾病人,常常燃灯至深夜,有时累得坐着就睡着了。

人心都是肉长的,疗所的病人很是感激。

"我近来觉得比先前好多了。"丁勇笑道:"翠翠也是。"

他伸出手肘:"红斑也淡了。大夫,我们是不是快好了?"

陆瞳低眸,红斑维持原来模样,没再继续变深。

她"嗯"了一声。

"太好了!"翠翠欢呼一声,搂住父亲脖子,"等全好了,离开疗所,我要吃爹给我做的烙饼!"

"行!"

陆瞳站起身，收拾完空碗出了门。

她回到离破庙最近的宅邸，进了屋，堂厅里，常进正和一众医官们商量接下来的治疫时策。

常进道："疫病并非一朝一夕能够攻克，当务之急，是减少新染病之人数。然而苏南城中，仍有不少染病之人不愿去疠所。"

人群后的李文虎闻言，立刻开口："这有什么难的？我带一人一户一户去敲，但凡有不对的，直接拉到疠所。"

纪珣摇头："但疫病初期并不明显，县尉也并无把握不漏判他人。"

蔡方面露难色："疠所毕竟艰苦，有些人觉得，就算要死也要死在自己家中……"

去疠所是等死，在家也是等死，疠所拥挤简陋，哪及得上在家安心？

人之常情。

"不如把药投入水井。"陆瞳开口。

众人回头，陆瞳从人群后走了上来，看着常进开口："过去治疫书中时策，也曾写过将汤药投入水井之说，不如试试。"

就算那些百姓不愿去疠所，但总要喝水，喝下混着趋避时疫药物的汤水，未必不能起到一丝作用。

林丹青眼睛一亮："这也是个办法，制避瘟香和药囊毕竟需要时间，投入水井倒是很快。"

常进微微皱眉："但苏南城中究竟有几口水井，咱们的药材有限，投入哪几口井更好？"

蔡方和李文虎闻言，兀自低头思索，还未说话，忽听得陆瞳开口："桥西庙口、东门街巷、河道上游同清寺、城中榕树进宝食店前皆有水井，此四处，四面挨宅门，人户多在井中取水，若要投药，先投这四处为佳。"

蔡方沉吟:"东南西北,四处倒是囊括,也算最大程度提升药效……不过,"他看向陆瞳,有些惊讶,"你对苏南城很熟啊?"

"陆医官本来就是苏南人。"林丹青解释。

"原来如此。"蔡方又多看了一眼陆瞳,心中陡然生出一丝亲切。

那头常进道:"既然如此,就劳烦蔡大人先带我们瞧过这四处水井,若妥当,今日就开始配制药方,明日起投药。"又转向其他医官:"药囊和避瘟香也不要停,疗所的病人们也要时时看顾。"

医官们点头称是,正说着,外头突然有人跑进院子,老远喊道:"不好了不好了,药粮被偷了!"

李文虎霍地一下起身:"什么?"

衙役满脸焦灼,都快哭了:"晨起兄弟们去拿药材和粥米,发现不对劲,守库房的兄弟二人今日没见着人,后来在后院找到他们二人尸体……屋中米粮能运走的都运走了,就趁着昨夜!"

蔡方听完来人回禀,一把推开门疾步走了出去。医官们赶紧跟上,待到了库房,果见院子里躺着两具白布掩埋的尸体,大门锁破烂得不成形状,里头散乱些零碎药材,俨然被洗劫一空。

"完了……"蔡方喃喃。

纪珣目光掠过空空的仓库,神色严肃了些:"蔡大人,这是怎么回事?"

这是县衙库房,如今苏南大疫,百姓不敢出门,怎么会有匪寇?

"一定是那些王八蛋。"李文虎啐了一口,"这些个杂碎,连药粮都偷,老子掘地三尺也要把他找出来!"

"县尉说的是谁?"常进不解。

"是苏南的地头蛇。"

蔡方后退两步，有气无力道："知县离开后，苏南乱成一团，我和大虎勉强将县衙人聚在一起，但人心惶惶，根本管不过来。"

"药铺涨价，粮食短缺，很快闹起饥荒。城里有人集结地痞流氓挨家挨户劫粮，县衙人手有限，那些人穷凶极恶，杀了很多人。"

"我们的人和他们交过手，各有伤亡。后来他们安分了一阵，如今县衙人手更少，他们一定是看你们送来药粮，才动的手。"

护送医官们来的护卫平日在刑场帮忙处理死尸，若非如此，昨夜不会悄无声息被人搬走米粮。

李文虎一跺脚："我去追！"

"去哪追？"蔡方一把拉住他，"手下都没几个人了。而且一夜过去，只怕药粮早已转移……"

"难道就这么算了？"李文虎不甘心，"没了药粮，接下来怎么办？我们吃什么，苏南百姓用什么？总不能全都在这里等死！"

寒风吹过，刮得人脸颊生疼，医官们面面相觑，低声议论起来。

常进也心急如焚。

忽然间，院子外头突然跑来一个衙役，道："县丞，县尉，药粮找到了！"

"找到了？"蔡方一震，"在哪？"

"您快来看——"

衙役带着一群人往前跑，才跑到离城门百步外，忽听得一列马蹄声。

陆曈循声看去。

城门下，一列兵马自远而近行来，约莫百人，皆着黑鳞绣金骑服，腰佩长刀，气势凛冽。

为首的青年身披大氅，高坐骏马之上，冷漠望向众人。不远处，马匹拖着几个被捆得结结实实的人。

蔡方一怔："这是……"

方才跑来的衙役小声道："这是盛京来的指挥使大人，先前在邻县平乱，今日路过苏南，顺手擒拿几人。"

浓云堆叠，寒风骤起，破败城门下北风凛冽。

青年高坐骏马之上，淡淡扫了众人一眼，一扬鞭，几个被捆的人咕噜噜滚了下来。

他开口："抓到几个小贼，苏南人？"

蔡方赶紧上前："是，大人。这几人昨夜杀了守库衙役，盗走城中药粮，多谢大人出手擒凶！"

对方目光从他身上掠过，道："自己处理。"

身侧近卫见状下马，从马车后拖出好些沉甸甸大箱子，对蔡方拱手道："我家大人在城外遇到这群人，见他们形迹可疑，遂出手捉拿，这些应该是被盗走的药资。"

蔡方喜出望外，快步上前打开箱盖，见那些药材和粮食都完好无损，顿时长舒一口长气，感激望向马上青年。

"大人是……"

护卫伸出腰牌在蔡方眼前一晃，蔡方定睛一看，面露惊异。

殿前司的腰牌，这是盛京皇家禁卫？

一边的李文虎忍不住奇道："大人怎么会来苏南？"

马上青年闻言，慢声道："不是你们写信要我来的吗？"

李文虎一怔。

蔡方赧然："是下官写信求歧水襄助……劳烦大人了。"

他其实也是抱着死马当作活马医的心思去写的信，毕竟先前给歧水的求助都如石沉大海，没有半点回音。未承想这位盛京的大人会驱马前来。

车马队中下来个圆脸少年，笑着对蔡方道："县丞放心，苏南情形陛下已悉知，特派裴大人前来帮辅。"他一指身后车队，"我们带来了米粮和保暖之物，应该能帮得上忙。"

蔡方正色，抱拳屈身行大礼："大人之恩情，苏南百姓没齿难忘。"

"无妨。"

身侧医官瞧见熟悉的脸，纷纷窃窃私语起来。

陆曈站在人群中，看着马背上的青年，心情有些复杂。

她没想到裴云暎会来苏南。

苏南是疫地，纵然他歧水平乱顺利，当务之急也该是先回京复命。

偏偏来了此地。

她看向裴云暎。青年高坐马上，目光掠过城门前众人，在她身上停留一瞬就收回目光，宛若素不相识的陌路人。

陆曈也收回视线。

身侧传来蔡方的声音："大人舟车劳顿，下官先带人将这些米粮卸下。"又转头看向常进，"医正大人，如今药材找回来了，是不是可以开制投井的避瘟药了？"

常进精神一顿，从乍见熟人的惊讶中回过神来，道："不错，正事要紧。"又招呼身后医官，"事不宜迟，先去看看投药水井方位。"

李文虎带着常进及几个医官去瞧水井位置，其余医官除在疠所奉值的，则先回去挑拣药包。蔡方先带人安顿这群歧水来的人马。

陆曈和林丹青回到宿所，继续先前没做完的避瘟香。

大大小小的药材堆了满地，林丹青用力捣着罐中药草，狐疑道："裴殿帅怎么会突然来苏南？不会是因为你吧？"

"怎么可能。"陆曈平静开口，"都说了是圣谕。"

"也是。"林丹青点头，想起如今新皇登基，盛京那头不知有什么变化，这变化又是否会波及林家，不觉忧心忡忡叹口气。

二人做了一阵，林丹青带着一批避瘟香去外头分发给医官，陆曈一人坐在院子里分理药材。摘理了一阵，身后突然传来一声"陆医官"。

陆曈回头，段小宴那张笑脸近在眼前。

"刚才在城门口我就瞧见你了，"少年在她对面坐下，"只是人多不好同你打招呼。"

陆曈看向他。

段小宴主动解释："云暎哥和蔡县丞在一起，偷盗药粮的几个贼子还未处理。"

陆曈低头，继续手中动作："我没问他。"

段小宴摸了摸鼻子。

陆曈摘了两束药材，问："你们不是在歧水平乱，怎么会突然来苏南？"

院子里无人，医官们都去前头发避瘟香了。

段小宴："盛京的事，你应该都知道了？"

"大致听说了一些。"

"殿下……皇上派云暎哥来歧水平乱，我们的人很快拿下了他们党首。本来该回去的，不过后来得知苏南物资匮乏，药材粮食都缺，今年或有雪灾，又是饥荒又是雪灾又是瘟疫，怕苏南这边熬不过，云暎哥向陛下请旨带人协助苏南治疫，陛下也恩准了。"

陆曈顿了顿，竟是他自己主动提起的。

"萧副使带着其余人马先回京复命，我和云暎哥来帮忙，不过苏南比我想得还要糟啊。"段小宴看一眼远处灰沉的天空，"来时在路上还遇到了偷你们粮草的匪寇，顺手就料理了，不知还有没有其他人。"

见陆曈不语,段小宴眨了眨眼:"你呢,这些日子如何?"

"还好。"陆曈提醒,"医官们会给你们分发浸过药汁的面巾,记得时时佩戴。"

"我不是问这个。"段小宴凑近一点,小声道,"你打算和云暎哥和好了吗?"

少年挠了挠头:"萧副使说你们吵架了,为什么?他哪里惹你生气了?"

陆曈把装满药材的竹筐抱起来,没回答他这个问题,只道:"门口木桶里有做好的避瘟药囊,你按照人数,自己拿去给他们吧。"言毕,抱着竹筐出了门,没再与他多说了。

段小宴坐在院子里,愣了一会儿,看着她的背影摸了摸下巴,自语道:"怎么觉得怪怪的。"

接下来的几日,常进确认了投放药包的水井,立刻令医官们加紧做投放的药包。医官们时常忙到半夜,疗所和宿处常有累得就地睡着的医官。

陆曈和林丹青也在其中。

苏南的天气一日比一日冷,陆曈打了个盹儿,再醒来时,天际已隐隐显出一线白。

她起身,林丹青伏在案头,面前还摆着半只没做完的药囊,屋子里四仰八叉睡着几个医官,方子写了一半。

灯油已经燃尽了。

陆曈把林丹青身上的褥子拉好,出了门。

走到院子里,鼻尖掉下一点湿润的冰凉,陆曈抬眸,长空之中,飞雪似杨花轻舞。

昨夜不知什么时候下雪了。

"你醒了。"身后传来人声。

她转头，纪珣正坐在檐下角落拨弄面前一只炭盆，炭盆里燃着避瘟扶正的苍术等药材。

"纪医官起得很早。"她看着纪珣。

纪珣的灰青棉袍皱巴巴的，有几分凌乱。

记得先前竹苓还说，纪珣的衣裳每日都要换的。到了苏南救疫，凡事也就没那么讲究了。

"睡不着。"纪珣放下拨弄火盆的树枝，站起身来，看着院子里飘舞的雪，轻声开口，"这段日子，染病的人是少了，但没找出治病的药，病人还是在不断死去。这样下去，只是拖延时间。"

陆曈沉默。

"原先我自负医术出众，在太医局中眼高于顶，如今深入此处，才知我所学一切不过沧海一粟。医道万变，病者难医，眼见病者苦痛而无法襄助，愧为医者。"

青年眉眼不复当初孤高傲然，显出几分疲惫。

"纪医官，"陆曈沉默一下，道，"我们是大夫，不是菩萨，只能尽力挽救性命。与其自责，不如钻研，我相信一定会有办法。"

纪珣看向陆曈。

在苏南的日子，她穿梭在疠所里分发药汤，和常进讨论救疫的法子，在夜里做药囊做到半夜。

她总是神色淡然，语气冷漠显得不近人情，然而该做之事一样没落下。她似乎总有很坚定的信心，无论境况如何艰难，都会想办法解决接下来的难题，从不在无关之事上停留。

他从前觉得陆曈很特别，如今，又好像多认识了她一些。

"我要去疗所送药。"陆疃问,"纪医官要去吗?"

纪珣略一思索,点头:"同行吧。"

陆疃便背起医箱,同纪珣一起出门。

才到门口,纪珣突然想起什么,道:"我回去拿样东西,你到门口等我。"

陆疃颔首,看他转身进院子,回头推门。

吱呀——

大门被人推开,陆疃正要出去,脚步倏然一顿。

寒日凛冽,落雪纷纷,门口正有人经过。

裴云暎带着几个禁卫往疗所方向走,听见动静,侧首朝这头看来。

他就站在漫天朔风琼粉中,身披墨色大氅,漆黑眸子望过来,神色意味不明。

陆疃还未开口,忽觉身上一暖,肩上披上件毛茸茸的斗篷。

纪珣走到她身边,道:"今日下雪,你穿得太单薄。"

话说完,才瞧见门口其他人,纪珣一顿,敛衽行礼:"裴殿帅。"

裴云暎神色淡淡的,瞧不出喜怒,没说什么就带着护卫离开了。

纪珣蹙了蹙眉,看向陆疃:"他……"

陆疃低眉:"走吧。"

今日大雪。疗所外很是热闹。

《月令七十二候集解》中说:"至此而雪盛也。"

苏南处南地,冬日除山上,城中很少下雪。上次下大雪已是六年前的大寒。

未料到在这个蝗灾饥荒刚过、瘟疫盛行的冬日,大雪突至。

大门开了一半,里头燃了炭盆,裴云暎的人带来取暖用物,庙门也被重新修缮一番。

陆曈才到疗所,翠翠朝她跑了过来。

小姑娘今日穿了件崭新棉裙,气色瞧上去好了许多。

陆曈问:"这件新衣服哪里来的?"

苏南物资短缺,漂亮的小女孩衣裳不多见。

"小裴大人的手下——段哥哥给大家分发保暖棉衣,里头有件漂亮裙子,特意给我留了。"翠翠指了指外头。

庙宇外,裴云暎正与常进说话,在他身边,几个护卫正搬卸马匹上的物资。

县衙药粮被盗,裴云暎捉拿匪寇,去了苏南的心腹大患。他从歧水带来的粮食药草也极大缓解了医官院的难题。

"大家都很感激小裴大人,"翠翠凑到陆曈耳边低声道,"他每次来疗所都给我们带好东西。"她不好意思地笑笑,"我爹说,将来我要是找夫婿,就得找小裴大人那样又俊俏、脾性又好、身手又厉害的。"

陆曈忍不住被她逗笑。

"那他今日过来给你们带了什么好东西?"陆曈问。

"今日大雪呀。"翠翠睁大眼睛,"从前大雪时,都要进补,家家户户都要腌咸肉的。今年不比往年,段哥哥说,小裴大人带了肉干,叫人给我们煮肉汤喝。"

翠翠说着,吞了口唾沫。

陆曈看一眼外头。

裴云暎正与人说话,似乎察觉到这头的视线,目光往这头看来。

陆曈极快撇过头去。

他做事总是考虑得很周到,想要讨人欢心,从来都是轻而易举。

"该换药囊了。"纪珣走到她身边提醒。

驱瘟药囊的药效隔几日就没了，须得重新换上干净药草。陆曈和纪珣去给病人们换药草的时候，医官们走了进来。

一同进来的还有常进与裴云暎。

禁卫们将铁锅搬进疗所，庙宇里立刻热闹起来，诱人香气弥漫屋中，病人们都欢呼起来。

"慢些，人人都有。"常进叫病人们一一排队来领，人人都领到一碗肉汤。

冷清疗所渐渐嘈杂起来，有炭盆，有热汤，原先沉寂如一潭死水，如今有了希望，笑容也不再是罕见之物。

裴云暎要走，被常进拉住："殿帅这些日子也操劳不少，喝完汤再走吧。肉汤里加了药材，喝了对避瘟也有疗效。"

裴云暎顿了顿，接过汤碗，坐了回去。

常进又舀了一大勺："陆医官，你也喝一碗。"

陆曈还未起身，纪珣已走过去，替陆曈端起汤递给她，在她身边坐了下来。

裴云暎目光落在陆曈身上看了一瞬，很快移开。

拥挤庙宇里，隔着人群，他在那头，她在这头，明明狭小，遥远如天堑。

陆曈看向庙宇外，门外风雪皑皑，更远处刑场方向，一片银白。

身边传来纪珣的声音。

"老农占田得吉卜，一夜北风雪漫屋，屋压欲折君勿悲，陇头新麦一尺泥……"

他说着说着，神色渐渐沉默下来。

太医局教授医理，医官院遍阅医案，然唯有深入极困之地，才知民生多艰。远在珠楼玉阁之中锦衣玉食的公子，唯有此刻方得医者真谛。

医道无穷,仁德始基。

疗所里热闹得很,病者和医官们正讨论打算将供桌前那尊泥塑菩萨拆走,自打医官们来后,病人们病程延缓了许多,然而加入疗所的人不断增加,本就狭窄的庙宇越发拥挤。若拆了那座泥菩萨,至少能多空出一截空位。

眼下情势渐好,对于人们来说,医官们更有用,这尊泥塑的菩萨便不那么得人信仰了。

翠翠跑到供桌前,打算比量一下菩萨的大小,她的木床离供桌很近,若拆了这尊神像,父亲与自己的木床也能有个空隙。

她弯腰爬了进去。

四周嘈杂喧闹,陆曈低头喝着手中药汤。

就在这一片谈笑里,忽然间,小女孩的声音诧然响起:"咦,这墙上怎么有一张债条?"

第十二章

受伤

债条？

庙中众人登时被吸引，有人问："什么债条？"

翠翠道："你们自己看嘛，刻在墙上，清清楚楚——"

医官们好奇心顿起，拿着油灯走到翠翠身边蹲下。

苏南日日阴天，今日又下雪，疗所大门关了半扇，庙里昏暗得像夜晚。离得最近的医官把油灯往墙上凑近，见那供桌下、塑像前，果然深深刻着一行大字：

甫今借到十七姑娘名下二两银子，利息约至随时送还不误，恐空口无凭立此借约存字。永昌三十五年大寒立。借约人刺客少爷。

刻在墙上的字迹遒劲锋利，漂亮得很。

"永昌三十五年大寒……"蔡方愣了愣，"六年前？"

这是一张六年前的债条。

六年前的大寒那天，有人到过这里，在斑驳墙面上刻下债条，又小心用供桌挡住。

陆瞳坐在人群中，听着周围人的惊叹，不由恍惚一下。

六年前……

她还记得那个大寒日。

她向黑衣人讨要银子不成，反得了只不值钱的银戒，终究耿耿于怀，逼着对方在墙上写下一张债条。

那时她还没有长大,弯腰爬进供桌底下要对方在墙上刻字时,对方只啼笑皆非地看着她。

"这么隐蔽?"

"当然。"少时的陆瞳肃然望着他,"若写在显眼之地,被人瞧见涂抹乱画,债条顷刻作废。自然要寻不易被人发现之处。"

黑衣人提醒:"可这是苏南的庙墙,你下次向我讨债,难道要将墙皮刮下来带到盛京?"

"谁说一定要刮下来?"陆瞳反驳,"说不定,你我将来兜兜转转回到此地,那时,人证物证俱在,阁下不要出尔反尔。"

他嗤笑一声,骂道:"小人之心。"却依言伏到供桌下,寻了块地上尖石在墙上刻画下来。

写至借约人处,黑衣人问:"你叫什么名字?"

"十七。"

"十七?"

她答得坦荡:"我在家排行十七。"

他看她一眼,懒道:"行,十七就十七。"

身侧嘈杂令她回神,陆瞳抬眸,越过人群,正对上裴云暎看过来的目光。

他坐在常进身侧,四周是津津乐道的人群,望过来的目光里幽暗流转。

那张债条,她早已忘记了。当年苏南一面,不过是这繁忙人生里惊鸿一瞥的照影。六年过去,庙宇里的神像越发破败,来来往往许多人在此栖息歇憩。偏偏那张刻在墙角的债条,在被藏匿多年后,猝不及防地重见天日。

它仍在。

清晰崭新得宛如昨日。

"啊！这么一说，我倒是想起件事！"坐在大门边的李文虎突然嚷起来，"咱们这庙里，曾经闹过鬼的嘛！"

众人朝他看来，蔡方茫然："什么闹鬼？"

李文虎挠头："刑场这块归我管，你不知道也是自然。大概十年前，苏南刑场这常常闹鬼。"

翠翠爬进父亲怀里，睁大眼睛盯着他。

常进疑惑："怎么个闹鬼法？"

"咳。"李文虎四下看了一眼，这才压低声音，"苏南刑场里，有鬼偷吃尸体。"

"我那时负责看顾刑场，被处刑的犯人，家中有人的，花几个钱把尸体带走。有的无亲无眷，尸体就撂在刑场后坟岗里。后来我好几次发现，那些被丢下的尸体，要么少心少肺，要么缺肝缺肠。"

李文虎幽幽道："一开始，我以为是被野狗吃的，后来又觉得不对，野狗哪有这样挑食？那伤口也不像是狗咬的啊！"

有医官开口："会不会是人为？"

"你听我说完。"李文虎喝了口热汤润了润嗓子，继续道："后来有一天，我在刑场遇到个小姑娘，约莫十一二岁，神色惊惶不定，我问她出了何事，她和我说——"

"刑场里闹鬼，她亲眼看见有饿鬼在吃死囚尸体！"

闻言，病者们惊呼一声，医官们却神色如常。

"然后呢？"常进问。

"然后我就走了啊。"李文虎两手一摊，"我又不是道士，驱鬼也不该我管。"

纪珣皱眉："大人为何不怀疑那位小姑娘？一个小姑娘突然出现

在刑场本就奇怪,或许对方说了谎,又或许,尸体的蹊跷就是她弄出来的。"

李文虎一呆,结巴起来:"我、我没想那么多,她说自己迷路了,我还给了她块糖吃……而且我……我也怕鬼呀!"

他一听有鬼,慌得连多看一眼都不敢,哪还能注意到对方身上疑点。

他勉强道:"后来又听闻这庙里的供果常被偷吃,有人曾在夜里见过一个一身白衣的女鬼出入,就更没人敢来此处了。"

陆曈无言以对。

裴云暎低下头,淡淡笑了一下。

再可怕的故事,在拥挤人群里闲谈时,胆子也大了许多。有人就笑:"就算真有饿鬼也不用怕,咱们这么多人聚在一处,再不济,还有小裴大人。"

"都说厉鬼怕刀煞,有大人的刀镇着,什么山精野怪都不足为惧!"

病人们纷纷恭维起来。

裴云暎淡笑不语。

有更热心一点的妇人见他举止亲切,眉眼含笑,并不似贵族子弟倨傲,大着胆子笑问:"小裴大人年纪轻轻,不知可有婚配?若是尚无婚配,待疫病结束,让蔡县丞同你说门好姻亲。"

这妇人原先是苏南远近有名的媒人,蔡方轻咳一声。

裴云暎唇角一勾,道:"我有心上人了。"

妇人惊喜:"谁呀?可有做媒?定下婚约?"

他把玩手中药囊,语气不轻不重:"可惜不喜欢我。"

"……"

周围人静了一瞬。

妇人看着他,有些不解:"不喜欢大人?那位姑娘眼光竟这般高……不过大人也无须苦恼,你喜欢什么样的女子,老婆子给人做媒多年,定帮你牵桩好姻缘。"

又有人笑道:"裴大人世家子弟,前程似锦,就算要找夫人,应该也是门当户对的高门贵女,红婆子你瞎操什么心?"

妇人反驳:"谁说我就牵不到高门贵女了?苏南城中我做媒人第二没人敢称第一,小裴大人,"她问裴云暎,"你喜欢什么样的女子?娴静的,活泼的,温柔端庄才学出众?抑或是聪明伶俐泼辣豪爽,总有一个喜欢的吧。"

众人起哄地看着他。

青年似是思忖,片刻后抬头,仿佛玩笑地开口。

"我这人肤浅,喜欢长得好看的。"

周围起哄声更大了,伴随善意的玩笑。

陆疃把空碗搁在地上,起身出了门。

纪珣见状,也跟着走了出去。

外头还在下雪,从刑场方向望过去,落梅峰一片银白。

身后传来脚步声。

纪珣走到她身侧,顺着她目光望向落梅峰方向,问:"怎么不在里面待着?"

"有点闷,出来透透气。"

纪珣点头。

陆疃问:"你怎么出来了?"

"我有话想和你说。"

陆疃看着他。

"昨日蔡县丞说,水井中投入避瘟药后,苏南新增感染瘟疫的人变少了。"纪珣道,"其中也有避瘟香和药囊的作用,但至少瘟疫没再继续大肆蔓延。"

陆瞳道："是好事。"

"对苏南的其他百姓来说是，对他们来说不是。"纪珣看向疠所，透过半开的门，有热闹笑声隐隐传来。

"得了疫病的病人，没有一个痊愈。"

陆瞳沉默。

纪珣叹道："常医正先前问过我，不如换一味新药。"

"新药？"

苏南治疫，医官们所用医方，皆由梁朝《时疫论》中九传治法来解。已染时疫的病者身体虚弱，若在无把握下盲目换上新药，会刺激病人病情，不知会造成什么后果。

"医正是想如此，还没来得及与你说。但不失为一个办法，否则找不出对症下药的方子，疠所里的病人都会死。翠翠爹昨日听见我和医正谈及此事，愿意主动作为第一个尝试新药的人。"

陆瞳猛地看向他："你让他试药？"

纪珣不解她为何如此激动，只道："这对他来说也是机遇，是翠翠爹主动提出……"

陆瞳打断他："试药不同。一味未经尝试的药作用于人身上，且不提后果是否有效，或许会带来更深的疼痛。何况他本是病人，我不赞成。"

她反对得很坚决。

纪珣顿了顿。

在医官院时，他一直认为陆瞳用药刚猛霸道，试药之举，他以为陆瞳会毫不犹豫赞成，没想到她会如此激烈反对。

"若他能成功试出新药，翠翠将来或有一线生机。若不如此，整个疗所的人最终都逃不过一死。陆医官，我们来苏南这么久了，至今未曾治好一个病人。你是医者，明知此举并非全无好处，为何不清醒至此？"

陆曈看着他，默了一会儿，道："因为做药人很痛苦。"

她道："我知道你说得有理，但恕我无法赞同。"言罢，不再与他多说，转身就走。

刚一回头，就瞧见疗所门口站着个人。

裴云暎站在疗所前。

漫天银白飞絮中，一面是欲言又止的纪珣，一面是看着她的裴云暎，陆曈默然片刻，掉转步子，往疗所前的药筐前走。

才走两步，远远地跑来个人。

是个穿着衙役服的男人，手里抱着一只小筐，对陆曈道："陆医官，这是今日该换的药囊，您瞧瞧。"

陆曈一面翻动药囊，一面随口问道："这批药囊已用过十日，今日用过之后，当全部销毁，连同囊袋重新换下。"

衙役道："是。"

她看了衙役一眼。

苏南县衙蔡方手底的人统共也就十来个，陆曈每日换避瘟香时，大部分都见过。眼下这人模样平凡，放在人堆里也不会被人注意，但不知为何，陆曈停了下来。

她问："我好像从前没见过你？"

衙役一愣，答道："卑职先前随李县尉在城中治安百姓，是以医官没见过我。"

陆曈盯着他："你叫什么名字？"

"回医官，我叫……"

那人嗫嚅一下嘴唇，下一刻，一抹寒光闪过，衙役袖中忽地现出匕首刀尖，毫不留情地直冲陆瞳胸口而来！

"小心——"

身后传来纪珣惊呼。

千钧一发之时，忽然另一道凛冽银光骤然出现，刀尖被打得偏了一寸。紧接着，陆瞳感到自己被人一拽，砰的一声，银刀斩下匕首向前刀光。又是一道寒芒闪过，地上人嘴里溢出一丝痛呼，匕首连同半截手腕齐齐落地。

嫣红鲜血登时洒了一地，里头人听见动静，纷纷出来探看。

地上人尚在挣扎，一把锋锐银刀已抵住他咽喉。

裴云暎冷冷盯着地上人，眸中杀意凝聚。

"谁派你来的？"

衙役捂着断手在地上翻滚。

一只靴子踩上他腕间。

"说。"

"是太师！是太师大人让我来的！"地上人大喊，"太师让我跟着陆瞳到苏南，趁机杀了她！"

陆瞳一怔，四周奔出来的禁卫医官们也是一愣。

段小宴看了一眼身后，问："大人，怎么处理？"

银刀收鞘，裴云暎道："拖走。"

他转身，拧眉打量陆瞳："有没有受伤？"

陆瞳摇头，正想开口，目光突然定住。

满地厚厚白雪中，有滴滴嫣红滴落下来，在雪地绽落成花。

他的银刀已收回刀鞘，陆瞳目光往上，落在面前人左臂之上。

黑鳞禁卫服华丽又硬朗，色调冷泽，纵然受伤也看不清楚。然而仔细看去，左臂之上有一线细细刀痕划过的口子。

"你受伤了？"

裴云暎低头看了一眼，不甚在意道："小伤。"

蔡方和李文虎从远处小跑过来，看着段小宴等人将方才杀手拖走，神色有些惶恐："县衙里怎么会混进贼人……"

"是冲着我来的。"陆曈道。

"这……"二人不知盛京之事，一时面面相觑。

裴云暎看向陆曈。

"既为杀你，或有同伙。"裴云暎道，"我去审人，你先回去休息。"又侧首唤来一个禁卫，令禁卫守着她，才掉头离去。

陆曈看着他背影，目光落在雪地上。

雪地一片银白，方才殷红血迹如条流淌小河蜿蜒，触目惊心。

她攥紧掌心。

陡然发生意外，众人都有些心神不宁。

陆曈回到疗所，想到离开时裴云暎左臂的伤痕，心中忽而生出一股烦躁。

正想着，窗外一张笑脸探了进来："陆医官。"

是段小宴。

少年步履轻快，进屋在她对面坐下："刚才的人审完了，我过来看看你。"

陆曈看着他："是什么结果？"

"还能有什么结果，姓咸的老匹夫自己死了儿子，非要拖其他人陪葬。你前脚离开盛京，他后脚就派人跟上打算在途中取你性命。若不是我哥有远见，早被他钻了空子。"

"裴云暎？"

"是啊。"段小宴道，"云暎哥猜到戚老狗定没憋着好心。所以在护送医官的护卫们中安排了他的人时时提防。盯得很紧，那些人没有察觉。"

"后来我们也来了，苏南的人更多，刺客更找不着机会，才狗急跳墙。"段小宴拿起筐里一只药囊，"你别担心，刺客都招了，一共有好几人藏在苏南城里，现下都已拿下。如今戚家已倒，不会再有人取你性命。"

陆瞳不语，片刻后开口问："他的伤怎么样了？"

段小宴眨了眨眼，猛地一拍桌子："哎呀，相当严重，刚才我们审犯人的时候，他脸色都白得吓人，差点昏倒。"

陆瞳平静道："殿前司的护卫，应当不会虚弱至此。"

少年眼珠子一转："陆医官，这你就有些盲目了，我哥先前在歧水平乱，日日刀光剑影。等兵乱一平，立刻又带着药粮马不停蹄赶到苏南。如此奔波，人本就虚弱，这下一受伤，简直雪上加霜。"

"他受了伤，你不去看看吗？"

不等陆瞳回答，段小宴又咧嘴一笑："其实我来找你就是为了此事。我哥审完人回宿处了，常医正叫我寻个医官去给云暎哥包扎，我瞧大家都抽不开身，还好你在。陆医官，我把包扎的药和布条都放在门外了，毕竟我哥是为你受了伤，你医术那么高明，把他交给你我放心。"

他起身："我还有公务在身，就先出去了。"

他溜得很快，陆瞳再叫已来不及，只好放下药囊走出屋。

院子里的石桌上果然放着个药盘，里头摆着干净的水和布条，还有一些伤药。

她走到石桌前，终是将药托捧了起来。

禁卫们的宿处离医官宿处很近。

院子里并无他人，青枫瞧见陆曈捧着的药盘时，了然侧过身去，替陆曈打开屋门。

陆曈走了进去，屋门在身后关上。

屋子里很暗，并未开窗。苏南的冬日阴沉，白日也像是傍晚，桌上燃着一点烛火，摇曳灯火下，一扇屏风后，隐隐显出一个人影。

听见开门动静，对方也没有动弹。

陆曈捧着药盘往里走，绕过眼前屏风，就见一道挺拔人影背对她坐在桌前，只穿一袭墨色中衣，正侧首将衣裳褪至肩下，露出左臂上一道狰狞伤口。

察觉有人近前，他道："出去。"

陆曈放下药盘。

他微微蹙眉，一抬头，顿时一怔。

"段小宴让我来给你上药。"陆曈开口。

裴云暎没说话。

陆曈示意他放下手臂，伸手去脱他的衣衫。

指尖落在光裸皮肤上，二人都顿了一顿。很快，陆曈就收起心中思绪，剥开他的外裳。

衣裳被全然褪了下去，露出青年光裸半身，他的身材修长结实，常年练武，肌理线条分明，轮廓流畅似只美丽猎豹。

陆曈见过很多人的身体。男人，女人，老人，小孩，活着的，死去的。

正如林丹青所言，医者见惯病者身体，早已习以为常，她先前也不是没见过裴云暎赤着上身模样，然而此刻，心头却闪过一丝不自在，连取用药物的动作也不如往日熟稔。

这点生涩被裴云暎捕捉到了。

他看她一眼:"你怎么不敢看我?"

陆曈语气平静:"裴大人想多了。"

她这般说着,神色如往日一般镇定无波,却根本不看他的眼睛。

裴云暎垂眸看着她动作。

陆曈用帕子清理过他臂上伤口,伤口并不深,他避开得很及时。她拿过药瓶,将膏药抹在他伤口处,又挑选一条干净白帛替他包扎。

整个过程,二人都没有说话,窗外风雪寂静,偶有大雪压碎树枝的脆响。

一片安静里,陆曈感到头顶那道视线落在自己身上,灼灼令人无法忽略。

"从我到苏南起,你就一直躲着我。"头顶传来裴云暎的声音,"怕我纠缠你吗?"

陆曈抬头,正对上他看来的目光。

他语气很淡,神色也是淡淡的。林丹青私下里问过她好几次,是否和裴云暎发生了什么不为人知之事,以至于这次重逢显得格外生疏。

她刻意躲避裴云暎,裴云暎也没有靠近,像两个不太熟的陌生人,维持着一种冷漠的距离。

陆曈没回答他的话,只道:"为何派人在苏南保护我?"

他看了她一会儿,移开目光:"顺手的事。"

"是我让你错失亲手报复戚清的机会,"他道,"应当负责到底。"

陆曈沉默,目光又落在他胸前:"这是在歧水受的伤?"

裴云暎看了一眼,不甚在意道:"快好了。"

陆瞳低下头。

她听蔡方和李文虎说过,裴云暎在歧水平乱的威风,他们夸赞他的英勇善战,但陆瞳清楚,歧水乱军为祸许久,先前数次剿乱不定,必定不是件容易事。

眼下看来,那应当很艰难。

裴云暎开口:"你担心我?"

不等陆瞳说话,他又道:"你现在是以什么身份担心?"

陆瞳喉头发紧,宛如一瞬被看穿,只觉不可在这里多待一刻,否则以对方聪明,很难不发现端倪。

她站起身,把药瓶搁在桌上。

"你的伤包扎好了,我把膏药留在这里。夜里,你自己再换一遍。"她说完,端起桌上水盆就要出去。

裴云暎看着陆瞳。她说话的语气很平静,却不知道自己脚步有多慌乱。

陆瞳比在盛京时候瘦了很多,不知是不是治疫太过操劳的缘故,原本就瘦小的身体如今看起来更加孱弱,脸色也很苍白,灰青棉袍衬得她像只快要冻僵的动物,即将要沉睡在这场严寒大雪里。

他心中一动,忍不住叫她:"陆瞳。"

"裴大人还有何吩咐?"

萧萧朔雪,浩浩天风,屋外长阔冷意令人清醒几分。

他看了她许久,道:"没什么。"

陆瞳回到了宿处。

屋子里没人,她在窗前坐了下来。

窗外正对小院,寒雪纷飞里,可见落梅峰的影子,一片寒林里,隐隐窥见点点嫣红。

陆瞳微微出神。

落梅峰的红梅一向开得好，愈是大雪，愈是浓艳，满枝艳色夺人。过去她总是坐在树下，学着芸娘的样子，再烦闷的心情也能在这里得到平静。

今日却怎么也平静不下来。

有些东西，似乎并不能像自己以为的全然掌控，更无法做到干脆利落地一刀斩断，宛如绵绵无尽的柳丝，断了又生，全然无尽。

鼻腔突然传来一点痒意，像有细小虫子从里头蠕动出来。

林丹青抱着医箱从门外进来，笑道："今日小雪，裴殿帅送来的药汤不错，咱们晚点也喝……"

哐当——

手上医箱应声而落，林丹青看着她惊道："陆妹妹，你怎么流鼻血了！"

陆瞳茫然低头。

有殷红的、刺眼的红色自鼻尖滴落下来。

一滴，又一滴。

像落梅峰开得艳丽的红梅，娇朱浅浅，渐渐氲脏她的衣裙。

院中风雪未停，窗户被关上了。

林丹青在陆瞳身前坐下，微皱着眉替她把脉。

良久，她收回手，望着陆瞳狐疑开口："奇怪，没什么不对。"

"不必担心，"陆瞳道，"可能是这几日睡得太晚。"

林丹青摇头："我刚才还以为你染上疫病。"

"不会。"陆瞳见她神色严肃，主动撩起衣袖给她看，"我身上并无桃花斑。"

苏南大疫，染疫的人身上手上会渐渐出红色成片，状如桃花，故名"桃花斑"。待斑色由红变紫，渐成"紫云斑"时，病者渐无生机。

翠翠的娘死前全身遍布"紫云斑"。

见伸出来的手臂苍白，并无半丝斑痕，林丹青松了口气，眉头又皱了起来，握住陆曈手臂。

"你怎么瘦成这样？"她道，"这手臂我一只手就能圈得过来。"

陆曈一直纤弱，从前林丹青觉得她这是南地女子的清丽秀气，如今仔细看来，确实有些瘦得过分。

"脸色也不好看，"林丹青打量着她，"比在盛京时虚弱好多。"

陆曈收回手，放下衣袖："没有的事。"

"陆妹妹，千万别不把自己身子当回事。"林丹青摇头，"病者是很重要，但你也要休息。若自己先倒下，如何给那些百姓治疫？平白无故流鼻血，纵然不是染上疾疫，也定是身子不适。我等下就去告诉医正，今夜病所值守别叫你去了，这两日你就在宿处多休息。"

"不必……"

"什么不必，听我的。"她拿帕子擦了擦陆曈衣裙上血迹，血迹更斑驳了，红红一片，瘆人得很。

"多休息，多吃饭。"她说，"反正裴云暎带了药粮，咱们现在也不是吃不饱，知道了吗？"

她言辞坚决，陆曈沉默了一会儿，点了点头："嗯。"

许是林丹青对常进说了些什么，接下来两日，常进都不准陆曈再去病所了。

不去病所，陆曈在宿处时就开始写疫病的方子。

如今苏南城中，靠斑疹来确认是否染疫，然而斑疹发时，为时已晚。疫病起先并无疼痛，渐渐开始身痛发热，凛凛恶寒，走表不走里。

医官们如今先治里及表，不过汤药只是延缓斑疹变深程度，效用并不明显。

陆曈望着方子，皱眉将上头药材划去。

仍是不妥。

正想着，林丹青从外头进来。

她拂掉身上雪花，见陆曈所书药方，念道："三消饮……达原饮加升散三阳经柴胡、葛根、羌活、大黄……"

"升发疏泄的方子，"她琢磨一下，"这方子倒是和纪医官、常医正写的那副新方很像。"

陆曈抬眸："新方？"

"是啊，"林丹青道，"疫病迟迟不好，大家商量着换了方子，但这方子有些大胆，丁大哥自告奋勇主动试药。昨日夜里已经开始服用一副，"她不解，"我以为纪医官先前已经和你说过了。"

纪珣的确与她说过此事，但她也明确表达过并不赞同。本以为至少不会这样快，没料到丁勇已经开始服用了。

她蓦地起身，背起医箱就要出门。

林丹青一把拉住她："你去哪？"

"疠所。"陆曈顿了顿，"我去看看丁勇。"

陆曈去了疠所。

翠翠见她来了很高兴："常医正说，陆姐姐你生病了所以没来，已经全好了吗？"

陆曈道："没事。"

"那就好。"翠翠笑起来，"我还担心了好久。"

陆曈找了一圈，总算瞧见丁勇的影子。丁勇刚喝完一碗药，空碗不是平日用的白瓷碗，纪珣坐在他身边，正低头在纸上记着什么。

陆曈走到他二人身前。

"陆医官来了。"丁勇笑道。

陆曈看向纪珣："纪医官，我有话和你说。"

纪珣有些意外，没说什么，随陆曈走到疠所外的草棚下。

草棚下放着装着药囊的竹筐，几个护卫守着疠所大门，自打上次出现刺客后，裴云暎叫了几个人换着值守，以免突发意外。

"为何这么早就让丁勇做了药人？"陆曈站定，直截了当地开口。

"药人？"纪珣愕然一瞬，"他并不是药人……"

"未经在人身上实验的新药，作用于病者身上，不是药人又是什么？"

"这么说也不错。"纪珣想了想，道，"丁勇身上桃花斑已渐渐开始发紫，先前汤药于他无用，若不赶紧换上新方，他一定撑不过七日。"

"我和医正认为，与其没有希望地拖延，不如试试另一种可能。"他看着陆曈，"况且丁勇所用药方，你也是看过的。"

新药方都要经过每一位救疫医官的检验，直到确定当下寻不出更多漏洞时才会使用。

纪珣道："之前药方保守，可如今看来，表里纷传，邪气伏于膜原。半表半里，应当换用更强劲的方子。你不是曾经说过，天雄乌橡，药之凶毒也，良医以活人。病万变，药亦万变。"

陆曈道："但对丁勇来说，一切尚未可知。"

"我和医正已经将所有可能发生的后果告知他，是丁勇自己的选择，他知道自己会面对什么。"

陆曈抬头:"他不知道。"

纪珣一愣。

"也许他在用药中途会浑身疼痛难忍,也许他会失明残废,也许他会丧失理智变成毫无知觉的一摊烂泥……谁都无法保证这些结果不会发生,药人将要遭受什么,他根本什么都不知道。"

雪在茫茫天地中打转,一朵一朵落在人身上。

纪珣望着她:"陆医官……"

身后传来人声:"我知道。"

陆曈一顿,回过身。

丁勇站在她身后,双手忐忑地交握:"陆医官,我都知道。"

"纪医官告诉我,新药用下去,保证不了结果。但就算不用新药,我也活不了多久。"他伸手卷起衣袖,露出手臂上斑痕。那里红斑痕迹在逐渐加深,已比上一次陆曈看到的浓重许多。

"反正都要死,还不如来试试新药。我还想多陪翠翠一些日子。"

丁勇看向疗所门口,翠翠见他望来,冲父亲摆摆手。丁勇也笑着冲女儿摆摆手,又转头看着陆曈。

"就算不成,至少能多出点经验。日后你们研制解药时,说不定能帮上忙,翠翠也能用上。"

丁勇笑呵呵道:"我也只是为了翠翠。"

他语气诚恳,朝着陆曈拜下身去:"陆医官,我真是心甘情愿的。"

雪下大了。

四周寂静,只有簌簌雪花落地的轻响。

许久,陆曈垂眸:"我知道了。"

"谢谢陆医官!"男人高兴地朝她拜了几拜,又朝纪珣投去感激的一瞥。

"爹——"翠翠在那头叫他，丁勇便与二人打了个招呼，朝疗所门口走去。

陆曈望着他的背影半晌，一言不发地转身离开。

"陆医官。"纪珣追了上来。

"你是不是有什么事情？"他问。

陆曈脚步未停："纪医官指的是什么？"

"你对尝试新药一事格外慎重，但先前你在医官院做药，从来大胆。"

陆曈道："人总是会变的，纪医官先前不是也在规劝我行医需保守。"

"但尝试新药是权宜之计，以你的理智，不应当强烈反对。"

陆曈脚步一停，面对着他。

她开口："纪医官，疫邪再表再里，或再表里分传，说不定会反反复复。此新药中，加入一味厚扁，此物有毒，你我一众同僚，皆未寻出可制厚扁之毒，就算新药能将丁勇身上桃花斑暂且压住，然而一旦复发，厚扁之毒与疫毒同时发作，他根本撑不下去。"

"就算暂且撑下，来来回回，一直用下去，也会损耗身体。丁勇过去从未做过药人，用医官们都不知其药效的东西对他，真的妥当吗？"

纪珣语塞。

陆曈很少说这么多话。从前在医官院时，不奉值的大部分时间，她都安静地在角落自己翻看医书。

疗所的病人曾与林丹青说，常觉陆曈待人冷淡，就连每日衙役们带走新的尸体时，她也只是一脸漠然，仿佛习以为常。

她像片淡薄落叶，飘在水中，随波逐流。

唯独对此事态度激烈。

落雪无声落在二人身上,茫茫雪地里,二人沉默相对。

远处,又有人行来,在瞧见二人时倏然停步。

段小宴一把抓住裴云暎衣袖:"哥,是纪珣和陆医官!"

裴云暎:"我看到了。"

"怎么有些不对。"段小宴察言观色,"好像在吵架,咱们要去浇浇油吗?"

裴云暎不耐:"闭嘴。"

段小宴谨慎闭嘴。

裴云暎站在风雪中,不动声色看着远处的人。

纪珣盯着陆瞳,试探开口:"陆医官,你……是不是有什么事瞒着我们?"

"若你有难言之隐,可以告诉我,我不会告诉别人。"他道。

纪珣总觉得不太对。

一个人若举止与寻常不同,必定事出有因。然而他对陆瞳了解太少,现在想想,除了知道她曾在西街坐馆,其余一无所知。

陆瞳道:"没有。"

"可是……"

"纪医官。"一道声音从斜刺插了进来,纪珣转头,就见裴云暎从另一头走了过来。

裴云暎走到二人身前,对纪珣淡道:"段侍卫突感不适,请纪医官替段侍卫瞧瞧。"

段小宴愣了一下,忽然"哎哟"一声捂着肚子叫起来:"是的是的,我今日一早起来就头痛不已。"

这浮夸的动作令纪珣皱眉,正想说话,陆瞳已对他二人领首,转身离去。

纪珣还想跟去，裴云暎稍稍侧身，挡在他身前，笑道："纪医官？"

纪珣收回目光，看向裴云暎。对方唇角含笑，眼神却是淡淡的。

僵持片刻，还是段小宴上前，把自己胳膊往纪珣手里一塞："纪医官，来，先帮我把把脉吧。"

新药风波很快过去，接下来的几日，陆瞳重新变得忙碌起来。

丁勇换了新药方，然而药材中那味厚扁始终让她觉得不妥，于是日夜翻看医书，希望从医书中得出一些新的法子。

然而令人惊喜的是，丁勇竟一日比一日好了起来。

新药服用的第三日，丁勇手臂上的红斑没再继续变深，第五日，瞧着比前几日还淡了一点，第七日，淡去的红痕已十分明显，到了第九日，桃花斑只剩一点浅浅红色。

翠翠欣喜若狂，抱着丁勇的脖子对众医官表示感谢。

"常医正先前告诉我，等爹好了，要把新药给所有病人吃。蔡县丞也说了，咱们苏南的瘟神快要走了，疫病要结束啦！"

丁勇的好转令所有病人都很高兴。新药有用，意味着一切都有了希望。

翠翠递给陆瞳一只新编的蚂蚱。

"我已经和爹学会了编蚂蚱，等春天到了，苏南河边岸上长满青草的时候，就用新鲜青草编。绿蚂蚱还会跳，我都和疠所的叔叔婶婶伯伯婆婆们说好了，到时候我去庙口摆摊卖蚂蚱，大家都要来捧场！"

疠所的人忍不住被她逗笑。

丁勇也笑起来，看着医官们轻声道："多谢各位救命之恩，将来有机会，老丁家一定报答。"

医官们便称分内之事，又各自散开，接着忙手中未完之事。

陆曈心中也松了口气。

她一直担心新药会对丁勇造成别的伤害，如今看来，一切都在好转，再观察些日子，就可以尝试给其他病人用上此药。

有了起色，医官们更有了动力。蔡方更是干劲十足，琢磨着待新药成功后，多增加几口投放汤药的水井。

到了夜里，宿处无人，陆曈坐在灯下，从医箱中抽出一本文册。

陆曈把文册摊在桌上。

文册不算厚，已写了半册，就着昏黄灯火，她提笔，仔细在册子上低头添了几笔。

写完后，陆曈搁下笔，拿起手中文册，往前翻了几页，翻着翻着，渐渐有些出神。

直到砰的一声，门被撞响。

陆曈眼疾手快将文册一把合上，塞进木屉中。

"陆妹妹！"

回来的是林丹青，她落了一头一身的雪花，气喘吁吁开口："不好了！"

陆曈问："怎么？"

"丁勇，丁勇出事了！"林丹青脸色难看，"白日里还好好的，夜里睡了时，翠翠喊他爹在抽搐，值夜医官去看，丁勇开始吐血。"

"他身上原本的桃花斑……变成了紫色！短短一刻间，已成了紫云斑！"

夜里风雪很大。

陆曈匆匆赶到疹所，才走到门口，就听到翠翠撕心裂肺的哭声。

"爹，爹——"

丁勇躺在榻上，脸色变成诡异的青色，两只垂在床边的手臂上，大朵大朵紫云斑疹惊人。

两侧医官正帮他按着手，口中喷涌鲜血将他身下床褥染红。

翠翠哭得嗓子都哑了，看见陆曈进来，一下子扑到她身前。

"陆医官，"她大哭着，"我爹他怎么了？明明都已经好起来了，为什么会突然这样？"

陆曈看向丁勇，还未说话，翠翠忽然往前跪行两步，砰的一下对着她磕了个响头。

"翠翠——"林丹青过来拉她。

翠翠执拗地拽着陆曈裙角，宛如抓住最后一根救命稻草。

"陆医官，求求你救救他。我、我可以把自己卖给你，我什么都能做，求你救救我爹，我什么都能做——"

她嚎哭着，前额重重砸在疗所湿冷地上。

陆曈一震，忍不住后退一步。

一瞬间，似乎回到很多年前。

也是这样的大雪，冬日严寒，她在走投无路之下遇到芸娘，愿以身相易，为家人求得一丝生机。

人生无常，翻云覆雨，命运在这一刻发挥出慑人力量。幼时常武县孤弱莽撞的她，与眼前无助可怜的小女孩骤然重合，而她成了芸娘。

翠翠哭音悲怆，榻上的丁勇却像是被哭声叫醒过来，他撑起身体，眷恋地望了翠翠一眼，而后喘息着喊："带她走——"

"爹——"翠翠大哭着上前。

"别让她看。"他费力转过脸，不让女儿看到他口中不断喷涌的鲜血，"别让她看见……别让她看……"

翠翠被医官带了出去，丁勇抓着床褥的手松了下来。

"丁勇，丁勇！"常进试图为他施针，然而此刻已无济于事。

陆曈半跪在丁勇榻前，替他清理口鼻不断冒出的血水。

一只手兀地抓住陆曈手腕。

陆曈抬头，丁勇哀求地看着她。

"陆医官。"他断断续续地开口，"我只有翠翠一个女儿……他们说你医术最好，是盛京最好的医官，翠翠最喜欢你，求你治好她……让她活着，让她活下来……"

恍惚之中，陆曈眼眶渐渐温热，她反握住丁勇的手："她会活着。"

"好……"

丁勇欣慰地笑起来，疼痛模糊着他的神志，他渐渐辨不清楚，拉着陆曈的手道："丫头，爹要走了……你别、别老想着爹，人要往前看，不要一直想不高兴的事，你将来，要好好念书，好好过日子，出嫁了，爹在天上都瞧着。你要活到一百岁……下辈子，爹还给你编蚂蚱……"

陆曈呆呆望着他。

"爹的好女儿……"他喃喃道，"一定要……好好活着……"

那只枯瘦的、生满紫云斑的手陡然垂下。她想要去抓，却抓了个空。

"爹——"

身后传来痛呼。

那瞬间似乎变得很长。

小姑娘挣开医官，冲到床边，一遍又一遍地嚎哭："爹，爹你起来看看我，爹、爹，你看看我……你别走，别丢下我一个人……"

陆曈想要拉起她，翠翠却猛地转头，恶狠狠朝她看来。

"你不是说，大夫就是救人的吗？你不是说，我们不会死吗？"翠翠抓着她衣裙，不甘心地质问，"你不是说，灯芯爆花，是大喜之兆，我和爹都会没事吗？"

"为什么我爹死了？"她哭喊，"为什么他死了？"

陆曈被她推得一个趔趄，被身后人一把扶住。

裴云暎松开扶着她的手，低头蹙眉看着她。

翠翠跌坐在地，痛哭起来。

陆曈心头一酸，再也无法待在此地，猛地背过身，转身大步出了疗所。

"陆妹妹——"林丹青在喊。

裴云暎跟了上去。

陆曈走得很快。

门外风狂雪盛，苏南破庙外一片漆黑，她走着走着，渐渐小跑起来，不敢回头再看背后。

人世间有很多苦难，很早以前她就意识到这一点。

她一直是个毫无慈悲之心的怪物，只为复仇而来。什么做大夫，考医官，都不过是复仇手段。什么善泽天下，什么救死扶伤她都不在意，除了复仇，她根本不关心这世上任何别的事。

但是这一刻，但是刚刚那一刻，她多么想救活他。她多么想救活他们。就像当年芸娘救活爹娘一般。

小姑娘快乐的声音犹在耳边回响。

"蚂蚱！送给你，爹爹说，等到明年开春时，就能陪我去小河边捉螃蟹。"

声音渐渐缥缈，又变成男人最后的留恋。

"丫头，爹要走了……你别、别老想着爹，人要往前看，不要一直想着不开心的事，你将来，要好好念书，好好过日子，出嫁了，爹在天上都瞧着。你要活到一百岁……下辈子，爹还给你编蚂蚱……"

"爹的好女儿……"

"一定要……好好活着……"

嘈杂声响追随着她,她漫无目的地往前跑着,不知要去往何处,直到被身后人一把拽住,逼着她停下。

"陆曈。"那人叫她名字。

陆曈恍惚。

"陆曈。"他再叫一次,声音比方才更重。

陆曈茫然抬头。

裴云暎站在她身前,紧盯着她,声音冷沉:"你要去哪儿?"

像是被一盆冷水兜头浇下,陆曈骤然回神。

这是苏南,不是常武县。丁勇死了,她没能救活他。

全身上下忽然失去力气,陆曈身子晃了晃,被裴云暎一把扶住。

裴云暎看着她。

她脸色白得要命,目色更是空荡,摇摇欲坠的模样,仿佛下一刻就要消融。

他垂眸片刻,忽然低头抱住了她。

飞雪飘扬,北风呜咽,陆曈缩在他怀中,对方的手轻轻拍着她后背,仿佛安抚,却让陆曈瞬间红了眼眶。

丁勇那张黝黑的脸忽然变成了父亲的脸,恍惚又变成母亲的声音,兄姊的叮嘱……

她一直在想,如果家人还能见她一面,要对她说什么,嘱咐些什么。她猜测着无数可能,或许是要她报仇雪恨,或许是要她隐忍求全。如今,却在今夜的死别中,隐隐窥见一点端倪。

离世前的父亲挣扎着想要与女儿说的最后一句话,原来只是:好好活着。

如果她的爹娘、兄姊还能见到她最后一面,应当说的就是这句话了吧。

好好活着。

人要往前看。

她闭上眼,眼泪猝不及防掉了下来。

苏南的雪一夜未停,天边渐渐泛起鱼肚白。

清晨时分,丁勇的尸体被带到刑场。

染了疫病的尸体不可在疗所久留,翠翠不顾医官劝阻非要跟至刑场,亲眼看到丁勇被掩埋,在坟冢上放上一只小小的草蚂蚱。

刑场黑土混着白雪,大大小小坟冢混在一处,有家人的,尚愿立个碑,更多的则是随地掩埋。

陆瞳站在冰天雪地中,仿佛回到多年前,她从落梅峰下来,在刑场中替芸娘寻找新鲜尸体。

从一开始的不适到渐渐麻木,她以为自己对这片土地早已习以为常,未承想到再一次站在这里时,仍会为世间凄别动容。

她在刑场站了许久。直到翠翠被医官们带回疗所,直到其他医官都已回去。漫天霜雪自苍穹洋洋洒洒落下,她独自一人站着,仿佛要在这里站到地老天荒。

一把伞从头顶撑了过来。

落雪被挡在伞檐之外,她转身,裴云暎站在眼前。

他不说话,只静静看着她,仿佛也明白她这一刻的惘然,把伞往她头顶偏了偏。

"你怎么还没走?"陆瞳听见自己的声音。

裴云暎看了她一眼:"你没事吗?"

"我能有什么事?"

"不要嘴硬，陆瞳。"他神色沉寂下来，"你明明很伤心。"

他还是一如既往洞悉人心。

陆瞳转过身往前走："殿帅还是不要在这里逗留了，此地全是疫者尸体，纵然被焚烧掩埋，待久了也对身体有害，早些离开吧。"

身后人抓住她手腕。

陆瞳停步。

裴云暎微皱着眉看着她，半晌，没说什么，把伞塞到她手里。

陆瞳对他颔首，接过伞，渐渐远去了。

直到风雪里再也看不见女子身影，裴云暎才开口："青枫。"

青枫上前。

"盯着陆瞳，她不对劲。"

丁勇的死，让疠所死寂下来。

"绝望"，是"希望"过后的"失望"，它更可怕。

丁勇走后的第三日，翠翠开始发病。

或许是幼童身体不比成人，又或许是丁勇的死对翠翠打击过大，翠翠的病情爆发猛烈更甚其父，大朵大朵桃花嫣然斑驳，已泛出紫色。

疠所里，医官拉上布帘，替翠翠灌下汤药。

女孩面露痛苦，浑身被汗浸得湿透。林丹青压着乱动的她，纪珣和陆瞳在为翠翠施针。

"不行，她身体越来越冷，脉也越来越弱。"林丹青一头汗水，"陆瞳，纪珣，加针。"

更多的金针刺进翠翠身体。她开始急促颤抖起来，嘴里喊着爹娘。

陆瞳半抱住她，在她耳边道："撑住。"

"你要活下去，"她道，"你爹娘最希望你能活下去。"

话一出口，陆瞳自己也愣了一下。

很快，她就回过神来，继续在翠翠耳边开口。

"你活着，就是你爹娘的期望。"

翠翠的颤抖渐渐平息下来。

"有好转。"林丹青一喜，"别停，继续——"

疗所灯火燃了一整夜，直到天光渐亮，翠翠的脉息总算平稳了下来。

林丹青脱下湿透的外裳："吓死我了。"

她打了个呵欠，一屁股坐在疗所地上，托腮道："容我休息片刻。"然而不到几息，再去看时，已睡得很熟。

病人们都没有出声吵她，陆瞳给她盖了件毯子，自己走出疗所。

已是清晨，今日竟罕见地有一丝日头，淡淡的天光被厚厚云层遮掩不住，透出一隙金红。

纪珣从身后走了过来。

忙了一整日，他眉眼间隐有倦色，揉了揉额心，道："翠翠的病情不好，身上大部分出现紫云斑。"

"我知道。"陆瞳道，"但新方已被证实不可用。"

"我有一个想法。"纪珣看向她，"若为她用新方，则可多拖延数日，如果不用新方，她随时可能死。"

陆瞳望着他："丁勇就是用了新方中毒而死，纪医官，你比我清楚。"

纪珣摇头，"不是新方有毒，是新方中厚扁有毒。如果能找到厚扁解药，未必没有生机。"

"你想说什么？"

"用新方，厚扁之毒乃热毒，我想试试赤木藤。"他道。

陆瞳讶然："苏南没有赤木藤，或许平洲也没有。"

"医正已让人传信去平洲,或许能争取几日时间。陆医官,我们没有太多时间可以等。"

纪珣一向谨慎小心,当初她在金显荣药材中用上一味红芳絮便被他严辞训诫,如今这方法已十分大胆。

"有些冒险。"

"对于病者来说,每一线生机都要争夺。"

他说得其实没错。

"可惜平洲离苏南尚有距离。"纪珣叹息一声,"不知翠翠能不能撑得到那日。"

这声惆怅的叹息,直到陆瞳回到宿院,仍在她耳边回响。

只解厚扁之毒……

陆瞳在桌前坐下来,案上,一只干瘪的草蚂蚱跃入眼中。

陆瞳怔了怔,仿佛又看见丁勇憨厚笑脸与翠翠送她草蚂蚱时候的开怀。

她凝眸看了许久,才低头取来纸笔。

丁勇所用新方被重新写在纸上,陆瞳目光落在"赤木藤"三字上。

平心而论,这医方的确十分大胆。厚扁之毒难解,过量解药又会消解毒性,这就意味着,互相制衡药性更难。若用别的毒药,只会加重毒性。

丁勇最后也无法消解此毒。

从盛京带来的药材,以及裴云暎从歧水送来的草药都已一一看过,能用上的都用上了,药效仍然不佳。

苏南已没有别的草药。

赤木藤……

从最近的平洲运过来,也要五六日了。

陆瞳眉头紧锁,抬眼看向窗外。

皑皑风雪里,隐隐可见落梅峰隐隐嫣红。

落梅峰倒是有很多草药,从前她常在其中取用,可惜都是大毒之物,根本无法解厚扁之毒。不过,赤木藤……

陆瞳心中一动。

等等,她似乎遗漏了一个地方。

翌日,医官宿处安静,天还未亮,陆瞳早早起榻。

隔壁屋子里,林丹青还没醒。陆瞳背上医箱,推门走了出去。

天色尚早,昨夜疠所奉值的医官还未回来,院子里冷凄凄的。陆瞳提着灯,才走到院子,就听见吱呀一声,另一间房门开了。

陆瞳诧然回头。

"裴云暎?"

清晨的雪还不大,片片碎琼里,他神色自如,仿佛特意在此等着她。

"你怎么睡在这?"禁卫们的宿处明明不在此处。

"昨夜我突感不适,特意问常医正换了间屋子。"

"你呢?"年轻人瞥她一眼,似笑非笑,"起这么早,去哪儿?"

"疠所。"陆瞳答得很快,"换俸值医官。"

"哦,"裴云暎点头,打量她一下,"去疠所,带了医箱、斗篷、竹筐、铁锹……"他嗤笑一声,"你怎么不干脆雇辆马车?"

陆瞳:"……"

"陆大夫,该不会想上山吧?"裴云暎的目光落在她背着的那柄铁锹上。

陆瞳不语。

昨日她问过常进,能不能带人上落梅峰一趟,遭到李文虎的大力反对。

"落梅峰很大,山路又陡,不下雪时都没几个人愿意往那荒山上跑。"

"眼下大雪封山,更不能去了。一进那山,人在里头根本出不来。"李文虎狐疑看着她,"陆医官,难道你想带医官们上山?劝你还是死了这条心吧!医官本就少,要是折在山上,捞都捞不回来,那是找死。"

耳边声音打破她思绪。

"山上下雪,山路难行。你不要命了?"

陆曈看着他。

裴云暎站在面前,嘴角虽笑,语气却很严肃。

陆曈道:"我有非去不可的理由。"

他微微蹙眉。

落雪无声在二人中间飞舞。

他盯着陆曈许久,半晌,点头道:"那就走吧。"

陆曈一怔:"什么?"

青年接过陆曈手中沉重铁锹:"我和你一起去。"

第十三章 旧屋

陆曈愣了一下，以为自己听错了。

"没听明白？"他看她一眼，"我说，我陪你去。"

陆曈眉头拧了起来。

今年苏南大雪，雪满封山，李文虎的担忧并非危言耸听，若非情势紧急，她也不会这时候出行。

"你要一直这么站着？"裴云暎偏了偏头，提醒，"再过一刻，其他医官一醒，你想走也走不了了。"

陆曈："……"

这话说的倒是事实。要是被告到常进面前，常进肯定会拦着她。

她盯着裴云暎看了片刻，对方不甚在意地任她打量。

陆曈实在拿他没办法，须臾别开眼，埋头越过他往前："走。"

裴云暎扬了扬眉，慢悠悠追上她，提过她手里包袱。

陆曈回头，扯了两下没扯过，道："我自己拿。"

"陆大夫。"他抬了抬下巴，示意她看远处重重山峰，"山路崎岖，雪深路滑，不能行马，看你也是打算步行上山。"

他道："提这么多东西，你真当自己牛马？"

陆曈反唇相讥："我力气很大，殿帅也知道，杀人埋尸练过的。"

"那就更要留着力气了。"裴云暎从善如流，"还不到用武之地。"

陆曈："……"

她对这人无话可说。

快要路过疗所时,陆曈扯了一下裴云暎袖子,他回头,陆曈指了指离疗所不远的另一条小路。

"走这条路,"陆曈低声道,"免得被其他人发现了。"

裴云暎看了陆曈一眼,没说什么,任由她拽着自己袖子进了一条小道。

那条道离疗所有一段距离,护卫不会发现。

陆曈一面走,一面回头张望,裴云暎瞧着她动作,忽然笑了一声。

陆曈莫名:"你笑什么?"

"其实,就算被人发现,我要带你上山,他们也不会阻拦。"他哂道,"反而是你这样躲躲藏藏,不知道的,还以为你我背着别人私奔。"

陆曈一顿,目光落在拽着他袖子的手指上。

一男一女,形迹可疑,偷偷摸摸,小心翼翼,此刻被人撞见,的确有几分无媒苟合的心虚模样。

陆曈蓦地甩开他的袖子,冷道:"殿帅多虑。"

他整了整袖子,不紧不慢开口:"毕竟我尚无婚配,名声要紧。"

陆曈忍了忍,把骂人的话咽了回去,转身继续往前:"走吧。"

天色渐渐亮起来。

宿处的避瘟香换了一炉,林丹青在房门前敲了半晌没动静,用力一推,门被推开了。

她走了进去,叫:"陆妹妹!"

屋子里并无人在。

桌上放着张纸,林丹青随意扫了一眼,忽然神情一动,下一刻,举着纸狂奔出宿处,喊道:"医正、医正出事了!"

常进正打算去疗所，被林丹青喊得一个激灵："怎么了怎么了？"

"陆医官上山了！"林丹青把纸差点拍常进脸上，"一大早，自己一个人去的！"

"什么？"常进吓了一跳，看到陆曈留下的字条，顿时脸色发白，"陆医官怎么能一个人上山！"

上山这回事，陆曈先前已与他提过一次，然而本地人蔡方和李文虎再三警告他们落梅雪山凶险，大雪日易进难出。

陆曈平日里最理智冷静，怎么今日昏了头？

常进跺脚："快、快去找裴殿帅。他的人马多，现在赶着去，还能把陆医官带回来。快点！"

前去的医官不到半炷香就滚了回来，哭丧着脸道："医正，裴殿帅不见了……"

"不见了？"常进大吃一惊。

闻讯跟来的段小宴先去医官院各处搜寻一圈，奇道："我哥今日一早就没见着人，怎么，他没在你们这里？"

一位女医官，一位指挥使，一大早双双不翼而飞，林丹青皱眉："这两人不会私奔了吧？"

常进没好气道："这么大的雪往山上私奔，那不叫私奔，那叫殉情！"

私奔尚不算离谱，但殉情似乎不大可能。

正是一片鸡飞狗跳之时，裴云暎的贴身侍卫青枫从门外姗姗来迟，道："大人陪陆医官一同上山了。"

"啊？"众人齐齐转向他。

青枫道："陆医官想去落梅峰，大人出门撞见，遂陪同陆医官一同进山。"

院中众人面面相觑。

半晌，林丹青道："裴云暎疯了吗？"

裴云暎是指挥使，这个时候进山有多危险他比谁都清楚。听见陆曈要上山不仅不拦着，还跟着去，一点脑子都没有，这还不如私奔了呢。

段小宴的神色却陡然轻松下来。

"是我哥陪着去的啊。"他弯了弯眸，"那没事了。"

"你脑子也烧坏了？"林丹青震惊，"你不担心他们在山上出事？"

"那是我哥哎，"段小宴胸有成竹，"而且跟他一起上山的还是陆医官，陆医官不会出事的。"

少年望着远处，自信开口："放心，他一定把陆医官照顾得妥妥当当。"

落梅峰路陡难行，陆曈背着医箱在其中穿梭，熟稔地绕过每一条小路。

她在山上生活了七年，这里每一块石头、每一棵树、每一条溪流似乎都是旧时模样。过去那些年，她曾无数次试图逃离这座山，芸娘死后，也曾在芸娘墓前发誓再也不要回来，没想到今日，却背着医箱走回老路。

这一次不是逃离，是她主动回来。

这感觉有些奇异。

陆曈走得很快，并未注意到身后人的目光。

裴云暎若有所思。

落梅峰很大，白雪湮没一切，陆曈却总能准确认出每一处不同，找到最不费力的那条路。像是在此地生活多年。

越过一处陡坡，陆曈在一棵青松树前停下脚步，回头递给他一条黑巾。

"不能一直看雪地,久了会暂时失明。"她解释,又寻了块巨石坐了下来,从怀中掏出另一条黑布条蒙住眼睛。

"你戴这个,我们在这里休息片刻。"

裴云暎略略一想,笑了笑,没说什么,接过黑巾覆于眼上,一同在陆疃身边坐了下来。

黑巾并不厚重,薄如蝉翼一层,满地的雪变成灰色,却又能互相看到彼此。

陆疃从包袱里摸出一块干饼给他。

裴云暎:"不饿。"

陆疃把饼塞到他手中,又递给他水袋:"我带得足够,否则你饿死在这里,我还要把你埋了,很费力气。"

裴云暎:"……"

他朝陆疃的包袱看了一眼,包袱不轻,鼓鼓囊囊,他一路提着,还以为带了什么,此刻看去,竟是满满当当的干粮和水。

他有些匪夷所思,过后又觉得好笑:"你还真是准备周全,是打算在山上过日子?"

陆疃:"你以为我上山是来送死的?"

"看出来了。"裴云暎懒洋洋道,"你对这里很熟。"

陆疃对山路很熟。

她体力比他想的要好,一路下来,不见半分疲惫,山路崎岖耸拔,她却习以为常。上次在莽明乡茶园也是,她走得很快,像是常年走山路之人。

裴云暎随手捡了根树枝,仿佛不经意开口:"你从前来过这里?"

陆疃沉默一会儿,道:"我以前住这里。"

他一怔,侧过头来:"你一个人?"

"和我师父。"

裴云暎有些意外。

思量半天,他问:"所以,六年前我和你初见那一次,你就已经住在落梅峰上了?"

"是。"

裴云暎看着她:"那你当时怎么不邀请我上去坐坐?"

陆瞳:"……"

她道:"我怕你没命。"

"怎么?你家是黑店,进了你家门,就要被弃尸荒野?"

"是啊,你应该感谢我。"

裴云暎嗤了一声:"你这样和我说话,正常多了。"

陆瞳顿了顿,下意识抬眼看他。隔着黑巾,二人都是朦朦胧胧的,瞧不见对方视线,反而有种不被拆穿的安全。

握着干粮的手微微发紧,陆瞳岔开话头:"你今日为何会在医官宿处?"

"不是说了吗,昨夜我突感不适。"

"说谎。"

裴云暎端详着雪地上树枝划迹,淡淡一笑。

丁勇死的那一夜,陆瞳很难过,于是他让青枫多留意一点陆瞳。

陆瞳昨天傍晚去找了铁锹,又问段小宴要了点干粮。后来青枫在窗外瞧见她收拾包袱,将此事回禀与他,他就亲自来盯人了。

陆瞳这个人,总是悄无声息干大事,他总觉得不盯紧些,不知又会做出什么让人意想不到的事。

事实证明,他果然没猜错。

裴云暎拿起水袋,问:"你上山来做什么?"

"采药。"

"采药?"

"治疫新方中有一味厚扁,厚扁之毒不易解。我记得落梅峰有条溪流,溪流以北的崖壁处,长有赤木藤。赤木藤之毒性烈与厚扁相似,或许可以试试。"

纪珣告诉她赤木藤后,她就在心中盘算,认为或许可成一线生机。

但平洲送过来时间太久了,翠翠没有时间。

她可能也没有。

裴云暎点头:"原来如此。"

他想了想,又开口:"所以你对这里熟悉,是因为你经常在山上采药?"

陆曈"嗯"了一声。

裴云暎抬起眼帘:"你和你师父从前在一起,你师父是什么样的人?"

"你问得太多了。"

"是你说得太少了。"他黑眸藏了几分探究,"你怎么从来不说自己的事?"

陆曈很少说自己的事。大部分时候,他问,她才会答。回答也是模模糊糊,常武县的过去寥寥几句带过,他对苏南的陆曈更是一无所知。

明明戚家案子已了,她已没有大仇在身,但在某些时刻,裴云暎还是能隐隐察觉她身上似乎藏了一个秘密。一个更深的、更不想为人发现的秘密。

她太狡猾,无论如何试探审问,一丝马脚不露。

青年的目光太过犀利,隔着黑巾仿佛也能将人看穿。陆曈侧过头,岔开话头:"那不重要,倒是你,我不一定能找得到赤木藤,你跟我进山,不怕被困死在山中?"

"不怕啊。"裴云暎漫不经心地开口,"反正你带的东西足够。"

"如果我找不到路怎么办?"

"那就陪你一起死。反正先前你在医馆也说过,想和我一起死。"

陆瞳怔然一瞬,一时忘了去接他手中水袋。

似乎在更早前,在仁心医馆时,他因那具陷害段小宴的死尸登门来找她算账,来者不善,满腹算计,字字句句试探交锋。她那时威胁要与裴云暎一起死,对方却不疾不徐,含笑以对:"生同衾,死同穴,死后合住一坟冢的事,我只和我夫人一起做。"

当初心机试探之语,如今再说出口,意味全然不同。

她尚在愣怔,身边传来裴云暎淡笑的声音。

"陆大夫,如果你找不到出路,今日我们倒是可以死后合住一坟冢了。"

他说得吊儿郎当,陆瞳却如被踩了尾巴的猫,一瞬跳起来:"谁要和你一起死?"

裴云暎愣了一下,有些莫名:"玩笑而已,你怎么这么激动?"

她一把拉下面上黑巾,忍住心中怒意瞪着他。

"这不好笑。"陆瞳冷道,"不要拿性命开玩笑。"

裴云暎:"你……"

陆瞳一语不发转过身,低头把水袋收好,背起医箱,头也不回地往前走:"赶路吧。"

她起身得迅捷,裴云暎没说什么,拿上包袱,随着她一同往前走。

风雪渐渐大了。

山上雪比山下雪来得急,片片飞琼呼啸扑来,陆瞳一个没注意,踩进一个雪坑，踉跄一下。

"小心。"

裴云暎将她扶住，陆曈站定，忽觉脑子有一瞬眩晕，忙抓住他胳膊站稳。

裴云暎低眸："怎么了？"

陆曈摇了摇头，将方才一瞬的不适压下，视线掠过前方时，眼睛一亮。

"到了。"

前方不远处，果然有一处蜿蜒溪流，溪流水已结冰，与雪地混在一处。

陆曈背着医箱，快步跑过去。

裴云暎跟在她身后："慢点。"

待近前，能瞧见被积雪覆盖厚厚一层的崖壁。

陆曈走到崖壁跟前，手心覆上去，一瞬感到刺骨凉意。

裴云暎把她拉开，自己伸手拂去落雪。

被拂开的崖壁上空空如也，什么都没有，只有一团枯萎断木残留半截藤桩，皱巴巴一团，依附在崖壁上。

陆曈愣了一下，俯身拾起断木。

枯萎藤枝在她手中，像段烂掉的绳子。她僵硬一瞬，抬眼看向裴云暎。

"怎么了？"

"……枯了。"陆曈喃喃开口，"这里的赤木藤，枯萎了。"

崖壁上的赤木藤全都枯萎了。

此草木耐寒，极寒之地也能生存。上山前，她虽不敢有绝对把握，但觉得十之六七的可能还是有的。

裴云暎从她手中接过那截枯萎断木,垂眸端详。

"赤木藤枯萎了。"陆曈沮丧,"我们白来一趟。"

他瞥一眼陆曈:"也不算白来,试了才知结果。"

陆曈听出他话中安慰,但心中仍不免失望。

翠翠危在旦夕,厚扁之毒难治,常进和纪珣若为翠翠用新药,无异于饮鸩止渴。等待平洲的赤木藤时间又太久,这样下去,苏南疫病何解?

一阵冷风扑面而来,陆曈打了个冷战。

裴云暎伸手替她拉拢斗篷,问:"现在打算怎么办?要回去吗?"

陆曈沉思,其实以她的脚程和对落梅峰的熟悉,一日来回也足够。然而苏南多年难下一次大雪,山路比从前难行许多,眼下往回走,只怕还没下山天就已全黑了。

夜里雪山实在危险,况且以她现在的身体……

陆曈摇头:"继续往上爬。"

裴云暎有些意外,不过很快就点头:"行。"

这回轮到陆曈惊讶了,她问:"你怎么不问我去哪?"

他笑:"你是医官,我是禁卫,保护你是我的职责。"

默了一下,陆曈夺过裴云暎手里藤草:"那就快些,否则还未到山顶,你我就要走夜路了。"

裴云暎扬了扬眉,看着她背影,道:"陆大夫带路小心点。"

陆曈:"……快点跟上。"

越往上走,风雪越烈,约走了半个时辰,天色更暗,只剩一点灰光笼罩山头。狂舞雪幕里,渐渐出现一大片红梅。

红梅艳丽,点点嫣红,其下不远处,一间草屋伶仃而立。

草屋很是破败,前后几乎被荒草淹没,四周风雪一吹,宛如夜里山上一段幻影。

裴云暎尚在打量,陆曈已走上前去,在草屋前停下脚步。

原以为自己此生不会再回来,未承想今日故地重游。

"这是你住过的地方?"他问。

"是。"

裴云暎低头看她一眼,扬唇道:"所以,你还是邀请我上你家做客了?"

"……"

她背着医箱,头也不回往前走,道:"你也可以住外面。"

二人走至草屋前,裴云暎推开屋门。

门一开,灰尘顿时飞舞,陆曈叫裴云暎从包袱里掏出个火折子点亮,屋子里就有了点光亮。

这是狭小的屋子,靠墙摆着一方草榻,仅仅只能容一人睡下。

门口放着张方桌,方桌下有只炉子,一只上锁的木柜,除此外什么都没有,很有几分家徒四壁的凄凉。

陆曈弯腰从草榻下摸出一把钥匙,打开上锁的木柜,从木柜里端出一盏油灯。

静谧灯色将屋中寥落驱散几分。

陆曈转头,见裴云暎正抱胸打量四周,遂问:"有什么好看的?"

裴云暎:"第一次进你闺房,自然好奇。"

陆曈:"……"

这人简直有病。

他走到里头,目光挑剔掠过屋中粗陋陈设,道:"你以前就住这里?"

比起殿前司的审刑室,此地可能就多了张床,甚至还不如审刑室宽敞。

"不敢和殿帅府相提并论。"

"不是说你和你师父一起住山上吗？"他又回头，视线扫过角落，"怎么只有一张床？"

陆瞳抿了抿唇："她不住这里。"

裴云暎意外："所以，你一人住在此地？"

"算是。"

裴云暎注视着她，眸色闪过几分思量。

他第一次见陆瞳时已是六年前，那时陆瞳也不过十二岁。落梅峰荒芜，李文虎提起此地都心中发怵，一个小女孩独自一人住宿此地，她是如何忍耐下来的？

陆瞳若无其事转身，从柜子里搬出被褥。被褥阴沉沉的，好在没有发潮，垫在身下凑合一晚倒也行。

"今夜恐怕要委屈殿帅，暂且睡这里。"

裴云暎"啧"了一声，抱胸看着那张狭小的榻，道："这里只有一张床。"

陆瞳把厚重被褥往他怀里一扔："你睡地下。"

"这样好吗？你我未婚男女，孤男寡女共处一屋说出去，惹人误会。"

陆瞳转过身，看着他皮笑肉不笑道："殿帅如果真的矜惜名节，也可以睡门外。看在你我往日交情，明日一早，我一定替你收尸。"

裴云暎盯着她脸色，须臾，忍笑开口："你还真是容易生气。"

"是殿帅太过无聊。"陆瞳冷冰冰开口，"我要生火，麻烦殿帅去砍几截梅枝来。"

裴云暎点头："行，你是主人，你说了算。"

他转身出去了。

看着他背影消失在门外，陆曈才松了口气，扶桌在椅子上坐下来，拭去额上汗珠。

许是近来旧疾犯得勤了些，她体力不如从前，若非如此，今日脚程也不会这么慢。

不过一会儿，裴云暎从外面回来，抱来了一丛干枯梅枝。他把斩成整齐小段的梅枝塞进炉子，用火折子点燃。

陆曈原本有些担心这火生不起来，未料裴云暎动作很娴熟，很快，噼里啪啦的声音就响了起来。

窗户开了半扇，偶有雪花从窗外飘进屋里，昏黄灯影给风雪中的小屋蒙上一层暖色。

陆曈看着他。

他坐在火炉前，正低头削着手中剩下梅枝，朦胧灯色洒下一层在年轻人秀致俊美的脸上，似把收鞘银刀，不见锋锐，只有瑰丽与柔和。

他头也不抬，认真手中动作，道："盯我干什么？"

陆曈一怔，别开眼去。

他笑了笑，动作未停："有话要问？"

陆曈默了默，终是开口："我走之后，银筝他们还好吗？"

"还好。"

陆曈垂眸，这就是她最想要的答案了。

屋中安静，裴云暎忽然开口："陆曈。"

他道："虽然你让人送了我一封托孤信，但你难道不担心我拒绝你的要求？"

陆曈去苏南的决定来得很仓促。偏偏那封要他照应仁心医馆的绝笔信写得格外细致，细致到方方面面无一不顾，以致现在想来仍令人恼火。

"不担心。"陆曈道,"我相信就算我不求你,仁心医馆有难,你也会照应他们。毕竟,你是参加过医馆店庆的座上宾,就是他们的挚友。"

脚下火炉里,毕毕剥剥的声音在冷寂雪夜里越发清晰。

青年闻言,轻笑一声,望向她道:"陆曈,你吃定了我,是吗?"

陆曈手指蜷缩一下,缄默不语。

火炉里的火旺旺地烧起来,屋中渐有暖意,裴云暎起身,拿起柜子里取出的一只红泥水壶,在门外洗净,取了雪水来烧。

寒夜客来茶当酒,竹炉汤沸火初红。他坐在火炉前烧水,陆曈开口问:"宫里后来发生了何事?"

驿站的人只短短两句,皇城却已地覆天翻。话说得轻描淡写,但陆曈清楚当日一定很惊险。

"你不是都知道吗?"裴云暎揭开壶盖,白雪堆积在壶中,火苗一舔,即刻消散。

他第一次见到陆曈时,陆曈也是将一罐雪水煮化,那时她说,这叫"腊雪"。

一晃已六年过去。

陆曈看着他:"你的人都没事?"

裴云暎没说话,低头时,睫毛低垂下来。

那其实是很血腥的一夜。

蛰伏多年的反扑,总是残酷而无情。胜败乃兵家常事,然而对于那个位置来说,机会只有一次。

曾不可一世、弑父弑兄的男人也会被安逸消磨斗志,他的惶恐与不甘令这最后一战显得可笑。

梁明帝扶着金銮殿的龙椅，望着他们的目光愤怒而不可置信："你们、你们竟然背叛朕！"

宁王微笑，严宵冷漠，殿外刀剑兵戈声不绝，而他拭去满脸的血，眼底是他自己都不知道的阴戾疯狂。

"陛下，"他平静道，"五年前皇家夜宴，你欠我的那一剑，是时候该还了。"

这世上，各人有各人恩仇。

宁王背负父兄被害之仇，他背负母亲外祖一家血债之仇，就连梁明帝自己，临死最后一刻也认为当初弑父弑兄之举，不过起于先皇不均不公之仇。

有人为仇，有人为恩，还有人为情。

情。

严宵为情，所以严宵死了。

他是为救萧逐风而死，也是故意为之。

新皇上位，殿前司与枢密院往日关系到如今，难免被人拿来口舌。纵然新皇不提，朝中流言也不会善罢甘休，会使殿前司的他与萧逐风难做。

严宵替萧逐风挡了一剑。

"老师！"

从来对他们没有好脸色的男人躺在萧逐风怀中，眼角疤痕在最后似乎都柔和下来。

"不要这副神情，难看死了，把脸转过去。"他骂着，语调却很轻，"让我歇会儿，别吵我。"

"老师！"萧逐风沾满了血的手颤抖，"我去找大夫，撑住！"

严宵却看向远处。

"故人……入我……梦……明我……长相……忆……"

他躺在萧逐风怀里，微笑着垂下了头，渐渐没了声息。

裴云暎恍惚一瞬。

严胥并无婚配，一生无子，仅收两徒。而他与裴家自当年恩断情绝，严胥更肖他父。

丧父之苦，痛不欲生。

因其这份痛楚，以至于裴家的消亡，他竟无多大感觉，好似作壁上观的局外人。

或许，他本就是这样冷漠的浑蛋。

"裴云暎？"陆瞳开口。

裴云暎回过神。

罐子里的雪水被煮得浮起白沫，他拿梅枝撇去一点浮渣，道："戚清死了。"

陆瞳微怔。

"我说过，会替你杀了他。"

门外寒风猎猎，树枝被风折断的声音，像刀刃割入皮肉的撕响。

戚家被抄，他特意向新皇要了戚清的处置。

殿前司的审刑室，从来没有关过太师这号人物。他坐在椅子上，看那个一贯高高在上的老者褪去从前傲慢，变成了一个普通人。

没有权力，没有官职，太师也就是一个普通人。

"听说太师最喜欢吃的一道菜叫'金齑玉脍'。"他漫不经心擦拭手中银刀，"选新鲜肥美鲈鱼，除骨，去皮，揠干水分，片成薄片。"

"你想干什么？"戚清哑声开口，腕间佛珠掉了一地。

"其实杀人和杀鱼一样的，按住，一刀下去，切开就好了。"

他俯身，捡起地上一颗黝黑佛珠，在手中端详片刻，微微笑了起来。

"太师好好尝尝。"

那天审刑室的惨叫声响了整整一夜,第二日出门时,他看着院中梧桐树出神了很久。

陆家是因戚家而消亡,陆瞳因戚家进京复仇,永远活在遗憾痛苦之中。

如今,前仇已了。

至此,尘埃落定。

屋中灯火蒙昧,窗外朔朔风雪,年轻人坐着,暖色映在他长睫,像雪夜里骤然而至的蝴蝶落影。

他把烧开的水壶提到一边,道:"问了我这么多问题,你呢?"

陆瞳:"我什么?"

裴云暎放下水壶,看着她,淡淡笑了。

他说:"陆瞳,在苏南的这些日子,你没有想念过我吗?"

想念……

陆瞳怔了怔。

"这个问题有这么难回答?"

她回神,飞快答道:"没有,没想过。"

"是吗?"他点头,"那还挺遗憾。"

话虽这样说着,这人语气却不见失落,又倒水至红泥茶盅,走到陆瞳身前,把茶杯塞到她手中。

"喝吧,'腊雪'。"

陆瞳:"……"

她刚想反驳这算什么腊雪,一抬眼,却对上他眸中笑意,仿佛看穿一切。

陆瞳握紧杯子。

不知为何,她觉得裴云暎有些不一样了。又或许她问心有愧,便难以招架,步步后退,自乱阵脚。

裴云暎笑笑,退回桌前,走到屋中,拿起搁在榻脚的被褥。

被褥又厚又沉,针线十分粗糙,他看一眼地上:"这里?"

陆瞳点头。

他便没说什么,整理一下,就将褥子铺在地上。

陆瞳瞧着他动作,这人虽是贵族子弟,有时瞧着骄矜挑剔,但某些时候又适应得格外好,令人意外。

"你不休息吗?"他坐在褥子上,抬眼看陆瞳。

陆瞳把空杯放在桌上,想了想,又看向屋中桌上那盏油灯,嘱咐:"夜里睡着了,不必熄灯。"

裴云暎看着她:"陆瞳,你不会担心我夜里对你做什么吧?"

"殿帅也知道,我的针很厉害,你若不怕变成第二个金显荣,大可以一试。"

裴云暎:"……"

见他吃瘪,她莫名心情略好了些,适才和衣而卧。

裴云暎哼笑一声,没与她计较,双手枕着头躺了下来。

屋子里灯油静静燃烧,屋中二人沉默着,各想各的心事。

裴云暎瞥见床脚处似有一截长物,以为是蛇,蹙眉坐起,银刀一挑,却发现是条绳子。

是条很粗的麻绳,不长不短,已有些磨损痕迹。

他用刀尖挑着那条绳子,侧首看向榻上陆瞳:"怎么还有条绳子?"

陆瞳坐起,见他手中所持之物,登时面色一变,一把夺了回来。

裴云暎瞥见她脸色,须臾,沉吟开口:"这里不会真是黑店?"

这绳子的长短，上吊不够，捆物勉强，用来绑手绑脚最合适。殿前司审刑室中，捆绑犯人手脚的绳子正是这个长度。

陆曈心中一跳，冷冰冰回道："你都住进来了，说这句话未免太晚。"又怕被他窥见端倪，把绳子往床下一塞，自己背过身躺了下去，不说话了。

裴云暎转眸看着她背影，好半天没有说话。

他重新躺下来，想到什么，又抬眸去看头顶土墙。搭被褥的地方挨着墙头，他刚进此屋时，已发现墙上有抓痕。

从前在殿前司审犯人，有些犯人在牢房中痛苦难当时，会在地上翻滚，抓挠墙壁，痕印就是如此，他看得很清楚，再联想到方才的绳子……

裴云暎看向榻上。

陆曈背对着他，赌气似的面向着墙，只将一个后脑勺留给外头。

他怔了一下，随即有些好笑。

无人荒山，共处一屋，他好歹是个男人，以陆曈谨慎个性，居然这样就将后背露在外头，全无防备……

还真是半点对他不设防。

他收回视线，重新躺了下来。

夜更深了。

风从窗缝灌进来，听得到门外树枝摧折的声音。

陆曈躺在榻上，望着屋中昏暗的光，望着望着，便觉眼皮渐渐发沉，慢慢昏睡了过去。

大雪下得越来越大，银白的雪飘着飘着，就变成了一片如云似的裙角。

有人在她耳边唤："十七。"

十七？

她抬起头，嫣红梅花树下，坐着的妇人眉眼娇丽，放下手中书册，对她招了招手。

"过来。"

芸娘……

她茫然走过去。

芸娘坐在树下，小火炉里煨着一只陶罐，有清苦药香从其中传来。芸娘用帕子握着罐柄将药罐提起来，倒在石桌上的空碗中。

妇人走到她身边，拉起她的手，道："你上山三日了，可还习惯？"

"习惯。"

"那就好。"她笑，"既上山，我来带你认识几位朋友。"

陆曈愣了一愣。

她从常武县跟着芸娘一路来到落梅峰，自上山后，从未见过一人，哪里来的朋友？

芸娘慈爱地牵着她的手，走到屋后一大片开得烂漫的草丛中，在草丛前停下脚步。

"你看。"

陆曈看过去，随即头皮发麻。

丛丛草木中心，隐隐隆起一排排土丘，不，应该说是坟冢。常武县大疫时，她见过很多。

"这是……"

"是你的十六位师兄师姐。"妇人柔声道，"他们都与你年纪相仿，就是体弱了些，陪我的日子太少。"

"小十七，你可要陪我久一点。"

陆曈发起抖来。

"怎么那副神情？"芸娘惊讶，"以为我会杀了你吗？"

妇人抚了抚她的头，嗔道："傻孩子。"

她已吓得不敢动弹，任由芸娘牵着回到了草屋。

"小十七，当初你求我救你家人时，告诉我说，你什么都能做。"

陆瞳望着她，一颗心渐渐下坠："小姐想要我做什么？"

芸娘走到石桌边，拿起方才那只倒满了汤药的药碗递给她，微微一笑。

"喝了它。"

陆瞳喝光了药碗里的汤药。

芸娘拿出帕子，替她擦拭嘴角药汁，笑着开口："别怕，这不是毒药，也不会要你性命。我瞧你刚才喝药很是干脆，是个不怕苦的好孩子。"

芸娘把她往草屋里轻轻一推，嗒的一声，门被锁上。陆瞳回过神，听到妇人含笑的声音从门外传来。

"刚才那碗药，叫'渡蚁阵'。服用后一个时辰，会有一点点疼，若你能忍过三个时辰，自然无碍。若忍不过去，可就要小心喽。"

"你前头那位小十六姐姐，就是没忍过这碗药，拿绳子自尽，解下来的时候，模样可难看了。"

"小十七，"她说，"你可要坚持住呀。"

门外脚步声渐渐远去，任由她如何拍打屋门，再无回音。

芸娘已经走了。她一个人被留在这间屋里，无处可去，步步后退，脚却踩到什么东西，差点绊了一跤，低头一看，原是一截绳索。

宛如被针扎到，陆瞳手一松，粗大绳索应声而掉。

陆瞳扑到门前，再次拍门："小姐，芸娘！放我出去！我要出去！"

回答她的只有沉默。

直到她拍得累了倦了，从门上缓缓滑落下去时，也没有任何回声。陆曈坐在门后，蜷缩成一团，看着那截带血的绳索，心中一片绝望。

她会死的，她没办法和爹娘兄姊团聚了。

爹娘、哥哥姐姐……

她哭了很久，哭得嗓子发哑，却在极度惶惑中渐渐冷静下来。

她不能死。

她死在这里，没人会知道，爹娘一辈子都不会知晓。

至少现在不能！

陆曈重新爬了起来，那截染血绳索扔在地上，她盘算着，芸娘只说熬过那点痛楚就行了，她要熬过去，如何熬过去……

眼睛掠过屋中，落在桌上那把剪刀上。

用来剪短灯芯的银剪，不知有意还是无意，芸娘留在了屋里。

陆曈拿起剪刀，捡起地上长长绳索，下定决心，一剪为二。

这绳子长度用来上吊最好，可她却要用这根绳子来绑缚双手。她曾和陆谦学过绑绳子，她要试一试。

记忆中的办法已经不甚清楚，而心口处渐渐有阵痛传来，陆曈磕磕绊绊地将那截麻绳套在腕间，麻绳套上去最后一刻，疼痛扑面而来。

芸娘骗了她。那根本不是一点点疼，是足以摧毁人意志力的疼痛。

最难以忍受的时候，便忍不住挠墙，血从指缝中溢出，她在地上翻滚，嘶声惨叫。

……

"芸娘……"

安静的夜里，忽然有人声响起。

裴云暎睁开眼睛。

孤身在外，他一向眠浅。屋中灯火不知何时已被风吹灭，更压抑的

低声从榻上传来。

"陆疃?"裴云暎皱眉看向床上。

无人回答。

他翻身坐起,摸到火折子,将油灯点亮,走到陆疃榻前。

陆疃闭着眼睛。

临睡前,她脸冲着墙,此刻已翻过身来,蜷缩成一团,那张平静的脸上神色痛苦,汗水从额上渗出。

裴云暎面色微变,摇了摇陆疃的肩:"陆疃?"

她陷在梦中,并未清醒,下一刻,忽地伸出手来。

裴云暎愣了一下。

陆疃抓着他的手。她抓得很紧,死死攥着不肯放开,指甲几乎要嵌进他手背。

裴云暎任由她攥着,低声唤她:"陆疃?"

"芸娘……"她迷迷糊糊地呻吟,额上汗珠滚落进颈间。

裴云暎当机立断,指尖掠过她的颈间穴道,用力一点。

蓦地一声惊呼,榻上人猝然睁开眼。陆疃一下子坐起身来,大口大口喘气。

一只手从背后伸来。

陆疃感觉自己靠在一个人身上,熟悉的清洌香气驱散梦中冷沉药香,暖意从身后慢慢蔓来。她抬眸,正对上裴云暎垂下来的视线。

恍然一刻,陆疃顿时明白过来。

她做梦了。

她最近总是做梦。再这样下去,她会分不清梦境与现实。

"陆疃。"裴云暎拧眉看着她,抬手探向她额心,"你怎么回事?"

陆疃平复了一下心情:"刚才做了个梦。"

"芸娘是谁？你梦里一直叫芸娘的名字。是你仇人？"

陆疃一个激灵，回过神来。

他总是很敏锐。

"不是。"

他没说话，牢牢盯着她。

陆疃岔开话头："我流了一身汗，你帮我拿一张帕子。"

沉默片刻，裴云暎叹息一声，起身走到桌前，打开医箱，伸手去取白帛。

陆疃方松了口气，看着他动作，忽然想起了什么，浑身一僵，顾不得穿鞋，奔到裴云暎面前："等等——"

她眼睁睁看着裴云暎从医箱中拾起一物。

是只彩色丝绦，形状精致，编织完整，是漂亮的石榴色，暗夜里若片灿然盛开的细弱彩云。

"这是什么？"他转身。

陆疃抿了抿唇，伸手去抢，他却微微拿高，使她难以够着。

裴云暎道："你为什么要带着这只彩绦？"

"别人的，"陆疃嘴硬，"顺手留了下来。"

"是吗？"他点头，指尖轻绕那只彩绦，露出穗子下一颗不算圆融的、小小的木头。

"那这又是什么？"

那块极小的木块在他指尖晃荡。

陆疃攥紧拳心。

那是她从裴云暎的木塔上拿走的一块木头。

七夕那日，他似是而非的话令她短暂动摇。那时他说送她一块，她一口回绝，但最后不知为何，鬼使神差地却又拿走了一块。

后来她离开盛京,来到苏南,这块木头也好好保留着。许多次她曾想扔掉它,到最后,一次也没有成功过。

"陆曈。"他盯着她眼睛,平静开口,"我再问你一次,你真的对我坦坦荡荡,没有半点私心吗?"

她本能想要反驳,然而对上那双黑沉的眸,竟一句话也说不出来。

"我……"

那双漂亮的黑眸盯着她,灯火在他眼中晃荡,流转间,宛如未尽情曲绵长。

他冷冷开口:"我知道了。"

第十四章 药人

风雪仍在继续。

方才失去的理智回来,狼狈与隐秘被揭穿,陆瞳恼羞成怒,掉头要走。

却被一把拽了回来。

"为何推开我?"

他已发现一切秘密,藏起来的彩绦与木块,刻意生疏的距离。他一向聪明,而她在方才交手中已泄露底牌。

陆瞳蓦地心虚,紧接着,心虚转为愧疚,愧疚化为慌乱,最后,成为她自己都不知如何应对的茫然。

"殿帅。"陆瞳定了定神,"我与你之间,绝无可能。"

"为何不可能?"

"我不喜欢……"

"借口。"

陆瞳一顿。

"你我身份有别,你是殿前司指挥使,而我只是身份微贱的医官,无论如何都……"

他嗤笑一声:"说谎。"

"你……"

"陆瞳,"裴云暎打断她的话,"你说谎的本事退步了。"

他与她距离很近，或许怒到极致，漆黑长眸里竟有危险之意闪动："你到底在隐瞒什么？"

门外寒风呼啸着吹过山头，桌上火苗将熄未熄，裴云暎紧紧盯着她，眸中已带几分恼意。

他知道陆瞳一向很能藏。

殿前司审刑室中，刑罚花样百出，他一向很会逼供，也见过无数犯人，偏对这个最厉害的束手无策，打不得骂不得。

油灯拉长的影子落在墙上，屋外雪月清绝一片，幽暗光线中，青年眼底怒意渐渐凝固，取而代之的是更深的浪潮。

他盯着陆瞳，忽然俯身靠近。

陆瞳微微睁大眼睛。

那张红润的、漂亮的薄唇渐渐逼近，几乎要落在她唇间，浓长睫毛的阴影覆盖下来，只剩一丝微妙距离。

裴云暎的视线落在陆瞳身上。

她直勾勾望着他，似乎有点惊讶，但竟没反抗或后退。

男子视线仍紧紧盯着眼前人，将吻的动作却停了下来。

陆瞳一愣。

蓦地，他松开陆瞳的手，站直身子。

雪屋灯青，山间儿女，方才旖旎渐渐褪去，两个人回过神，彼此都有一丝微妙。

陆瞳望向他，心中松了口气之余，又掠过一丝极轻的失落。

他回头："还是不肯说？"

回答他的是沉默。

"不想说就算了，反正我已经知道了。"

陆瞳："你！"

他扬了扬手中彩绦。

陆瞳骤怒,试图伸手去夺,却扑了个空。

"从前我不知你心思,现在知道了,就绝不放手。"他把彩绦绕在指尖,一字一句道,"陆瞳,不管你搬出什么理由,我都不会再相信。"

陆瞳憋了半晌:"自以为是。"

"陆大夫。"裴云暎不以为意,"与人有情一事,是你教会我的。所以你不妨再教教我,如何与人厮守。"

分明是放狠话的语气,偏偏说的话却如此动听,陆瞳只能努力瞪着他,勉强嘴硬:"谁要和你厮守?"

她僵硬站在原地,只觉人好似被分成了两个。一个在暗处,为这明朗的、灿然真挚的情意而心动,一个却在更高处冷眼旁观,嘲笑她这没有结果的、渺然无终的结局。

脚下传来寒冷凉意,方才下榻时太过着急,陆瞳没穿鞋,落梅峰上雪夜冰凉,此刻寒气渐渐袭来。

身子骤然一轻,陆瞳愕然抬眸,发现裴云暎竟一把将她横抱起来。

"你……"

"你要站到什么时候?着凉了未必有药。"

他把她放在榻上,陆瞳坐直身,警惕盯着他。

裴云暎嗤道:"你以为我要干什么?"

陆瞳:"你离我远一点。"

他递给她一方棉帕:"不擦汗了?"

陆瞳反应过来,一把夺过帕子,顺着颈肩往下擦。

裴云暎垂眸看着,忽然转过身去。

陆瞳三两下擦好汗,把帕子攥在掌心,道:"我要睡了。"

他回过身,望着她勾唇:"你现在睡得着吗?"

短短一夜，大起大落，说实话，的确睡不着。

她想到方才之事，心中更是羞愤，更气怒于被人发现心思的难堪。

"我睡得着。"她切齿，"不劳你操心。"

言毕，和衣躺了下来，如方才一般，将后脑勺对准他了。

裴云暎盯着她，烛火灯色映着他干净的眸，宛若深潭幽静。

片刻后，他把油灯往里推了推，也如方才一般，在床边躺了下来。

门外雪如飞沙，屋中却灯火摇曳。陆瞳背对着他，听到对方的声音传来。

"苏南疫病结束，你不会留在医官院了吧。"

他语气散漫："若你不想留在医官院，回西街坐馆也不错。或者……回到苏南，或是常武县，行医或是做别的，我陪你一道。"

陆瞳默了默，道："你疯了？"

他是殿前司指挥使，前程大好，纵然有裴家拖后腿，可新皇明显对他偏爱重用，放弃荣华富贵做这种事，得不偿失。

他不甚在意地一笑："反正你对付疯子很有经验。"

陆瞳不语。

裴云暎手枕着头，宛如寻常家话。

"梁朝不止盛京一处繁华，你也只到过苏南和常武县。不妨多出去走走，我大事已了，也无牵挂，你应该不介意带上我。"

"你想开医馆就开，再买一处宅邸，种点草药……"

他说得很平静。

陆瞳眼眶慢慢红了。

她做完一切，她步步走向泥潭，安静地等待泥水没过发顶将她吞没，却在最后一刻看见有人朝她奔来。他跪倒在岸边，让她看沿岸花枝灯火，遥遥伸出一只手，对她说："上来。"

她很想抓住那只手，却怎么都抓不住。

眼泪无声滑过面庞，她背对裴云暎躺着，一言不发。

裴云暎抬眸看了一眼床上："睡着了？"

榻上人没有回话，仿佛熟睡。

他垂下眸，跟着闭上了眼睛。

不知是不是被裴云暎打岔，抑或是被别的事占据思绪，再睡下后，陆曈没再做噩梦。

醒来时，天色已亮。

桌上那盏油灯已燃尽了，屋中一个人也没有。

漫山大雪压弯梅枝，落梅峰上一片银白，陆曈推开门，恍惚一瞬。

她在落梅峰上待了七年，落梅峰的雪早已看过千遍万遍，然而不过两年，再回来时，竟已觉出不习惯。

习惯果真是可怕的东西，它能改变一切。

陆曈抱着药筐，往红梅树下走。

芸娘爱在屋前空地栽种毒花毒草，红梅树下这片种得最多。

赤木藤已经枯萎，但既上落梅峰，无功而返总是不好，陆曈想着，若能在这里带回去一点草药也行，或许能给新方增添一点材料。

红梅树前，原先蓬勃药草如今被大雪压得七零八落，只剩潦倒几丛，孤零零地耸立着。

她把药筐放在一边，半跪下来，将尚还完好的花草一株一株仔细采摘下来收好。

这里的药草剩下不多，她很快摘完，正欲离开，忽然间，目光瞥见树下一点艳色，不由一顿。

七倒八歪的白雪中，隐隐出现一点嫩黄。

这黄色在雪地里很突兀。陆曈弯腰拂开雪堆，一下子愣住了。

"黄金罩?怎么……"她难掩惊愕。

落梅峰上,芸娘只种毒花毒草。寻常药材于她无用,不必搬到落梅峰上。

有一次芸娘得到一把黄金罩的种子,此花生长于西域,珍贵无毒,相反,可解热毒。芸娘要把那袋种子扔掉,陆曈背着芸娘又偷偷捡了回来。

她把种子种在屋后,认真浇水,每日都去看,但黄金罩迟迟未长出来,于是挖开泥土,发现种子早已烂在泥中。

芸娘倚在门口,冷眼瞧着她动作,笑道:"黄金罩畏寒喜热,落梅峰上是长不出黄金罩的。小十七,你怎么白费力气?"

陆曈抿唇不语,心中越发执着。

她那时心里卯着一股劲,总觉得若能在落梅峰上种出解毒药草,似乎就能证明人足以扭转命运。但后来她种了许多次,细心呵护,种子始终没发芽。

芸娘死后,陆曈下山前把那袋黄金罩撒在红梅树下了。

芸娘说得没错,落梅峰上长不出解毒药草,有时候,命运一开始就已注定结局。

陆曈半跪在地,伸手探向那丛漂亮的小花。

它看起来比迎春花大不了多少,是漂亮的金黄色,与书上画得一模一样,雪地里,花枝葳蕤。

陆曈轻轻摸过去,不知为何,眼底一热,忽然泪盈于睫。

啪——

有人走过屋后草丛,腰间银刀凛冽。

陆曈还在屋中熟睡,裴云暎出门查探四周。

下过一夜雪,落梅峰上白雪皑皑,从山顶望过去,四下一片茫茫。

苏南县尉李文虎一力阻拦医官进山并非胆小,事实上,换作殿前司禁卫,进入雪山一样很危险。

偏偏陆曈在这里如鱼得水。

裴云暎漫不经心走过雪地。

常武县的陆三姑娘,后来变成苏南城的医女十七,中间似乎缺了一截。偏偏她对缺失那一块保护得尤其谨慎,如守着惊天秘密,不叫人窥见一点端倪。

荒芜大山,潦草破屋,狭小的床,绳子和指痕,他原以为对她已足够了解,如今却觉得疑团更深。她不打开,他便无法进入,二人之间看不见的一条线,是她无法坦然面对自己的症结。

裴云暎停下脚步。

眼前是一大片荒草。

屋后处荒草杂乱,大雪将草木压得乱七八糟,然而在一片乱丛中,突兀地耸立着一排排土丘。

寒雪覆盖一切,一些落在土丘之上,于是隆起的坟冢越发明显,一排又一排,在荒草中格外醒目。

裴云暎眉头渐渐皱了起来。

这是陆曈曾住过的屋子,屋后却有这么多触目惊心的坟冢。

他目光落在最前面的那座坟冢。

那处坟冢与别处不同,上头立了一块石碑,被雪覆着满面。

他向前走了两步,伸手拂开落雪,露出上头凿刻的字迹。

字迹凿刻得模模糊糊,潦草笔画却很熟悉,正是陆曈的字迹——恩师莫如芸之墓。

莫如芸?这名字有些耳熟。

他看了一会儿碑文，正欲离开，忽而想到什么，猛地抬眸。

电光石火间，有人的声音在耳边响起。

"莫家小姐虽天赋异禀，但这些被她看作药人的孩童，才是她屡现奇方的关键。那些孩童在她手下生不如死，十分凄惨，除了新抓的那个药人，没有一个活下来。"

……

金灿灿的黄金罩被大把大把摘下，放进竹篓。

陆曈摘下最后一丛黄金罩，心里有些高兴。有意栽花花不开，无心插柳柳成荫，未料当年随手撒在树下的种子，竟会在多年以后生长开花。

山上的赤木藤已经枯萎，黄金罩却成了新的希望。黄金罩之性可解热毒，实则比赤木藤效用更好，虽不知最后能否用在疫病之中，但有希望就有一切。

她要把这些黄金罩全部带回山下，也不算白来一回。

陆曈把装满药草的竹篓提回屋子，与医箱放在一处。见裴云暎还未回来，心中奇怪，正打算叫他名字，忽然间，透过木窗瞧见后屋处隐隐站着个人影。

那个地方……

陆曈的心怦怦狂跳起来。

刹那间，她顾不得其他，放下医箱奔出门。

后屋那块雪地，草木被白霜覆盖。年轻人就站在雪地中，茫茫大山里，显出一种寂寥。

陆曈在他身后停下脚步。

听到动静，他转过身。

裴云暎站在她面前，安静盯着她，眸中似有暗藏的情绪翻涌。

陆曈的视线落在他身后。

那里，芸娘墓碑上的落雪被拂开，她潦草的字迹分外清晰，像幅被陡然揭开的拙劣的秘画。

裴云暎定定盯着她，一步步朝她走来。

"你为什么叫十七？"

他的声音与往日不一样，冷静，轻柔，像在压抑某种情感，听得人心头一颤。

"你是因为这个推开我？"

他走到陆曈面前，垂下眼，慢慢地开口。

"你是，莫如芸的药人吗？"

药人。

那块石碑，那块凿刻粗糙的石碑上字迹潦草而熟悉，更熟悉的是"莫如芸"这个名字。仁心医馆庆宴时，他曾在苗良方嘴里听过一回。

他不知道莫如芸是如何从大火中逃出的，但他很清楚，刻上"恩师"二字的陆曈，绝非只是对方的"良徒"。

石碑后一排排无名坟冢，一共十六处，而初见时，她自称"十七"。

十七，第十七个药人，十七个，即将被埋进坟冢里的人。

裴云暎心头剧烈震动。很多原先不明白的事，在这一刻骤然得解。

他第一次见到陆曈时，她在苏南刑场捡拾死人尸体。李文虎也曾提过后来在刑场上再遇到过她，她捡拾尸体不止一次。

常武县秘信称，陆三姑娘骄纵任性，活泼机灵，但后来出现在盛京的陆曈，冷漠与密信中全然不同。

为何她总是对苏南的过去闭口不提？为何她能在旁人避之不及的荒山上行动自如？草屋中长短古怪的绳索，墙上印迹深刻的指痕……那天在庆宴上，她与寻常不同的出神。

莽明乡茶园的农家小院里，她手持茶碗，语气平淡地对他讽刺："那大人可能要失望了，我百毒不侵。"

她实在很会忍耐。

他竟一点也未察觉。

那些刻意的疏离，所谓的"绝无可能"，终于在这一瞬凝成画面，拼凑成一个完整的答案。

"陆瞳，"裴云暎望着她，"你是不是，曾做过莫如芸的药人？"

陆瞳僵硬地抬起头。

她无法面对，本能想要逃走。想要逃开这个正往悲哀凄情走去的结局。她希望她的故事结束得更轻盈，哪怕突然也好，而不要这样沉重缓慢地沉入泥潭，让岸边的看客一道为她悲哀。

胸口处钝痛渐渐传来，似道汹涌苦潮，顷刻要将人淹没。

陆瞳推开他，转身往回走。才走几步，忍不住捂住胸口，扶墙慢慢弯下腰来。

裴云暎见状，上前扶住她："你怎么了？"

陆瞳侧过头，哇地一下，吐出一口鲜血。

裴云暎目光剧变："陆瞳？"

"我……"

她痛得全身颤抖，一瞬间冷汗直流，道："把我的花拿回去……黄金罩……"

说完这句话，她再也支撑不住，眼前一黑，晕了过去。

她最后听到的，是裴云暎急促的喊声。

"陆瞳！"

陆曈做了个短暂的梦。

梦见常武县那年大雪,她在李知县门前遇到了欲上马车的芸娘。

芸娘搀扶起磕头的她,救活了陆家人,她随芸娘去了苏南,住进落梅峰。

试药,试毒,学医,学药,她在落梅峰上辗转多年,走遍每一处地方,最后下山时,回头望了一眼被留在山上的孤零零的小木屋,以及藏在草木深处凌乱凄清的十七处坟冢。

第十七处坟冢里的不是她。是带她上山的芸娘。

醒来时,眼前一片白茫茫,自己趴在某个人背上,正被背着往山下走。

那人走得很快,脊背安全又温暖,她侧首看去:"裴云暎?"

呼吸的热气落在对方耳畔,裴云暎一怔,道:"你醒了?"

"你这是做什么?"陆曈有气无力道。方才疼痛眼下已不再明显,似道汹汹而来的海潮,过后只余平静。

"你刚才晕倒了。"裴云暎背着她脚步未停,"坚持住,我现在带你下山。"

"我的花呢?"

"都在。"

陆曈放下心来。她两手攀着他脖颈,不知为何,这时候心底反倒一片平静。像一块悬在空中的巨石终于在某个时刻轰然落地,无奈之余,尽是解脱。

裴云暎还是知道了。

她其实一直不想要他知道,她其实也曾努力救过自己。可是在落梅峰待了那些年,那些毒如同她身体的一部分,与她永远融合在一起。

世上或许没有任何毒再能毒倒她。

同样的,世上也不会再有任何药可以解救她。

她是注定要沉入泥潭的人,偏偏在沉下去的最后一刻遇到了想要抓住的人。

"你疯了呀。"她眼底有泪,却微微笑起来,有点小声埋怨,"没我带路也敢下山。"

裴云暎背对着她,语调温和:"上山时绑了红布做过记号,陆大夫放心,我们殿前司选拔绝非只靠脸。"

陆瞳扑哧一声笑了。

"你怎么不绑布巾,"她摸摸裴云暎的眼睛,长睫像忽闪的轻盈蝶翼,在她手中微微泛痒,"不怕失明吗?"

"是很危险,所以陆大夫,看着我,别睡。"

他的语气已尽量温和,然而陆瞳却看见他的脸上没有笑意。

她从来没见过裴云暎这样的神情,让她想起当初在文郡王府,裴云姝生宝珠的那一夜。

陆瞳把头靠在他脸畔,有些恍惚地低声道:"你身上好香……我喜欢这个香袋的味道。"

裴云暎一怔。

她曾不止一次说过想要他的"宵光冷",一开始以为是玩笑,后来发现是不懂"情人香"之意,他拒绝以免误会,如今却在这一刻后悔。

为什么没有早点发现?为什么到现在开始后悔?

太晚了,他总是太晚。

裴云暎放轻声音:"你喜欢,等你好起来,我送你一只,好吗?"

陆瞳没有回答,偏了偏头,贴着他耳畔,嘟哝两句。

裴云暎回头,她声音很轻,在风雪里一瞬被淹没,听不清楚。

"你说什么?"

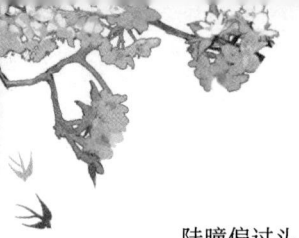

陆曈偏过头。

落梅峰的雪又纷纷扬扬下了起来，小雪很快变成大雪，洋洋洒洒落在人身上。雪粒子很快铺满二人头顶，远远望去，竟似一道白头。

"下雪了？"

她朝着长空伸出一只手，遥遥接住一朵雪花，雪花落在掌心，是一朵完整的形状，一点点消融，化为乌有。

陆曈喃喃开口。

"雪月最相宜，梅雪都清绝……去岁江南见雪时，月底梅花发……"

"今岁早梅开，依旧年时月……冷艳孤光照眼明，只欠……些儿雪……"

裴云暎一怔，温声问："这是什么词？"

她没有说话，把头伏在青年肩头，静静闭上了眼睛。

落梅峰的雪从山上飘下来，到苏南城中就少了几分凛冽。

刑场里，一夜间又多了两具病者的尸体。

常进脸色很不好看。

翠翠身上的紫云斑加重了，昨夜里已昏迷两次，厚扁之毒尚未消解，她身子本就病弱，这样下去会撑不住的。

丁勇临死前唯一念想就是希望女儿活着，医官们在盛京医治贵人，奉值都是小病小痛，却在苏南再一次感到生离死别的恻然。

待掩埋尸体的衙役离开，常进才心头沉重地回到疗所，一进门，就见林丹青和纪珣正在桌前分拣药材。

见常进过来，林丹青站起身，纪珣的神色也有些不对。

"怎么了？"常进问。

"医正，"纪珣与常进走到门外说话，"运送亦木藤的人来信称，雪大耽误行程，平洲过来的赤木藤可能要晚三五日才到。"

此话一出，常进脸色一变："三五日？不行，他们等不了那么长时间！"

林丹青走了过来："能不能让裴殿帅的人前去接应，他们禁卫人马或许走得快。"

不提还好，一提，常进眉眼间更是焦灼。

裴云暎昨日和陆瞳一起上落梅峰了，一天一夜还未归，不知出了何事。

纪珣道："医正，不如再同李县尉的人说，进山一趟。"

常进正要开口，一边的林丹青忽然指着远处叫道："医正，那是不是陆妹妹？他们回来了！"

就见扬扬风雪地里，裴云暎手里拖着一只药筐，背上还背着个人。

众人赶紧朝他跑去，待走近，渐渐看清楚，背上人双眼紧闭，脸色苍白如纸，正是陆瞳。

林丹青吓了一跳："陆妹妹？"

裴云暎目色冷凝："先带她回宿处。"

"对对对，"常进道，"这里雪太大了，先带陆医官回去。"

一路疾行，回到医官宿处，裴云暎把陆瞳放到床上，林丹青赶紧拉开陆瞳衣袖。

"我看过，没有桃花斑。"裴云暎道。

"那这是……"

"她在山上吐过一回血，我不知道她出了何事，是否旧疾，但她看起来很疼。"

"吐血？"常进面色一变，上前替陆瞳把脉。

屋中众人紧张地看着他。

须臾，常进收回手，看向榻中人皱起眉："奇怪。脉象细弱，气虚无力，但除此之外，并未有何异常。怎么会突然吐血？"

林丹青想了想："是不是因为这些日子太过劳累了？先前陆妹妹就流过一回鼻血。"

纪珣看向裴云暎："裴大人刚才说，她很疼？"

裴云暎沉默着点头。

"先去熬碗养气汤给她服下。"常进道，"昨日大雪，山上冷，她现在一点生气都没有。"

纪珣点头，正要转身离开，忽然听到裴云暎开口："等等。"

众人看向他。

他道："寻常药物对她无用。"

纪珣皱眉："为何？"

他攥紧双拳，迟迟不语，仿佛接下来要说的话难以出口。

就在众人狐疑之色愈浓时，裴云暎才垂下双眸，涩然开口。

"陆疃，可能做过很多年的药人。"

屋中寂静。

林丹青看向裴云暎，茫然问道："裴殿帅此话何意？"

纪珣也蹙眉望向他。

"还记得仁心医馆庆宴那日，苗良方曾提起过盛京莫家女儿莫如芸吗？"他抬眸，慢慢道，"她做过莫如芸的药人。"

这话实在过于惊世骇俗，屋中众人面面相觑，一时竟未听得明白。

片刻后，林丹青疑惑开口："莫如芸不是死了吗？陆妹妹怎么可能做她的药人？"

苗良方所言，莫如芸当初豢养药童被发现，早已死在盛京那场大火之中。她死时，陆疃尚且年幼，又在苏南，无论如何，这二人都没理由绑在一处。

"她还活着。"裴云暎沉默一下，嗓音艰涩，"就在落梅峰上。"

常武县的陆三姑娘是九年前那场大疫失踪的，而两年前出现在盛京的陆曈，一路为陆家复仇，手段凶狠果断。

一个人幼时与成年后性情大变，中间七年，可想而知。

当初他得知陆曈身份时，心中便已经生疑。

陆曈自言是被路过的师父带走，但随往学医，为何不告知家中一声？恐怕莫如芸当初并没有给她与家中告别的机会，至于带她离开，也并非传授教徒，而是作为试药工具。

试药工具。

他闭了闭眼，心口有刹那的窒息。

纪珣上前两步，撩起陆曈的衣袖。

"纪医官……"林丹青喊道。

纪珣定定盯着眼前，撩开的衣袖至肘间没有一丝斑疹，女子手臂细弱，其上一条长长疤痕狰狞无比。

纪珣瞳孔一缩。

黄茅岗围猎场上，陆曈被恶犬咬伤的伤痕还在。

一瞬间，纪珣心中明了。

神仙玉肌膏是他亲手所做，当时在医官院，他特意多送了几瓶给她。那么多药，足够她将伤痕淡去，而非眼下这般与当初无异。

如今看来，并非她舍不得用，而是那些寻常膏药已经对她身体无用了。

屋中鸦雀无声。

林丹青颤声开口："她……做药人多久了？"

裴云暎看向床上人："我不知道。"

常进细细看过她脉,神色起了些变化。

"脉象看不出任何问题,若她真多年为人试药,身体已习惯各种药毒,难以寻出疾症根处。"

就像一棵表面完好的树,内里已被蚁群腐蚀,只有最后衰败之时,尚能被人发现端倪。

"常医正。"裴云暎突然开口,"救救她。"

常进怔了一下,叹道:"就算你不说,我们也不可能放着她不管。她是翰林医官院的医官,医官病了,就是病人。"

"林医官。"他唤林丹青,"除了疠所值守医官外,立刻让医官们都过来。陆医官病情与寻常不同,这难题一人不行,大家一起想法子。翰林医官院领了那么多俸禄,如今连个同僚都瞧不好,说出去也别当差了。从今日起,陆医官就是我们的病人,所有医官合力施诊!"

"是,医正。"

常进再叫来纪珣,再度上前要看陆曈,裴云暎开口:"常医正,陆曈下山前要我将药筐里的黄金罩带回疠所。"

二人这才注意到,被裴云暎带回来的药筐里,满满当当塞着一筐药草,姗姗迎春,娇嫩鲜亮。

"她说,此花可解热毒,若赤木藤无用,不妨尝试用此花加入新方,换去两味药材。"

二人都愣了愣。

陆曈已经发病了,却还惦记着苏南疫病。

看来,她之所以冒着风雪上山,就是为了此花。

常进喉头有些发涩。

陆曈不爱说话,待人也是冷冷淡淡,医官们认为她性情本就如此,冷静有余,人情不足,作为医者,总是少了两份温仁。

如今看来，她不说是因为她能忍，明明深受病痛折磨，却还不顾危险进山。

真是个傻孩子……

疗所门外的药香重新飘了起来。

平洲的赤木藤还在路上，陆瞳带回来的黄金覃却解了燃眉之急。

医官们聚在一处，一刻不停熬夜改换新方。黄金覃药性不及赤木藤浓烈，却恰好对病者们消弱的身体不至于造成太大影响。

翠翠也饮下新药。

林丹青收拾好空药碗，正打算出去，被翠翠叫住。

"林医官，"小姑娘犹豫一下，"林医官还好吗？"

疗所的人都传，陆瞳上山给病人们摘药草了，后来突发旧疾卧病在床，这几日都未出现。

林丹青沉默片刻，道："还好。"

"林医官，我能不能求你一件事？"

"何事？"

翠翠望着她："你能不能，替我和陆医官道个歉？"

林丹青怔住。

翠翠低头，拧着自己衣角："先前我爹出事，我怪陆医官……我知道不是她的错，是我太伤心了……疗所的红婆婆说，陆医官是为了给我们采药才去的落梅峰。下雪的落梅峰多危险，苏南人都知道，我想和她道歉，常医正说陆医官还没醒……她什么时候能醒？"

这个先后失去爹娘的小姑娘，怯怯地在林丹青掌心放上一只草蚂蚱。

林丹青看着草蚂蚱，片刻后，蹲下身，摸摸翠翠的头："她没生过你气。"

"陆医官是最大方不爱计较的人，"她道，"她很快就会醒来，等醒了，再来找你一起编蚂蚱。"

翠翠点了点头，林丹青却不敢再看，起身快步出了疹所。

苏南日日下雪，北风刮得人脸疼，林丹青收拾好药碗，往医官宿处方向回去，神情有几分茫然。

陆疃的情况很不好。

起初他们以为陆疃是虚弱导致旧疾复发，后来众医官一同为她行诊，渐渐可以肯定，陆疃不只是身体衰败，她身上有毒。

然而长期做药人的经历使得各毒在她身上症象已十分不明显，他们无从知道陆疃曾试过哪些毒，自然也无法对症下药。

陆疃脉搏一日比一日更虚弱，先前偶有清醒时，如今清醒时越来越短，比起疹所的病人们，她更危险，像油灯里摇摇将熄的残烛，不知哪一刻就会湮灭。

林丹青少时在太医局进学，医理各科名列前茅，即便后来春试未能夺魁，却也自信傲然，觉得医道无穷，年轻人有的是大把时间在未来一一钻研，如今，却痛恨自己医术不精，竟然救不得朋友。

吱呀一声，门被推开。

林丹青走进宿处。

原先与陆疃二人住的宿处，现在只有她一人。

她想拿施诊案与纪珣常进讨论，一瞥眼，瞧见屋中桌上放着的医箱。

下山后，陆疃昏迷不醒，医箱被留在屋里保管，林丹青瞧着，心中一动，走到桌前。

大夫的医箱犹如举子们的考篮，珍贵且私密。医官们从来将自己医箱保管极好，林丹青犹豫一下，伸手抱起陆疃的医箱。

陆疃做约人多年，自为医者，应当对自己身体有数。医箱中说不定会放平日用的药物。

林丹青打开医箱,见里头只简单放着几样东西。

桑白皮线,金创药,煤笔,还有几册医籍。

林丹青拿起那几册医籍,都是有关治疫的,应当是出发来苏南前,陆瞳在盛京自己带来的。

林丹青检查一下,见几册医籍下还有一本文册。文册没有书名,应当是自己书写,想了想,她在桌前坐了下来,翻开手中文册。

"胜千觞:白芷、独活、甘松、丁香、安息……"

"焚点此香,香气入鼻,身僵口麻,行动不得,神志清醒,恍如醉态,胜过饮尽千觞烈酒,醉不成形。"

这是……药方?

林丹青疑惑。

她不曾听过这味"胜千觞"的方子,其中材料与药效都写得格外清楚,看上去像是陆瞳自己研制的新方。

她凝眸想了一会儿,低下头继续翻阅。

第二页,仍是一味药方。

"自在莺:青黛、虎杖、海金沙、续随子、云实……"

"散沫无味,微量吸入,喉间痛痒难当,如万蚁蛰噬,四个时辰后毒性自解,于性命无忧。"

林丹青握着文册的手紧了紧,目光渐渐凝重。

"寒蚕雨:凤仙、钩吻、菟丝子、旋花、白蔹……"

"赤色味酸,服下七日内寒毒入骨,不可近水,半月后余毒渐轻……"

"小儿愁……"

"渡蚁阵……"

林丹青一页页翻过去,心中震动。

这本写了大半本的册子，上头密密麻麻，满满当当竟然记的都是闻所未闻的药方！

不对，不是药方，应当说是毒方。

其中没有一副方子是用来救人的，相反，全含有大毒，却又不至于立即要人性命。但看其中记载服毒之后的反应，其细致与变化，简直……简直像是服毒之人亲自记录一般！

林丹青的脑子嗡的一声炸开。

有那么一瞬间，她忽然想起在医官院的某个夏日午后，她和陆瞳坐在制药房中熬煮汤药。

日光暖融融的，透过小树林照在她二人身上，那时姨娘的射眸子之毒已渐渐消解，她懒洋洋靠着墙，望着眼前人，半是感激半是妒忌地埋怨："陆妹妹，你是天才呀，怎么会有这么多方子？"

陆瞳坐在药炉前，正拿扇子扇炉下的火，闻言微微一笑："多试几次就好了。"

多试几次就好了。

原来如此。

难怪陆瞳有那么多层出不穷的药方，难怪她的医理经验胜过太医局里多年进学的学生。

只因那些出其不意的方子，每一副她都亲自试过。

胜千觞、自在莺、寒蚕雨、渡蚁阵……

文册只写了一半，或许她经历得更多。

林丹青捂住嘴，眼眶一下子红了。

一张纸页从文册中飘了出来，她弯腰拾起，目光猛地震住。

下一刻，她起身将方才的文册和夹在其中的纸页一并拿走，飞快出了门。

她推门跑了出去,直跑去隔壁屋中。

屋子里,纪珣正往药罐中捡拾药草,裴云暎坐在榻边,听见动静,二人抬起头来。

林丹青走进屋里。

陆疃仍躺在床上,闭目不醒,如苏南城中洞穴里的小动物,孱弱难以挨过冬日严酷。

"我知道陆疃中过哪些毒了。"林丹青把文册递给纪珣,"我在陆妹妹医箱中找到了这个,上头记载的毒方应该都是她过去自己试过的药方。纪医官,有了这个,至少现在我们知道陆妹妹曾经医案,有了头绪,不至于毫无目的。"

纪珣接过文册翻了几页,一向平静神色骤然失色。

林丹青又把手上纸页交给裴云暎。

"陆妹妹发病很久了,之前我看见她流鼻血那次,也是毒性发作,不过被她搪塞过去,未曾察觉。"

裴云暎接过纸页。

那纸页很薄,只有一张,上头记载的字迹潦草而简单。

"二月初十,腹痛呕吐,出汗心悸,腿软不能走,半时辰后自解。"

"六月初九,四肢厥冷,畏寒,隐痛,胸膈不舒,一时辰后自解。"

"九月十七,头目昏眩,昏厥整夜。"

"十一月二十四……"

……

"十二月初三,呕血。"

握着纸页的手一紧,裴云暎脸上血色褪尽。

这上头,一条条记载的是发病症象。

谁的病,谁在痛,清清楚楚,一目了然。

她发病的时间间隔越来越短,疼痛的时候却越来越长,最开始是半个时辰,后来就成了一整夜。一开始是出汗心悸,到最近一次,已是呕血。

裴云暎视线落在那张薄薄纸页上,握刀的手微微颤抖,仿佛握不住这张轻薄纸页。

纸页的最上端写着一行字。

"永昌三十九年,八月十二,胸痹,心痛如绞,整夜。"

永昌三十九年,八月十二……

他忽然记了起来。是他收到军巡铺屋举告,说仁心医馆杀人埋尸那一天。

他知晓对方的伪装与底牌,很想看她这次又要如何绝处逢生。于是带着令牌不请自来,饶有兴致地注视她冷静与反击,意外于她的胆量,欣赏于她的心机。她在浓桂飘香的花荫里与他对峙,含着嘲讽的微笑,扳回漂亮又精彩的一局。

他那时心想,好厉害的女子。

却不知道在他走后,她独自痛了整整一夜。

他什么都不知道。

仿佛有一只手攥住他心脏,一刹间,他与她感同身受,隔着长久的光阴,与屋中蜷缩的女子对视。

深入骨髓,痛彻心扉。

林丹青见他神色有异,低声道:"殿帅……"

裴云暎垂下眼,指骨渐渐发白。

许久,他开口。

"是我该死。"

野冰皓皓,霜冻髯须。苏南到了最冷的时候。

常进做主,请李文虎和蔡方帮忙,将病所从破庙转到了城内一座废弃染坊。

染坊宽敞,足够容纳多人,这些日子以来,病者们身上斑疹不再蔓延加深。

陆瞳从落梅峰上带来的黄金罩果有奇效。

此花可解热毒,药性微弱于赤木藤,在等候赤木藤的途中,医官们以黄金罩换掉其中两味药材,一连七八日过去,反复的情况并未出现。与此同时,平洲运来的赤木藤也抵达苏南,交错为病者们吃下,几日内,竟再无一人中途发病。

疫病暂且被控制住了。

翠翠拉住林丹青衣角:"林医官,陆医官还没好吗?"

林丹青一顿,片刻,勉强挤出一个笑容,道:"快了,她很快就会好起来。"

陆瞳的病情越来越重了。更棘手的是,所有药材都对她无用。

林丹青回到宿处,屋中几个医官正争执什么。

纪珣坐在一边低头整理新写的方子。这些日子,纪珣也是一刻未停,原本一个翩翩公子,如今满脸倦色,熬得眼睛发红。

林丹青进了屋,常进冲她摆摆手。

顿了顿,林丹青道:"医正,关于陆医官的病,我有话要说。"

屋中众人朝她看来。

"陆医官的病等不起了,如果再找不出办法,三五日内有性命之忧。"

纪珣望向她:"林医官有话不妨直说。"

林丹青深吸了口气:"我有一个办法,但很大胆,未必敢用。"

常进:"说说。"

"我们林家祖上,曾有一位老祖宗,人称'白衣圣手'。他曾写过一本手札,其上曾说,他年轻时,随友人奔赴沙场治理瘟疫,可友人不幸身中敌寇毒箭,毒发身亡。他因此终生懊悔,后来广罗解毒医方,为免重蹈覆辙。"

说到此处,林丹青顿了顿。

"医道无穷,毒经亦无尽。陆妹妹所中之毒太多,药物对她毫无作用。我也是看到黄金罩,才想起来老祖宗曾写下一副医方,说若有人中毒生命垂危,可用'换血'之法。"

"换血?"

"并非真正换血,而是以毒攻毒,以病易病。这副医方,须先使陆妹妹服下大毒,之后以针刺行解毒之方,引出源头消灭。"

她犹豫一下,才继续道:"但老祖宗也曾写过,此方一来只适用于性命垂危之人,二来,服毒解毒过程中,其痛胜如乱箭攒心,少有人能坚持得过去。而且……"她看向众人,"并非万无一失,陆妹妹可能会没命。"

屋内落针可闻。

林丹青咬了咬牙:"若非到此境地,我绝不会行此大胆之法。可眼下陆妹妹一日比一日虚弱,难道我们要眼睁睁看着她没命吗?"

她在太医局进学多年,后来又去了医官院,因着性情开朗,人人与她交好,陆瞳不算最热情的一个。

但林丹青最喜欢陆瞳。

陆瞳表面冷冷淡淡,疏离寡言,却会在宿院深夜为她留着灯。她看不懂的医经药理随口抱怨几句,没过多久,借来的医籍就会写上附注的手札。

陆瞳知晓她林家的隐秘，也曾为她姨娘点拨射眸子之毒。医官院的同僚们未必没有明争暗斗，恨不得将所知医方藏私，唯有陆瞳坦坦荡荡，医方说给就给，全无半点私心。

一个与她性情截然不同的人，却总是让人心生敬佩。

她的老祖宗没能救回自己的朋友，林丹青不想同他一样。

一片安静里，忽然有人说话："我认为可以一试。"

纪珣看向她："医者是为救人，若为存在的风险放弃可能，并非正确所为。"

"胡闹！"有医官不赞同，"医者治病救人，不可逞一时之快，落于原点，无非一个'治'字。此举弊大于利。"

闻言，纪珣怔了一下，轻轻摇头。

"此言差矣，所谓'天雄乌橡，药之凶毒也，良医以活人'。病万变，药亦万变。既然药治不了她，或许毒可以。"

"你我在翰林医官院待得太久，各有畏惧，一味求稳，未免丧失初心。不如扪心自问，不肯出手相救，究竟是为了病人，还是为了自己？"

此话一出，方才说话的人脸色一红，半晌没有开口。

为官为医大抵不同，身为医者，第一件事，当与病者感同身受。

而他们做官太久。

沉默良久，常进开口："就按林医官说的做。"

"医正！"

"病非一朝一夕之故，其所由来渐矣。"常进望向众人，"陆医官做药人多年，其心刚强坚韧胜过常人百倍。与其束手无策任由她日渐消弱，不如做好奋力一搏准备。"

"各位，人命珍贵，不可轻弃。"

方才说话的人不再开口。

常进看向林丹青："林医官，你速速将手札所记医方写下，须看过药方无虞，才能为陆医官安排施诊。"

"是。"

新施诊的医方很快确定下来。

得知林丹青的施诊方式，医官们意见不一。有人认为此举风险极大，十有八九会失败，且会让陆瞳在临终前经历痛苦。也有人认为，性命只有一次，有希望总比没希望好。

陆瞳醒过来一次。

彼时裴云暎正在床边守着她，林丹青带过来这个消息时，一直低着头，不敢去看陆瞳的眼睛。

陆瞳撑着听完林丹青的话，反而笑了起来。

"好啊，"她说，"你就试试吧。"

"那会很疼。"

"我不怕疼。"

"也未必成功……呸呸呸，我不是诅咒你。"

"没事。"陆瞳道，"我运气很好，这次一定也能过关。"

裴云暎扶着她的手微微僵硬，陆瞳没有察觉。

她看着林丹青，平静淡漠的眸子里有隐隐光亮。那种目光林丹青并不陌生，病者希望活下去，对生的渴望，林丹青在疡所见到过许多次。

林丹青忽而哽咽。

她握住陆瞳的手："好，我们一定过关。"

确定了施诊方案，陆瞳又沉沉睡了过去，林丹青看向一边的裴云暎："殿帅，请移步。"

这些日子，他守着陆瞳，没有离开过。

医官们诊治病者，见惯生离死别，有情之人，难成相守，生离遗憾，死别悲哀。她看过那么多话本子，好结局的，不好结局的，无非寥寥几句。如今却在这里，看着这昏暗中沉默的背影，竟也觉得悲伤。

她不知道这位指挥使大人此刻在想些什么，但他凝视着床上人的目光如此深寂，像是心爱之人渐渐离开自己，无力与往日不同。

身后传来门响，医官们依次而入，常进走到裴云暎身边，叹道："大人，请移步。"

裴云暎再看了榻上人一眼，沉默起身，离开了屋子。

屋门在他身后关上。

冬至日，大雪漫天坠地，田地一片银白，其间夹杂小雨，冷浸人衣。

他沉默地走着走着，不知不觉，竟走到刑场的破庙前。

病所的病者已全部移去更温暖的染坊，破庙又恢复到从前冷清模样。

他推门走了进去。

前些日子还拥挤的庙宇空荡下来，只余几只燃尽苍术的火盆扔在角落。供桌前倒着只油灯，灯油只剩浅浅一点，他用火折子点燃，昏黄灯色顿时笼罩整个破庙。

供桌被人移过，露出后面的土墙，土墙之上，一行多年前的"债条"痕迹深刻，在灯色下清晰可见。

裴云暎俯身，指尖摩挲过墙上字痕。

那道多年前他与陆曈在这里写下的字痕。

那时他是病者，她是大夫，如今她成了病者，他却什么都做不了。

说来讽刺，陆曈做过药人，做过医者，唯独没做过病人。第一次作为病者来服药时，寻常药物却又已经对她再无功效。

裴云暎抬起眼帘。

供桌之上，被雨冲糊了脸的神像静静俯视着他，如多年前，如多年后,神佛面前,人渺小似蝼蚁,脆弱如草芥。

他从来不信神佛,自母亲过世,他在外行走,命运与人磨难,赐予人强大与冷漠。

然而这一刻,他看着头顶模糊的神像,慢慢在蒲团跪下身来。

传说神佛贪贿,从不无端予人福泽。赠予人什么,便要拿走相应代价。

"神佛在上,鬼神难欺。"

他俯首,声音平静。

"我裴云暎,愿一命抵一命,换陆曈余生安平。"

苏南急雪翻过长阔江河,轻风送至盛京时,就成了漫漫杨花。

西街仁心医馆院子,梅树上挂起灯笼。

阿城端着煮热的酿米酒进了里铺,银筝给每人盛了一碗。

今夜冬至,盛京城中有吃汤圆喝米酒的习俗,杜长卿昨日就张罗苗良方和阿城去准备饭食。今夜歇了馆后,在医馆吃顿夜饭。

"来,"杜长卿先捧起碗发话,"今儿冬至一过,翻头过年,庆祝咱们又凑合一年,年年能凑合,凑合到年年。"

祝酒词委实不怎么样,不过众人还是给他面子,拿碗与他碰了,敷衍了几句。

阿城夹起一只汤圆咬了一口:"好甜!"

"我在里头加了中秋剩下的糖桂花。"银筝笑眯眯道,"宋嫂教我的,要是姑娘在,铁定能吃一大碗……"

话至此处,倏然一顿。

陆曈去苏南已有一段日子了。

苏南与盛京相隔千里,疫病消息一来一去,已是许多日后。苗良方托皇城里的旧识打听，没听到陆曈的消息。

"不知姑娘现在怎么样了……"银筝有些担忧。

杜长卿大手一挥："嗨，你多余操这个心！咱这医馆在她手里都能起死回生呢，区区疫病算什么？等过几日不下雪天晴了，去万恩寺给和尚上几炷香，就保佑咱家陆大夫百病不侵，全须全尾回盛京！"

一席话说得桌上众人也轻松起来。

阿城笑道："好好好，到时候咱们上头香，给佛祖贿赂个大的！"

苗良方夹起一个汤圆塞进嘴里，看向窗外。

院子里，红梅开了一树，片片碎玉飞琼。

"今天冬至，苏南饥荒又疫病，多半没得汤圆吃。"他叹了口气，"不知小陆现在在做什么？"

夜深了。

落梅峰上狂风肆掠，红梅翻舞。

山脚下，城中医官宿处，灯火通明。

纪珣和林丹青正为陆曈施针。常进不时为陆曈扶脉，神色十分凝重。

"白衣圣手"大毒之方已喂给陆曈服下，不知是她体质太过特殊，还是这大毒之方本身有所隐患，总之，陆曈服药之后并无反应，只是仍如先前一般昏睡。

纪珣与林丹青额上渐渐渗出冷汗，屋中灯烛渐短之时，陆曈突然有了变化。

她开始发抖，各处金针被她晃动下来，纪珣厉声道："按住她！"

林丹青忙按住陆曈。

陆曈被按住，面上渐渐呈现痛苦之色："疼……"

常进脸色一变："她的脉在变弱。"

纪珣和林丹青对视一眼，林丹青握住陆瞳的手："陆妹妹，打起精神，你能听到我说话吗？别睡！坚持住！"

纪珣埋头，将一根金针刺进她颈间。

陆瞳的表情更痛楚了，开始拼命挣扎，林丹青按住她的手，不让她乱碰到金针。

却在下一刻，噗的一声，陆瞳蓦地吐出一口鲜血。

那血竟是黑的。

常进一惊："陆医官！"

她神色骤然一松，宛如最后一丝力气散去，闭上了眼睛。

常进赶忙去摸她的脉。

他僵住，颤声开口："没有气息了……"

过了片刻，屋中响起林丹青小声的啜泣，纪珣面色惨白。

等在门口的裴云暎猛地抬眸。

长夜黑得化不开，凛冽寒风刺入骨髓，他站在原地，一刹间如坠深渊。

不知什么时候，苏南的雪停了。

第十五章 告别

陆曈在路上走着,两边全是白雾,堆积化不开来,脚下长路看起来却有几分眼熟。

忽然身后被人一拍,有人搂住她的肩,按着她脑袋狠狠搓揉两下:"我回来了!"

她讶然回头,愣愣瞧着面前一身青衫的少年。

少年背着书箱,眉眼明俊,从书箱里掏出一把豆糖塞她手里:"喏,给你的。"

她看着掌心那把包裹米纸的糖块,望向眼前人:"陆谦?"

"没大没小,"他笑骂一句,勾着陆曈的脖子往前走,"叫哥哥——"

四周渐渐明亮起来,山头红霞斜染长街,小巷中饭菜香气渐渐溢满鼻尖,有街邻寒暄的嘈杂声响起。

前头大门吱呀一声开了,从里头探出张秀丽的脸。

少女一身鹅黄织锦木兰裙,似朵鲜妍绽开的春花,望着二人笑道:"阿谦,小妹,快点进来洗手吃饭了!"

她怔然看着,缱绻夕阳里,忽然湿了眼眶。

"来了来了——"陆谦拉着她跨进屋门。

饭堂摆着条长木椅,隔窗是小院,院中被打扫得干干净净,挨着院子的三间屋子。靠厨房的地方,青石缸里盛着满满清水,一只葫芦瓢浮在水面。

没有大火的痕迹，没有焦木与灰烬，老宅仍如记忆中那般，似张泛黄旧纸，笔墨温柔。

"怎么回来得这样晚。"身后响起父亲的轻咳，板着脸道，"多半路上贪玩。"

陆瞳转身。

她看见父亲穿着那件熟悉的半旧棉布直裰，衣领有些磨损的痕迹。

她看见母亲端着晒了香椿的簸箕从院子里绕出来，发髻沾染杏树的碎叶。

陆瞳的眼泪流了下来。

"哎呀，"陆柔忙拿帕子擦她的眼泪，"怎么哭了？"

她反手抱住陆柔，像是孤苦无依的旅人终于找到回家的路，再也忍不住，号啕大哭起来。

陆柔轻轻拍了拍她后背，柔声安慰："小妹都长成大姑娘了，还是这么爱哭。"

"从小就是哭包，"陆谦笑着逗她，"不过，陆三，都长这么大了，还是这么爱哭吗？"

陆瞳恍惚一瞬。

她是受不得委屈的性子，过去在家中和陆谦吵架，总要仗着年幼先哭一通鼻子，到头来都是陆谦挨顿训斥。

她几乎已经忘记委屈的滋味，她已经不爱哭了。

陆瞳抬起头："爹、娘、姐姐、二哥，你们是来接我回家的吗？"

传言人死后，会回到生前最留恋之地。

陆柔收回手，微笑着摇了摇头："瞳瞳，你已经长大了。"

"小妹长大了，都可以独自一人进京帮家里人报仇了。"

"柯承兴、范正廉、刘鲲、戚玉台……你做得很好，你已经很厉

害了。"

陆瞳浑身一震。像是被发现不堪的过去，她讷讷的，不敢抬头去看家人的表情。

"陆三，我原以为你是个胆小鬼，没想到是我走眼。"少年的声音飞扬，"这下可以放心了。"

"对不起……"她语无伦次，"我……"

"不必道歉。"耳边传来父亲的声音。

她抬头，父亲站在面前，仍是那副严厉的模样，语气却有不易察觉的柔和。

"厚者不毁人以自益，仁者不危人以要名。"

他看着陆瞳："我陆家的女儿，好样的。"

陆瞳眼睛又模糊了起来。

她明明已经不怎么哭了，这些年也渐渐修炼得铁石心肠，未承想一到家人面前，便似又回到多年前，一言不合就掉眼泪。

"别哭了，三丫头。"母亲走过来将她搂在怀里，"时候不早，你该回去了。"

她陡然一个激灵："不，我不要！"

"我不要回去！"陆瞳抓住母亲衣角，"我要在这里，我要和爹娘、姐姐二哥永远在一起！"

"瞳瞳，"母亲望着她，声音温柔而慈爱，"你已经长大了。孩子长大了，就要离开父母，离开家，而且你现在还是这样厉害的大夫。"

"还有人在等你。"她擦掉陆瞳的眼泪，玩笑着开口，"你忘记你那个小情郎了吗？"

陆瞳一愣。

"我的女儿过去吃了很多苦，"母亲摸了摸她的头发，"她长大了，变得聪明又漂亮，坚强又勇敢，我们做不到的事，她全部做到了。不要执着过去，世上还有更多爱着你的人。我们陆家的女儿，从来都是往前走的，是不是？"

"我不要往前走。"她哭着，"我要留在这里，我要和你们在一起……"

眼前渐渐起了层白雾，面前的人影重新变得虚无。她猛然意识到什么，试图伸手去捞，却捞了个空，恍然听见空中一声轻叹。

"瞳瞳……"

四周陡然陷入黑暗。

她望着空空荡荡的寂无，忍不住蹲下身，抱膝痛哭起来。

为何还是被留下？为何永远不能圆满？明明她已经回了家，明明已经见到了爹娘兄姊，为何还是挽留不住。

人应当往前走，可过去太沉重，未来又看不到头，眷恋与依存似根连接过去与现实的线，她扯着那条线，迟迟不愿放手。

叩叩——

死寂中，忽然响起敲门的声音。

她愣了一下，一抬头，黑漆漆的四周里陡然出现一扇窗。

有人站在窗前。

是个俊秀的年轻人，绯色锦袍鲜亮，在黑暗中似道暖色的光。隔着窗，他把手中竹筒在陆瞳面前晃了一晃，笑着开口。

"你要在这里躲到什么时候？"

下一刻，他似是不耐等待，进屋将她从地上拉起来。

"出来。"他说。

门被推开了。

她被他拉着，跌跌撞撞走出屋子。浓重长雾渐次散去，四周重新变

得喧闹起来。

年轻人的声音似风明朗:"你忘了西街了吗?"

西街?

小巷拐角处,一株枝繁叶茂的李子树在烈日下浓荫青翠,树枝掩映的牌匾上,端正写着"仁心"二字。

年轻东家托腮坐在桌柜前,百无聊赖地打瞌睡。坐馆大夫老眼昏花,凑近去看医籍上的字痕,一面揉着搭着薄毯的膝盖。小伙计踩着凳子,认真擦拭墙上那面金光闪闪的锦旗,更俏丽的姑娘在对街裁缝铺,拿起一条绿梅绫棉裙认真同掌柜讨价还价。

姑娘回头,看见陆曈,绽开一个笑容:"姑娘回来了啊——"

日光浓烈而刺眼,耳边又传来年轻人的声音:"你忘记医官院了吗?"

医官院?

于是她又看到了,药室里,清俊儒雅的男子俯身拾起地上散乱医籍,悉心分拣不同手札。她看到医正手拿苏南救疫的名册,与人争执非要在上头加上她的名字。

明媚爽朗的姑娘在雨夜对她敞开心扉,孤灯下梅酒酸涩,醉话豪气又爽朗。

"将来你做正院使,我做副院使,你我双剑合璧,一起扬眉吐气!"

她恍惚着,视线落在更远处。

雾气渐渐退散,露出更清晰的往昔。

有满园红芳絮中面色枯黄的女子,有鲜鱼行中布满腥气摊前草屋里温淳良善的秀才,有吵吵嚷嚷、满嘴之乎者也的长须员外,有一面要给女儿寻皇城中好夫婿,偷偷塞给她一篮李子的泼辣妇人……

他们说说笑笑,从她身边经过,寒暄与故语渐渐凝结成一根又一根细弱丝线，那些丝线牵绊着她，在她身上拉成一张柔软大网。

原来，不知不觉，她竟已和这么多人有联系了。

她忽然生出一丝淡淡不舍。

身后传来一个声音："留下来吧，小十七。"

她悚然一惊。

所有的烟火红尘倏然散去。陆瞳转身，芸娘站在她眼前。

妇人还是那副娇艳动人模样，披着件金红羽缎斗篷，冰天雪地里，似朵浓艳盛开的红梅，似笑非笑地看着她。

"你想离开这里吗？"她问。

落梅峰一片银白，重重山峰遥遥不见尽头。陆瞳后退一步。

"留下来吧。留在我身边。"她温柔说着，语气似带蛊惑，"这世上，人心难测，盛京有什么好呢？"

"柯承兴为了私欲，亲手杀死枕边人。范正廉所图前程，罔顾无辜。你的表叔刘鲲，为了一百两银子，将侄儿送上刑台。太师府权势滔天，为平息生事，将陆家一门尽数灭口。"

她向着陆瞳走去。

"你做得很好。"芸娘夸赞，"下手干净利落，一个都没放过。落梅峰来了这么多人，你是第一个会杀人的好孩子。"

"小十七，你和我，本来就是一样的人。"

陆瞳下意识反驳："我不是。"

"你当然是。"芸娘走到她面前，笑着将她额前碎发别至耳后。

"你已经杀了这么多人了，大仇已报，了无牵挂。"她爱怜地望着陆瞳，"太累了，好孩子，何不留在这里，从此解脱？"

她拉起陆瞳的手："毕竟，你从没离开过，对吗？"

陆瞳茫然一瞬。

她知道芸娘说得没错。

一直以来,她都觉得,所有人和事都在往前走,只有她没有。回头没有陆家小院,往前看不到头,她好像一个人被孤零零地留在落梅峰的茅草屋里,从来不曾离开。

"你与我,是一样的人。所以,留下来吧。"

芸娘拉起她的手,往梅树前的茅草屋走去。

"你已经一无所有。"

陆曈任由她拉着。

爹娘兄姊都已经不在了,仇人也不在了。她回不去陆家老宅,回头想想,除了这处落梅峰竟无落脚之处。

旧人皆散,一无所有。

她混混沌沌地随着妇人往前走,却在这时候闻到一股冷冽香气。

香气若有若无,芬芳冷淡,令她灵台有一瞬清醒,似乎有人在她耳边说话。

他说:"你真的舍得抛下这一切,对这些人和事没有一丝留恋吗?"

他说:"要学会珍爱自己。"

他说:"陆曈,我更喜欢你。"

陆曈脚步一顿。

"你说得不对。"她道。

芸娘一怔。

她看向芸娘:"我和你不一样。"

"哦?哪里不一样?"

"我是医者。"

"医者?"芸娘讽刺地笑了一声,"你救得了谁?你连自己都救不了,小十七。"

"我救得了。"她直视着妇人,"我救过很多人。吴有才、何秀、林丹青的姨娘、裴云姝、苏南的百姓……我将来还会救更多人。"

陆曈道:"我救得了自己。"

芸娘望着她:"污浊尘世,人心叵测,你在贪恋什么?"

"我的确看到了很多冷漠的人。"陆曈挣开她的手,"可我也遇到了很多好人。"

她遇到过很多好人。

刑场上给她糖果的莽汉县尉,一路不离不弃的柔弱姑娘,街巷破旧医馆里嘴硬心软的东家,幼时苏南桥上偶然经过的好心医官……

在苏南,在落梅峰,在盛京街道。

虽然他们看起来并不起眼,如芸芸众生中最微不足道的尘埃,然而他们善良坚韧,在市井烟火中赠予她温情,让她看到更强大的生机。

这生机能挽救她。

"我要回去了,"陆曈道,"有人在等我。"

"小十七……"

"我不叫小十七。"陆曈看着她,缓缓摇了摇头,"你从没问过我名字,我姓陆名敏。"

"我是陆家的女儿,仁心医馆的大夫,翰林医官院的医官。"

"我不再是你的药人了。"

说完这句话,她转身,向着山下跑去。

山风再一次掠过她脸颊,拂过她无数次途经的地方。耳畔传来许多喧嚣声音,一句句生动分明。

"无论陆大夫想做什么,有才都唯愿陆大夫一切顺利,心愿得偿。"

"来,祝你我成为院使!"

"姑娘,我就在这里等着你,你一定要回来。"

"苗副院使告诉我,你是他恩人,也是他学生,让我在医官院中好好照拂你。"

"让我们来敬这位好师父,感谢她对我们陆大夫悉心教导,为我们西街教出一位女神医——"

"你与阿暎是朋友,叫我王妃岂不生分,你可以叫我姐姐。"

"十七姑娘,日后受了伤要及时医治,你是医者,更应该懂得这个道理。"

那些声音在她耳边越来越近,温暖的,喧嚣的,热热闹闹填满空荡缝隙。

她不再孤单了,那张细密的网柔和罩住了她,一个悲情的故事里,出现了无数偶然出现的人,他们叫着她名字,一同拉住她,将她与尘世牵连。

有朋友,有知己,还有喜欢的人。

她不再是一个人。

陆曈跑得越来越快,白雾随着她奔跑逐渐散去,她在尽头看到一扇门,在黑夜里遥遥亮着一点昏光,乍暗乍明,雪夜里不肯将息。

她推开门。

……

"有了!有气息了!"

屋子里,陡然发出一声喊声。

常进欣喜若狂地扶着床上人手臂。

那点微弱的宛如将熄烛火的脉搏那般轻细,但它重新出现了,似骤然降临的奇迹,震惊了屋中每一个人。

林丹青泪如雨下:"陆妹妹——"

陆曈睁开眼睛。

外面很吵,她听到常进的吆喝,纪珣询问她的声音被门外杂乱的脚步声掩盖,听得不太分明。

她看到面前的一个影子。

那个年轻人不同于梦中恣意从容,目光相对,一眨不眨地看着她,一双眼红得吓人。

"裴云暎,"陆曈伸手,摸向他的眼睛,"你哭了吗?"

下一刻,他俯身抱住她。她感到对方的身体竟在发抖,抱着她似乎用尽全部力气。

于是她伸出手,轻轻回抱了他。

苏南的雪停了好几日。

陆曈苏醒后,医官们欣喜若狂。

注定将熄之烛,却在最后一刻峰回路转,柳暗花明。

每日有许多人来看她,每个人都来问她的情况。陆曈做大夫做了这么些年,第一次做病人,渐渐就有些应付不来。

李文虎和蔡方来过一回,医官们没有对外宣称陆曈的过去,二人以为陆曈是旧疾复发,过来探望时她说起苏南近来。

"……疫病算是制住了,疗所里一切平稳。"蔡方拱手,对陆曈深深行礼,"多亏陆医官上山寻来黄金罩,为病人们争取时间。如今平洲的赤木藤已运至苏南,最危险的时候已经过了。"

陆曈心头松了口气。

李文虎挠了挠头,不好意思地笑道:"先头我还瞧不起你们,以为你们和之前那些人一样只会耍嘴皮子功夫,没想到,盛京来的医官真不赖!是我有眼不识泰山,对不住!"

林丹青捧着药碗从门外进来,闻言哼了一声:"翰林医官院再不济,那也是要春试红榜考九科的……以为进学时那些夜白熬的吗?"

言罢越过二人将药碗放到小几上,不悦地看了他们一眼。

李文虎和蔡方对视一下,讪讪退出屋门,将门掩上了。

"怎么了?"陆曈问。

"都说了让他们别来打扰你,这两个倒好,没事就来叨扰病人,烦不烦哪?"

陆曈极少看见她这般不客气的模样,忍不住笑了笑。

"疫病的事你就少操心了。"林丹青把药碗端到陆曈面前,"世上不止你一个医者,天才医官们都在呢。你这样,让其他人脸往哪搁?燥不死人。"

陆曈低头喝完药,点头道:"有道理。毕竟我的这条命,就是天才医官们救回来的。"

一说这个,林丹青就得意起来。

"哎哟,"她佯作谦逊地摆手,"都是老祖宗的方子好,我们也是误打误撞碰上了。"

那道"换血"医方十分大胆,寻常人难以扛住,本就是死中求生之法,当时陆曈没了气息,所有人都已绝望,谁知破而后立,她竟回转过来。

"不过,也多亏了你带回来的黄金罩。"林丹青想了想,"如果不是看到黄金罩,我也不会想到老祖宗这个方子。"

换血之方中,最后一味药材是黄金罩。然而黄金罩并非中原所有,陆曈从落梅峰上带来的黄金罩本是赤木藤的代替,却在这时候解了燃眉之急。

"不过,"林丹青不解,"黄金罩喜热畏寒,这山上下雪,怎么会长出黄金罩呢?"

陆曈淡淡一笑。

她也以为落梅峰永远不会长出黄金罩,那把种子早已枯死在山间泥地里。未料幼时失望的梦,会在多年以后重新破土生芽。

落梅峰长出了解药。这解药最终救了她自己。

命运迍邅,总在绝路之时留下一丝生机。

门口响起两声叩门声,纪珣的声音从外传来:"陆医官,该施针了。"

林丹青起身:"我先出去。"

陆曈点了点头。

纪珣背着医箱走了进来。

此次换血之术,由常进、林丹青和纪珣三人施诊,林丹青擅长妇科,纪珣却更拿手针刺。陆曈醒转后,并不意味痊愈,今后还需继续清毒,细细调养。

纪珣放下医箱,问:"林医官为你换过药了,今日可有疼痛?"

"没有。"

纪珣拿针,陆曈撩开衣袖,金针缓慢刺进皮肉,纪珣的目光落在她手臂上。

伤痕交错纵横,在瘦弱手臂上犹如墨痕,指尖掠过去,粗糙而不平。

手下动作顿了顿,他道:"你现在体质特殊,寻常伤药对你无用。继续调养,身体慢慢会重新回到从前。届时,药物就会对你起效,我会重新为你调配祛疤药。"

陆曈有些意外,道:"没关系,其实不太重要。"

纪珣停了停,没说什么,继续施针。

绒布上金针越来越少,最后一根金针刺入,他收回手,将绒布卷好,沉默一会儿,突然开口:"陆医官,你我第一次在苏南相见时,当

时你所中之毒就是寒蚕雨吗?"

陆曈愣了一下,才点头:"是。"

纪珣掌心握紧。

陆曈那本记载了试药反应的文册,震惊了每一个知情人。

纪珣后来将整本文册都翻过,看到寒蚕雨那一页时,忽觉症状有些眼熟,于是记起当初他与陆曈第一次在苏南桥上相见时,曾摸过她脉象,察觉中毒,因此硬是拉她去客栈解了半月毒。

那时候,她应当也在做药人。

难怪当时他想拉陆曈去医馆时,陆曈死活不肯,后来在客栈问她父母所住何地,也一字不说。他那时一心只管治病,并无心思去了解对方过往经历,以为留下一块白玉将她治好便已算周到。

如今却开始后悔。

他后悔年少时的淡漠,忽略她眼中更深的忧伤。若他那时再仔细一点,察觉出一点端倪,或许就能发现真相,避免她悲惨的命运,而不是只差一厘,擦肩而去。

"对不起。"他开口,"若我当时多问你一句……"

陆曈有些惊讶。

"纪医官已经帮了我很多了,若非如此,当时我所中之毒也不会解得那样快。"

纪珣心中却越发难受。

"你初入医官院时,我对你诸多误解。是我不辨是非。"

她和太医局中被老师悉心教导的学生不同。她根本没有老师,只是个用来试药的药人。

一个被当作试药工具的孩童,后来却长成医术卓绝的大夫,其中所要付出心血可想而知。她的坚韧令人动容,沉默也同样令人怜惜。

怜惜。

像是后知后觉察觉自己某些微妙的心思,他悚然一惊。

陆曈道:"纪医官不必自责,都是从前的事了。当务之急还是处理苏南疫病,疫病既有起色,接下来应当很忙。"

纪珣注视着她。

女子眉目疏朗,与他说话时神色平和,并无过去淡漠。

陆曈似乎和从前不一样了。

像是从鬼门关上走了一遭,放下了许多东西,她变得更轻盈,更柔软,面对他时,如面对友人自在。

他有些欣慰,欣慰之余,不知为何,心头又掠过一丝淡淡的失落,不知说什么,便只好沉默。

直到针刺结束,他收回金针,又嘱咐几句陆曈,这才背着医箱出了门。

屋子里又安静下来。

夜渐渐深了,桌上灯烛摇曳,陆曈起身打开窗。

一股冷风扑了进来。

自她醒后,日日被关在屋里不让出门,四肢都有些发僵,想了想,便从墙角提了盏灯笼出门。

才走了两步,身后传来一个声音:"这么晚,去干什么?"

她回头,院中树下转出个人。

裴云暎从暗处阴影中走来,浓丽五官被昏黄灯光照得柔和,脱下外氅披在她身上。

陆曈问:"你怎么在这儿?"

"来找你,谁知你屋里有人,怕打扰你谈心,所以在这等着。"

谈心?

陆曈愕然："纪医官过来替我施针。"

"可是他走的时候，好像很失落。"

陆曈："……"

裴云暎看她一眼，低头替她将外氅扣紧了些，问："所以，你打算去哪儿？"

"屋里太闷了，我想出去走走。"

天色已经晚了，纵然没有下雪，苏南的冬夜也格外寒冷。

她也觉自己这提议有些过分，下一刻，一只手突然伸来，握住她的手。

那只手修长又温暖，将她手牵着。

陆曈侧首看去，他宛如未觉，只道："是有点闷，走吧。"

陆曈愣了一愣，他却已牵着她的手往前去了。

院门口禁卫见他二人出来，低头行礼，目光落在二人交握的手上，神色有些异样。

陆曈有些尴尬，想要将手抽出来，他却握得很紧。

她默了一会儿，放弃挣扎，唇角却不易察觉地牵动一下。

灯笼的光洒下一片在地上，积雪被照出一层晶莹暖光，一望过去，四下皎然。她裹在他宽大的外氅中，感到十分温暖。

这几日，裴云暎一直守着她。

似乎被她发病的模样吓到，他一刻不离地守在她身边。后来她醒来后，林丹青偷偷与她咬耳朵。

"这殿前司指挥使大人，从前觉得他高高在上谁也不怕，没想到慌起来也挺狼狈。我瞧着，若你有个三长两短，他倒不至于像话本子里写的要医官陪葬……"

"……他应该愿意自己陪葬。"

陆曈忍不住朝他看去。

察觉到她视线,裴云暎低眉看过来,陆曈撇过头,移开目光。

他顿了顿,唇角溢出一丝笑意:"看路。"

她低头,故意脚下踩过一个小石子,身子歪了一歪,被他牢牢拉住。

裴云暎啧了一声,好笑地望着她:"你故意的?"

"没有。"

行至尽头,快到刑场那处破庙了,如今疗所搬离,破庙门口只有一点孤光。顺着看去,是落梅峰的方向。

陆曈的脚步停了下来。

"陆曈。"身侧传来裴云暎的声音,"有件事情,我很好奇。"

"什么事?"

默了须臾,他道:"我在山上看到莫如芸的墓碑,她是何时过世的?"

落梅峰上荒草地里,十七处坟冢触目惊心,她在墓碑上刻上"恩师"二字,可她分明是莫如芸试药的工具。

陆曈心中一动,抬眼看向身边人。

他垂着眼,眼睛里映着苏南恍惚的夜色,语气很柔和,问题却很尖锐。

"两年前。"陆曈回答。

"所以,你是在她过世后下的山?"

"是。"

他略微点头:"原来如此。"没再问了。

像是刻意避开了这个问题。

风静静吹着,陆曈看着远处,夜色里,落梅峰只有一重重高大虚影,像层驱散不了的阴霾罩在苏南上空。

旧时之物,总被她强行遗忘,然而今夜不同,或许是他垂下的眼神太温柔,又或许是披在肩上的这件大氅格外温暖,她没有受到风雪的寒气,于是释然,于是平静。

"你曾问过我,杀柯承兴的时候是否有惧。"陆曈忽然开口。

裴云暎一怔。

那是更早的从前,他已知道她复仇的秘密,随口而出的试探,被她滴水不漏地避开。

"没有。"

迟来许久的答案令他皱起眉,裴云暎开口:"陆曈……"

她抬眼,看向落梅峰邈远的深处。

"其实,我杀的第一个人不是柯承兴。"

"芸娘,是死在我手中的。"

说完这句话,她像是卸下最后一重包袱,一直沉重的某个角落彻底轻松起来。

其实现在想想,有些事情发生得实在猝不及防。

她在落梅峰待了七年,一开始总想试图逃走,渐渐麻木。像被圈禁在台上的偶人,每日重复着相同的戏折。

有一日,她和芸娘下山买药草种子,在医行门口遇到个贫苦妇人。

妇人不是本地人,一口乡音,正对医行掌柜苦苦哀求。

她站在门口听了很久,得知这妇人走了很远的路来买一味药材给儿子治病,然而到了此处还差三个铜板,来去几十里路迢迢,妇人想要赊账,或是少买一点,掌柜的却怎么也不肯。

陆曈替她补上那三个铜板。妇人对她感激涕零,千恩万谢地走了。

她看着对方背影出神。

妇人眉眼间生得像母亲。

回头时，瞧见芸娘站在医行门口，似笑非笑地看着她，神色了然一切。

待回到山上，芸娘把新买的种子撒在梅树下，瞧着坐在药炉前的她忽然开口。

"小十七，"她问，"你想不想离开这里？"

陆瞳一愣。

梅树开了花，寒林透红，树下妇人绡裳环佩，艳妆胜过红梅。

"你在山上住了这么久，也偷看了我那么多手札，解药做得不错，不过，还没做过毒药呢。"

每次芸娘给她试药过后，陆瞳都会按照读过的医书给自己解毒，有时候能解一些，有时候不行。

"我们来玩个游戏吧。"芸娘托腮望着她。

"什么游戏？"

芸娘想了想："你呀，做一味毒药送我。如果你能将我毒死，你就下山。如果相反……"

妇人眉眼弯弯："你就在山上，给我做一辈子药人，好吗？"

陆瞳不说话。

其实，就算她不答应，芸娘也能把她留在山上做一辈子药人。

"还是不敢吗？"芸娘有些失望，"我以为你很想回家。"

回家。

她看向远处。落梅峰皑皑梅林，遮掩通往山下的小道。

她想起在医行门口看见的那个妇人，她许久未曾归家，不知母亲现在如何，是否也如那妇人一般，头发白了半头。

整整七年，她离开整整七年，或许还会分离得更久。只要芸娘不

死,她根本没办法回家。

"好。"

妇人有些惊讶。

陆疃看着她,重复道:"好。"

她怔了怔,惊喜地笑了起来:"我等你,小十七。"

在山上时,她做过很多味药,但那些都是救人的。她看过芸娘的很多毒经,还是第一次做伤人的毒药。

芸娘饶有兴致地看着她折腾。

她把做好的毒药分成两份,一份给芸娘服下,一份供给芸娘分辨,认命地等待结局。

芸娘含笑服下。

从服毒到毒发,一共七日。

妇人躺在梅树下的椅子上,望着她的目光渐渐奇异:"小十七,你这药里用了什么?"

芸娘自诩通晓世间诸毒,却始终辨不出最后一味药材是什么。

"你分辨不出来吗?"

"解药是什么?"

陆疃摇头:"没有解药。"

芸娘一愣。

"我在方子中,加了我的血做药引。"陆疃道。

她的血在七年的试药过程中,融入百种毒药,已经成了一种微妙的毒。那些毒混在一起,分不清哪种是哪种,就连芸娘也不行。

芸娘当年试药的工具,最后成了连她自己也难以解克的难题,世间因果,轮回如是。

妇人听着听着,愕然片刻,然后笑起来,看着她的目光充满赞赏。

"原来如此，"她叹道，"你果然是个好苗子。"

"可是我没有解药。"陆瞳望着她，声音有一丝不易察觉的颤抖，"也做不出来解药。"

那是她的血，她的毒，她的毒自己都解不了，又怎么能解芸娘之毒？

芸娘斜睨她一眼："你怕什么？"她淡淡一笑，"我本来也快死了。"

渐渐有血丝从芸娘唇边溢出，被她满不在乎地拂去。

"我死之后，小十七，你记得将我屋子里的医籍手札焚烧随我一同入葬。"

"那些手札毒经，留给世人也是浪费，不如随我一道离开。落梅峰大，我怕孤单。"

陆瞳愣愣听着。

她又看向陆瞳，笑容吊诡而慈爱："小十七，你真的很厉害。没想到你能在落梅峰坚持这么久。"

"你是我最后一个药人，也算我第一个徒弟。我对你很满意。"

她微微一笑："恭喜你，出师了。"

陆瞳茫然望着她，眼眶有点酸，却干干的没有一滴眼泪。

越来越多的血从妇人唇间溢出，她轻轻叹息一声，慢慢闭上了眼睛。

芸娘死了。

陆瞳麻木地替芸娘收殓换衣，也就是在那时看到芸娘身上的伤疤。

芸娘身上有大块烧烫痕迹，陆瞳渐渐明白过来，或许在过去七年，甚至更多年，芸娘用毒药吊着命，但饮鸩止渴，终有一日会到达尽头。

所以在她死前，一定要亲眼看到陆瞳"出师"。

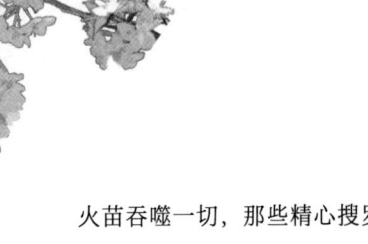

火苗吞噬一切,那些精心搜罗的医籍药理在烈焰中化为灰烬。陆瞳跪在坟冢前,要凿刻碑文时,忽然停了下来。

她与芸娘,究竟是什么关系呢?

她在落梅峰待了整整七年,芸娘贯穿在这七年里,使得她变成另一个人。她曾憎恨过芸娘,也曾感激过芸娘,那些飞雪的寒日里,某个瞬间,未必也没有体会过妇人的孤独。

她最后在碑文上刻下"恩师"二字。

不管一开始究竟出于何目的,她这满身医术、毒经药理皆由落梅峰七年所授。芸娘教她看过许多幼时不曾见过的东西,卖掉女儿尸体换银子的赌鬼父亲,偷偷毒死病榻老父只为甩掉包袱的无赖儿子,一心想要挽回丈夫花重金求子的妇人,为占家产给兄长下毒的读书人……

她看过很多,于是渐渐了解,世上之事并非全是光明,凡人心险于山川。

幼时书上不明白的道理,穿梭市井,慢慢就明白了。

生活教会她忍耐,教会她狠毒果断,教会她学会保护自己。所以她才能在回到常武县后,决定义无反顾进京。

如果她没被芸娘带走,说不定遇到此事,第一反应也是如陆谦一般告官求人做主。偏偏她被芸娘带走,那些在夜里不甘饮下的汤药,乱葬岗的尸首,眼泪与恐惧,终于将她变成了另一个不同的陆瞳。

她只想要复仇。

阴差阳错,冥冥自有注定。

尘世之间,悲欢离合,沉浮起落,芸娘于她,早已不是简单爱恨二字能说得清。

"其实我……很害怕。"她轻轻开口。

她杀了人,第一次杀人,一条人命在她手中。芸娘死前的话像个诅咒,时时萦绕在她心头。

"恭喜你,出师了。"

她守着这点隐秘的恐惧,但在今夜,突然厌倦藏匿,任由自己在对方面前坦诚。

"别怕。"

一只手伸来,替她拭去眼角的泪。

她后知后觉反应过来,不知什么时候竟然流了眼泪。

裴云暎摸摸她的头,微微俯身,将她抱进怀里。

他的声音很温柔:"陆大夫不是坏人。"

陆曈愣了愣。

泥潭纠缠着人往更深处陷入,但那岸边总是伸出一只手。

她现在抓住那只手了。

氅衣和他怀抱的暖意驱走所有寒冷,陆曈闻到淡淡的香气。她在梦里曾被这气味唤醒,她依恋这气味,正如依恋冬日微薄的日光。

她把脸埋在他怀中。

"我知道。"

苏南的雪停下半月后,城里出了太阳。

气候好转,对疫病治理愈有好处。

天子授令,各地赤木藤和黄金罩源源不断运入苏南。新的救疫医方效用显著,城中重新安排施药局,除了疗所的病人外,苏南百姓每日自发去施药局领取避疫汤药。

苏南渐渐有了生气。

刑场里不再有新的尸体埋入。

疫病平稳后,朝廷下达文令,年后另派救疫医官来苏南处理后务,新医官们抵达后,原先那批医官便要启程回京。

就在这渐渐好转的势头里,苏南迎来了大疫后的第一个新年。

一大早,医官宿处就放起了爆竹。

红色的"满堂彩"碎得满院子都是,常进找人讨了两个红灯笼,让纪珣写了春联贴在宿处大门口。

林丹青见状,道:"医正,咱们再过几日就要回盛京了,干什么多此一举贴这个?"

"年轻人不懂,这是仪式。"常进指挥纪珣把春联贴好,"再者平洲那头的医官过来不是还要几日吗?光秃秃的像什么样子。"

林丹青无奈:"您真讲究。"

一转头,见陆曈从屋子里出来,登时笑逐颜开:"陆妹妹!"

陆曈走了过来。

常进闻言转身,照例先给她扶脉,再收回手,满意点头:"不错不错,一日比一日好。"

陆曈身子好了许多。

林丹青那位老祖宗医方精妙,自打那天夜里她呕出黑血之后,似乎也将体内一部分沉积毒素一并带走。之后纪珣日日为她施针,连同林丹青和常进调配新方,原本虚弱脉象已比先前强上不少。

最令人欣喜的是,一些药物开始对她的身体起效了。

"苏南还是药材不丰。"常进叹道,"等回盛京,我同御药院捡几味药材调配方子,应当比现在更好。"

陆曈谢过常进,看向宿院门外。

外头吵吵嚷嚷的,隐隐有讨价还价的声音传来,夹杂一两声爆竹脆响。

"那是卖窗花年红的。"林丹青解释,"今日除夕嘛。"

陆曈恍然。

竟已又是一年了。

苏南自疫病有所起色后,不再如他们刚来时那般死气沉沉,一些铺面商行重新开张,虽比不上大疫前热闹繁华,但也在逐渐恢复从前模样。

于是这个劫后余生的新年越发显得珍贵。

"医正打算今夜在宿院中一起吃年夜饭,届时还能一起看烟花。"

"年夜饭?"

"是啊,"林丹青道,"咱们在苏南拼死拼活救疫,没有功劳也有苦劳嘛。听说往年医官院除夕前,大家也要一起聚聚,吃饭喝酒,听院使畅想医官院未来,只是今年地方换到苏南来了。"

陆曈无言,又想起什么,目光掠过门外。

林丹青眼珠子转了一转:"你在找裴殿帅?"

"没有。"

"什么没有,"林丹青嗤道,"你俩心思就差没写脸上了,能骗谁呀?"

陆曈:"……"

"他和蔡县丞他们出去了。"林丹青热心解释,"过几日咱们得回盛京,他要留些人在这里,估计这几日很忙。"

陆曈点了点头。

其实也不只裴云暎忙,医官们这头也很忙。

过几日平洲的医官过来,先前疫病各项事务也需交接。常进贴完春联后,又回头与医官们整理交接文册了。

忙起来时,时日流逝总是不明显。陆曈和林丹青整理完最后一册治疫文册时,太阳落山了。

宿院里的灯笼亮了起来。

院子里长桌拼成一条，苏南才过大疫不比盛京，仍需俭持，饭菜都很简单，最中间放着盆元宵，听说有的包了钱币。

林丹青扯着陆瞳到了院子里坐下，常进特意开了屠苏酒，只允每个人喝一小盅以免误事。陆瞳因在喝药，就只得了杯热水。

"大家辛苦了。"常进端着酒盅站起身，很有些感慨，"来苏南这些日子，诸位同僚同心同德，分甘同苦，一同治疫。如今苏南危困已解，在座诸位都是功臣，我先敬各位一杯，祝咱们呢，将来回到医官院，无论官至何处，始终记得咱们在苏南并肩作战的这段日子，不忘初心，辅车相依。也祝苏南呢，经此一疫，否极泰来，万事皆宜！"

林丹青凑到陆瞳耳边，低声道："看呗，老医官说得没错，常医正果然要畅想一番未来。"

陆瞳："……"

下一刻，常进就指着林丹青道："林医官这回表现出色，回头吏目考核可升三级！"

"果真？"林丹青一扫方才嫌弃之色，端着酒盅正色道，"谢谢医正，我敬医正一杯！"

医官们便哄的一声大笑起来。

四下一片吵嚷祝酒声，陆瞳认真拿勺子戳着碗里元宵。

元宵被分给了每人一小碗，一碗四个，取四季平安之兆。传说吃了包了钱币的元宵，新的一年会有好运。

陆瞳慢吞吞吃完四个，发现一个钱币都没有。

她正有些失望，耳边传来声音："你在找钱币？"

陆瞳回头，就见纪珣把自己的碗推了过来。

她愣了一下。

纪珣轻咳一声："我看你一直在找……我这碗没动过，你吃吧。"

陆瞳谢过，把碗推回纪珣面前："不用，我已经吃饱了。"

许是受林丹青影响，她近来很相信运气一说。虽然很想要更多的好运，但纪珣此举未免不妥，倘若纪珣这碗里也没有，一连吃下八个元宵的她，今夜恐怕会撑得慌。

纪珣正想说话，身后突然传来常进的声音："小裴大人。"

二人回头一看，就见自宿院门外，年轻人眉眼带着笑意，举步走了进来。

他今日换了件红地瓣窠对鸟纹窄袖锦衣，夜色朦胧间，格外丰神俊朗。

医官们静了一瞬，常进先起身，道："裴殿帅怎么来了，不是说今日同李县尉他们一道……"

回京之行将启程，李文虎和蔡方打算趁着除夕为众人饯别。只是常进推辞，今日裴云暎在县衙安排留守苏南的人马，理应和县衙的人一道吃饭。

裴云暎走到桌前，道："席散了。"

"这么早？"常进惊讶，"我以为蔡县丞他们要留至守岁。"

裴云暎笑而不语。

常进便提壶给裴云暎斟酒："殿帅来得正好，苏南治疫，若没有您帮忙，断无这样顺利，今夜趁着同乐，我敬您一杯。"

裴云暎原本在歧水平乱，后来临时赶赴苏南送来药粮，再后来，又向盛京朝中请令，求得圣诏，赤木藤和黄金罩才能及时送达苏南。

裴云暎笑了笑，低头把酒喝了。

这一下可不得了，宛如开了个头，众医官都围了上来。

"我也来敬裴大人一杯，裴大人可真是救了老夫一条老命了！苏南

怎么能冷成这样,冰碴子往人骨头缝里钻,得亏裴殿帅送来的炭,要不是这东西,老夫铁定活不到回盛京!"

"我来我来,"老医官被挤走,又有人朝他作揖,"城里那狼心狗肺的东西,都什么时候了,还一心想着抢药抢粮,裴大人来得好哇,你那兵马在街上一走,苏南的混子都收了迹。"

"裴大人……"

"我敬你……"

"年少有为重情重义啊……"

"回到盛京将来前程无量,届时别忘提拔帮忙……"

这是个扯远了的。

被诸人簇拥在中间的年轻人一身绯衣,并无半分不耐,好脾气拿酒盅接众人相敬,倒成了视线中心,人人赶来追捧。

只是偶尔饮酒时,目光越过席上众人,若无其事朝这头看来。

陆曈别开目光。

医官们平日里谨言慎行,个个温和儒雅模样,大概之前极少饮酒,酒量似乎都不怎么样,没喝多少就醉态百出。

有登上桌子唱歌的,有哭着对墙思过的,还有说医官院差事太多病人刁钻要寻麻绳上吊的。如妖魔现形,可谓群魔乱舞。

陆曈正被吵得听不清,就见被人簇拥着的年轻人看向她,二人视线交接处,裴云暎对她微微侧首,自己先往门口走。

她心知肚明,放下杯盏起身。

纪珣问:"陆医官去哪儿?快要放烟火了。"

"随意逛逛。"陆曈说着,捉裙出了门。

待出了门,果然见裴云暎在门口等她,她上前,问:"做什么?"

"里面那么多人,不嫌吵吗?"他笑着看一眼院落中醺然交错的人影,"带你去个地方。"

陆疃还未开口,就被他拉着往前走。

此刻已是除夕深夜,街上一人也无,苏南城中户户阖家团圆,偶尔能听到街巷深处一两声爆竹声。

越过长廊进了院落,陆疃后知后觉明白过来:"这不是你们禁卫的宿处吗?"

"是啊。你不是来过?"

陆疃无言片刻,她上次来这里时,还是裴云暎受伤,她给裴云暎包扎的那回。

想到当时,面上不免带了几分不自然。

"你那是什么表情?"裴云暎抱胸看着她,"一副心虚模样。"

"哪有心虚?"陆疃推门走了进去,"你们宿院其他人呢?"

"蔡方安排庆宴,都在吃席,很晚才会回来。而且我的院子,他们进不来。"裴云暎跟在她身后,顺手掩上门。

陆疃进了屋,不由一怔。

靠窗小几上放着一只酒壶,两盏玉盅,几碟糖酥点心,最中间一串用彩线穿着的铜钱,上面刻着二十四福寿。

百十钱穿彩线长,分来再枕自收藏。

从前在陆家时,每年除夕夜里,母亲会偷偷将用红线串起来的铜钱塞到她枕头下。

陆疃拿起铜钱,看向对面人:"压岁钱?"

"你不是很遗憾今夜没吃到钱币?"裴云暎在小几前坐下,"现在你有了。"

"你怎么知道我没吃到钱币?"

他睨陆疃一眼,悠悠道:"我进你们院子时,你那位同僚正向你献

殷勤。一看就知道了。"

"……"

陆曈把那串铜钱收好:"所以,你让我过来,就是给我发压岁钱?"

"当然不是。"裴云暎看向窗外,"和一群酒鬼看烟花,未免太吵。我这院子清净,借你。"

"那我还应该感谢殿帅了?"

"行啊,"他托腮看着陆曈,微微勾唇,"你要怎么谢我?"

"你希望我怎么谢你?"

裴云暎撩起眼皮看她,过了一会儿,笑了一声:"那就先将你的伤养好再说吧。"

"听起来你想讹人。"陆曈端起酒壶,斟了一满杯凑到唇边,一入口,满齿甜香,不由愣了一下,"不是酒?"

他提壶给自己斟满:"你还吃着药,想喝酒,不要命了?我特意找来的梅花饮子,我看你那些同僚们,都没给你准备甜浆。"

他一口一个"同僚",总觉意有所指。

陆曈仰头把杯子里的饮子喝光了。抬手时,衣袖滑下,露出带伤痕的手腕,那伤痕和往日不同,泛着点红。

裴云暎见状,抓住她手,问:"怎么回事?"

陆曈顿了顿。

近来身体渐渐对药物重新产生反应后,纪珣为她调理旧伤。有些药对她有用有些无用,落在身上时,难免会有些意外反应。

她同裴云暎解释完,裴云暎才松开手,只是眉头仍拧着:"要一直这样试下去?"

"没关系。"陆曈道,"又不疼。"

闻言,裴云暎抬起眼,看向陆曈。

陆瞳:"怎么?"

"疼的时候说不疼,想的时候说不想,喜欢的时候说不喜欢。"他道,"你非要这么口是心非?"

他盯着她,神色像是有点生气。

默了默,陆瞳道:"纪医官用了药,伤口总会愈合的。"

裴云暎静静看着她,过了一会儿,像是终于妥协,温声开口。

"那是大夫的说法。对于生病的人来说,不必忍耐。疼了就喊,才是病人该做的。"

"陆大夫做大夫做得太久,有时候,不妨也试试将自己当作一个普通病人。"他低头,将斟满甜水的杯子塞到陆瞳手中,指尖相触间,有微淡的暖意渡来。

苏南略显寒冷的夜色下,青年眉眼褪去平日锋利,看着她的目光温润如丝雨恬和。

"下一次你疼的时候,告诉我一声,虽然没什么用,但至少有人知道。"

陆瞳呆了一下。心中像是有船行至沉静寒江,渐渐划开一江春水,涟漪摇晃间,心念微动。

轰——

隔着宿院,隐隐传来隔壁医官的笑闹尖叫。

子时了,苏南城上空开始放起烟火。

火树拂云,似赤凤飞舞,纷纷灿烂如星陨。

她起身,放下茶盅,走到院落前。

那点花光与焰火将原本冷清的街巷衬得热闹极了,一瞬间,天际铺满繁花。

陆瞳仰头看着头顶焰火。

这是她下落梅峰后，第三次看烟火了。

第一次是去年除夕，第二次是戚玉台死的时候，前两次的焰火无心欣赏，唯有这一次，虽然不如盛京花火那般宏大繁盛，却觉得格外美丽。

她看向身边人。

裴云暎走到她身侧，瞥见她视线，问："怎么了？"

陆瞳摇头："我只是想到，去年除夕日，我好像也是同你一起看的焰火。"

那时候她跌落在满地泥水中，他高高在上，咄咄逼人。窗外璀璨银花争相开遍，而他在流动的光影中，递给她一方手帕。

有些事情，正是从那一刻开始变化的。

裴云暎看了她一眼，唇角一扬："是啊，当时你还把我记在你的名册上，差一点，就被你从名册上划去了。"

陆瞳："……"

她反驳："那你还不是大半夜跑别人院子里兴师问罪，差一点，殿帅也将我拉去见官了。"

他语塞。

陆瞳却咄咄逼人："如果当时没发生意外，你真的会将我拉去见官？"

她这旧账翻得猝不及防，裴云暎也无奈，失笑道："不会。"

"真的？"

"真的。"他歪了歪头，看了她一眼，"那你呢？那天晚上，你真打算杀了我？"

"……"

陆瞳别过头，避开了他这个问题。

他哧了一声，冷冷开口："陆大夫真是铁石心肠。"

陆曈心虚一瞬，若无其事岔开话头："你叫我来看烟火，就好好看烟火，说这些做什么？"

李文虎特意去城里铺子里寻了各种花炮，驱赶疫病瘟气，缤纷花色此起彼伏，将夜色燃烧。

正当她看得有些晃眼睛时，忽然间，一只白玉透雕莲花纹香囊落在她面前。

陆曈愣了一下。

"苏南才过大疫，许多商铺都未开张，我去看过几间，没挑到合适的。这个先凑合做你生辰礼物。"

"元日了，祝陆三姑娘且喜且乐，且以永日。"

陆曈扑哧一声笑起来，伸手接过香囊。

香囊工艺精巧，熟悉的清淡香气与他怀抱的香气一模一样。她曾向这人讨了几次都没成功，未料如今倒是落在她手上了。

见她接过香囊爱不释手的模样，裴云暎轻咳一声，提醒："这香囊你自己私用就行，切记不可露在外人面前。"

陆曈点了点头，忽然看向他："为何不能露在外人面前？"

不等裴云暎开口，她又继续道："是因为你怕别人知道，我和你用'情人香'吗？"

裴云暎愣了一下，不可思议地侧首："你知道……"

陆曈眨了眨眼。

她知道。

那是在更久以前了，和林丹青去官巷买药材时，路过一家香药局。林丹青想去挑些成香薰衣，陆曈想到当时问裴云暎讨要两次香囊无果，就顺便问了掌柜的可否自己制一味别人身上的香。

掌柜的问她要对方香囊配方，她拿不出来，询问一番因由后果后，掌柜的了然笑起来。

"姑娘，香药局中买到的香和私人调配的香又有不同。贵族男女们不愿用香药局人人能买到的寻常熏香，常找调香师为自己调配独一无二之香，以此昭显身份尊贵。既是独一无二，便没有两人用一模一样之香的说法。除非用香二人身份是夫妻或情人，方用同一种香方以示亲密。"

"你那位公子不肯给你香方，应该就是顾忌于此吧！"

陆曈恍然。难怪每次问他要香方，他都神情古怪，原来是有此担忧。

裴云暎盯着她，眉峰微蹙："知道你还问我要。"

他误会了陆曈知晓的时间，陆曈也没有解释，只道："就算是情人香，你我之间清清白白，你担心什么？"

"清清白白？"

裴云暎扬眉，注视着她，忽而笑了一声："我不清白，你不是一直都知道吗？"

陆曈顿住。

他说得如此坦荡，烟火下，平静双眸毫不遮掩。

那条掠过春江的船只漾开更深的浪，刹那间令她心绪起伏，难以平静。

陆曈抬眼看他，过了会儿，开口道："今日我生辰，你不问问我生辰愿望是什么？"

"你想要什么？"

陆曈伸手，拽住他衣领。

他被拽得微微倾身，有些不明所以地看着她。陆曈倾身过去，轻轻亲了下他唇角。

一个很轻的、若有若无的吻。

在宝炬银花中如那些散落星辰般,转瞬即逝。

她松开手,后退两步,转身要走,却被一把拉了回来。

那双漆黑双眸里清晰映着焰火与她,柔和似长夜。

片片霞光里,他低头,吻住了陆瞳。

长空之上,雪散烟花。

他的吻清浅又温柔,似落梅峰上偶然掠过的柔风,带着点屠苏酒清洌酒气,陆瞳仰头,任由清风落在唇间。

这个人,她一直推开他。一次又一次违背心意,却很难否认自己动心。

在很多个瞬间,在他拦住她向戚玉台下跪的时候,在某个医官院春末夏初盛满花香的夜里,每一次他向她靠近,她无法回避刹那的涟漪。七夕那天他未宣之于口的眼神,丹枫台上欲言又止的那场夜雨……

或许更早,早在第一次雪夜相遇,他点燃那盏花灯的时候……

就已经注定未来的缘分了。

"裴云暎……"

"什么?"

"有的。"陆瞳说。

她对他不坦荡。

她对他有私心。

第十六章

备亲

除夕过后第七日,平洲的医官们抵达苏南。

所有治疫事务交接完,医官们也该回盛京了。

城门前,车马汇集,蔡方和李文虎在城门相送,疗所的病人对着医官们俯身拜谢。

盛京与苏南气候不同,老医官们常常抱怨苏南冬日湿冷刺骨,日日吆喝着要赶紧回盛京。谁知同甘共苦了一段日子,临别之时,反倒生出几分不舍。

翠翠走到陆曈身边。

"谢谢你,陆医官。"小姑娘垂着头,不敢去看陆曈的眼睛,"……对不起。"

"没关系。"

翠翠爹娘都不在了,牵媒的红婆子怜她无依无靠,就将翠翠收养下来。

一场大疫,苏南多得是家破人亡的可怜人,蔡方和李文虎接下来还有得忙。人世如此,常有苦难,但人总要向前。

"陆医官,我日后也想学医。"翠翠鼓起勇气开口,"我想像你一样,救更多人。"

"好啊。"陆曈微笑道,"盛京有太医局,若你将来到了盛京,可去西街仁心医馆来寻我。"

蔡方对着众人深深一揖。

"诸位千里迢迢赴苏南，数月来与苏南同舟并济，此等恩德，苏南百姓不敢忘怀。"

"只是聚散匆匆，终有一别。诸位医官回到盛京，若日后有机会再来苏南，蔡某定尽心招待。"

"保重。"

聚散匆匆，终有一别……

陆瞳回头。

已是新春，苏南很久没有下雪，朝日霞光从山间铺泻而来。

仿佛看到落梅峰上，有个背着竹篓的小姑娘在山间行走。

她走得很慢，一步一步，尚未褪去孩童稚气，偶有片刻欢笑，从日晖中走来，与自己擦肩而过。

陆瞳怔怔望着她。

"陆大夫。"身后传来人的声音，她回头。

裴云暎站在马车前，笑着看着她："走吧。"

她愣了一下，随即笑了起来。

"好。"

车马启程，李文虎的声音从身后传来："诸位一路顺风！"

新年不久后，阳和启蛰，品物皆春。

立春前一日，有"报春"一说。青衣青帽的男童挨家挨户送春牛图。

仁心医馆也得了春牛图，贴在医馆大门上，阿城去官巷买了春饼和麻糖放在盘中，给每个前来抓药的病人送上一块。

杜长卿一到春日就犯困，手撑着头在铺子里打瞌睡。

银筝从旁经过，道："东家，咱们不去官巷买点东西吗？"

杜长卿撑起眼皮子："买什么？"

"姑娘就要回盛京了，合该提前准备些吧。"

年后不久，苗良方问医官院旧识打听了一回，得知苏南那头传信来，说是治疫进行得十分顺利，先前去苏南的那拨医官不日将启程回京。

杜长卿扳指头给她算："上个月说十日后到，十日前说七日后到，七日前说五日到，现在都没到！这日子比你脸色还善变，谁信谁是傻子。"

话音刚落，阿城气喘吁吁从门外跑来，一迭声高声道："到了到了！"

杜长卿猛然惊坐："谁到了？"

"陆大夫！"阿城道，"陆大夫到京城了！"

陆瞳回来了。

救疫的医官们在这个春日清晨回到盛京，皇城里热闹起来，医官院大门挤得水泄不通。

陆瞳落在后头，裴云暎勒绳下马，走到她面前。

"你先回医官院休息，晚些我来找你。"

"不必，我登记文册后要回西街一趟。"陆瞳看向他，"你要进宫？"

他点头。

裴云暎离开盛京太久，回京后需面圣，将歧水一战细报于新帝。

"你去吧。"陆瞳道，"今日应当很忙。"

"那我回头再找你。"

他说完，翻身上马，随禁卫们一道离开。

裴云暎进了宫。

勤政殿似乎还是过去模样，金座之上却已换了个人。

宁王——不，如今应当是新帝了，见他回来，很是高兴。

"总算回来了。你不在的这些日子，京师龙虎卫军习演，朕都看得不得劲。殿前司没了你，还是不行啊。"

裴云暎笑道："看来陛下过去数月很忙。"

皇帝哼了一声。

的确很忙。

新帝登基，旧日势力盘根错节。戚清把持朝堂多年，纵然戚家落败，朝中仍有残党势力。梁明帝在朝期间，广征税赋，朝中贪腐，肃清并非一朝一夕之事，天子之位，坐得并非稳如泰山。

"外固封疆，内镇社稷。先皇所诲，还真是很难啊。"他叹息一声。

"陛下身为天子，不可说难。"

皇帝瞥他一眼："你也这么说朕？"

裴云暎笑而不语。

宁王做"废物王爷"做了多年，成日在官巷买花挑菜，如今坐上这个位置，收起过去自在，偶尔想想，确有高处不胜寒之感。

天子放下手中折子："你呢？歧水一战结束得痛快，是为了去见你心上人？就这么迫不及待？"

裴云暎顿了顿。

皇帝目光揶揄。

新皇登基，三皇子舅家陈威的兵马尽数收回，皇帝点了裴云暎去歧水平乱。兵乱结束得比所有人预想的都快。

偏偏结束兵乱后，裴云暎一封请旨快马加鞭送回盛京，请求留在苏南助援医官救疫。

皇帝整了整袖子："当日朝中不少人参你，说你仗着战功目中无人,滞留苏南不肯回京。是朕在那些老狐狸面前一力保下你,否则你如今麻烦不小。"

"多谢陛下信臣。"

皇帝摆手:"他们不知道,朕知道,你是情种嘛。"

裴云暎:"……"

皇帝饶有兴致地看着他:"说实话,裴殿帅,朕从前也没想到,你还是个用情至深的人哪。"

歧水兵乱一案,裴云暎办理得着实漂亮,而后却掉头去了苏南,打了众人一个措手不及。

不过虽然他那封请旨折子写得义正词严,皇帝还是从满纸义正词严中独独看出两个字——陆曈。

他就是为陆曈去的苏南。

皇帝啧啧了两声:"需不需要朕为你们赐婚?朕长这么大,还从来没赐过婚,不妨从你这里开个头。"

裴云暎一顿,道:"陛下,婚事还是交由臣自己来吧。"

"怎么?"皇帝眯起眼睛打量他一眼,"你在苏南与那位医官相处数月,她还没看上你?"

"不是……"

"裴云暎啊裴云暎,你好歹也是殿前司千挑万选出来的指挥使,论起容貌家世品性皆是一流,怎么在情之一事上如此无用,简直随了严大人……"

"严大人"三字一出,二人都愣了一下。

仿佛某个心照不宣的禁忌被提起,元朗和裴云暎的目光同时沉寂下来。

宫变过后,三衙局面重新改写。

三皇子被圈禁，太子一派彻底倒台，朝中墙头草们倒戈的倒戈，造反的造反，盛京皇城里每日热闹极了，皇城司的昭狱里时时都有新人进去。

后宫女眷也被安置，太后自请于万恩寺抄经礼佛。或许是为了避嫌，又或是为了内心的愧疚——当年先皇和先太子真正死因，太后未必没有察觉，只是既非先太子生母，不影响自己地位，有些事情便睁一只眼闭一只眼过去了。

如今元朗即位，一朝天子一朝臣，太后是聪明人，主动将自己摘离微妙境地。

后宫之事尚算容易整理，前朝之事则要凶险得多。

"严大人走了。"过了片刻，皇帝才开口，"枢密院如今群龙无首，朝中鬼魅蠢蠢欲动，你回来得正好，朕正好借你的眼睛，把这朝中暗桩一根根拔除干净。"

裴云暎微微一笑："陛下，这是皇城司的职责，不归殿前司管。"

"你这是怪朕俸禄没给够？"皇帝笑道，"待你成亲，朕把另一份俸禄折成礼金，遣人送至你府上。"

"那臣就先谢过陛下了。"

皇帝失笑，视线落在面前人身上，不知想到什么，忽而轻轻叹了一声。

"昔日先皇在世时，朕听先皇教诲兄长：'君为元首，臣做股肱，齐契同心，合而成体。体或不备，未有成人。然则首虽尊极，必资手足以成体，君虽明哲，必借股肱以致治。委弃股肱，独任胸臆，具体成理，非所闻也。'"

"如今虽大局已定，然天下之广，四海之众，千端万绪，每每想起，常临深履薄。"

他看向裴云暎。

"于朕而言，你就是那个'肱骨'。"

"裴云暎，朕不管你之后有何打算，至少现在，你给朕打起精神来，朕需要你。"

裴云暎俯首。

"陛下有此心，恃贤与民，其国弥光。臣愿追随陛下，借陛下眼睛。"

"这可是你自己说的。"

裴云暎停顿一下："只是陛下千万别忘了随礼。"

皇帝失笑，假意一镇纸砸过去，笑骂一声："德行！先追到你那位心上人再说吧！"

裴云暎的"心上人"此刻正随一众医官回到翰林医官院。

林丹青打算拉陆曈回宿院先休息，陆曈却走到常进跟前："医正，我有话要和你说。"

常进愣了一下，以为她是要说药人的事，屏退左右，道："进屋说吧。"

陆曈随常进进了屋。

一进屋，常进在桌前坐了下来。

他道："陆医官，我一回来就叫人去御药院那头打过招呼了，回头给你换几味药材。"

"因为红芳絮的事，他们院使对你印象不错，一听你病了，也没为难咱们就去拿药单。等换了药，调养你身子就更方便了。"

他见陆曈没说话，补充一句："你放心，我没说药人的事，只说你旧疾犯了。"

陆瞳点了点头："多谢医正。"

"客气什么。"常进又道，"此去苏南，你寻来的黄金罩效用不少，我都写进文书里，等回头吏目考核升过三级，努努力，离入内御医也不远……"

他说得兴致勃勃，陆瞳打断他的话："医正。"

"怎么？"

"我想辞任翰林医官一职。"

常进一愣。

"陆医官，"他皱起眉，"怎么突然说这个？"

陆瞳颔首："我的病医正也知道，医官院事务烦冗，每日忙至深夜，对我养病并无好处。我想回去西街，专心养病一段时日。"

"那也不必辞任吧，"常进下意识挽留，"你回去休息一段日子就行，准你旬休。"

"医正能准我多久旬休，十日，半月，一月？"陆瞳笑了笑，"您也清楚，我的病想要彻底痊愈，并非一朝一夕可成。"

"可是……"常进望着她，眼底有些挣扎。

陆瞳是个好苗子。

春试红榜第一，医道一行又颇有天赋，翰林医官院这群年轻医官里，她出色得毫无争议。这样的好苗子离开医官院，如何不令人惋惜。

但他又知道陆瞳说得没错。

医官辛苦，日日奉值，常常熬夜，对陆瞳养护身体无益。他虽惜才，却也对陆瞳先前经历深感同情。

"医正，"陆瞳语气平静，"我做大夫做了多年，生死关头走一遭，倒是看开了许多。医官院并不适合我，请允许我自私一次，让我回到西街，过我自己想过的生活吧。"

常进微微愣了愣。

眼前女子一身医官袍疏朗，眉眼坦荡，让人想起苏南冬日那日，她躺在床上苍白虚弱的模样。

他想要再劝的话堵在嘴里，一句也说不出来。

半晌，常进叹息一声。

"你让我想想。"

盛京的春日来得早。

西街正街酒铺，早早挂起春幡，一片节物新春里，陆曈回到了仁心医馆。

苗良方早早和杜长卿在医馆中准备，陆曈才一回医馆门口，就被银筝抱着不松手。

"姑娘，"银筝道，"不是说，要等旬休才回馆吗，怎么提前回来了？"

去苏南的医官们治疫有功，回皇城后往上论赏，还有些治疫文册需整理，一时倒是很忙。

"我和医正告了假。"

杜长卿站在一边剜眼打量她，顺手分给陆曈半颗核桃，对众人道："瞧瞧，我说什么，她回来肯定又瘦了！当年从医馆出去时，我好吃好喝养着，这出门一年半载，人瘦成这副模样，说明了一个道理。"

银筝好奇："什么道理？"

"人就不该做工！"杜长卿一口咬碎核桃，"要我说别当劳什子医官了，在我这做人不比在医官院当牛做马强？也没见发你多少俸禄。"

阿城小声开口："东家，医官院那还是比咱们医馆强的。"

杜长卿翻了个白眼。

苗良方帮陆曈卸下医箱，呵呵笑道："回来就好，小杜特意给你定了桌酒席，还让人杀了只老母鸡炖汤……"

银筝闻言就道："炖什么鸡汤，又不是产妇'猫月子'。"

"那不是想给陆大夫补补身子吗？"杜长卿不满，"补气！"

"哎呀，"苗良方无言，"其实'猫月子'也不是要喝这么多炖鸡汤的。"

"合着我还炖错了？"

话头就在这吵闹里逐渐偏离。

院子里的布棚已经拆了，新年后，盛京没再下雪，一日比一日暖和。众人在席间坐下来，说起先前陆曈去苏南一事。

"陆大夫，"杜长卿夹了筷捞鸡肉问她，"我听老苗说，你们去救疫的，回医官院要论功，什么考核升三级，以后就去宫里当入内御医了？是不是真的，有给你们赏银子吗？"

银筝鄙夷："东家怎么这么功利？"又给陆曈盛了碗鸡汤，"姑娘，是不是这之后，您的医官袍子得换色了？"

新进医官使着淡蓝长袍，随官位上升，颜色渐深以彰地位变化。

陆曈握着勺子，在汤里搅了搅："我不回医官院了。"

阿城边扒饭边问："这是什么意思？"

陆曈抬起头："我辞任医官一职了。"

院子里静了一静。

杜长卿手里的筷子啪嗒一声掉地上。

"……这是为何？"苗良方不解，"好端端的怎么说辞任？"

陆曈搅着汤，语气平静："我想了想，医官院还是不太适合我，我更喜欢在西街坐馆的日子，所以辞任了。"

"不是，你喜欢在西街坐馆，那你眼巴巴跟人去苏南凑什么热闹。"杜长卿把碗一推,急道,"人家去救个疫,名声也有了,官职也升了,怎么到你这里还不如从前了呢?"

他说着说着,忽而想到什么,一拍桌子,目光灼灼盯着陆瞳:"我知道了!你是不是又在外头惹什么祸事了?"

陆瞳不说话。

"肯定是。"杜长卿越发笃定自己猜测,"你上回就是看了什么药单,回西街闭门思过了三月。你一定是在苏南又管不住手捅什么篓子,被赶出医官院了!"

此话一出,院中其余人也看向陆瞳。

陆瞳神色自若:"就当我去了一趟,见了疫情艰难,开始贪生怕死吧。做入内御医,打交道的都是贵人,若处理不好,恐怕惹祸上身,不如在西街自在。"

"况且,"她笑笑,"在西街坐馆不好吗?苗先生一人有时忙不过来,加我正好。时逢节日亦能做新药方供给。杜掌柜先前要将医馆开到城南清和街,去赚富人银子的宏愿,说不定日后真有机会。"

一听到"去赚富人银子",杜长卿神色顿时有些动摇。

银筝见状,笑着劝道:"不去医官院就不去医官院,俸银也没比咱们医馆多多少,咱们医馆每日傍晚就关门,那医官院还得熬半宿。姑娘回来得正好,开春把院子翻翻,我一个人住着也不怕了。"

言罢,又对苗良方暗暗使了个眼色。

苗良方回过神来,跟着附和:"对对对,东家不会舍不得多出一份月银吧?何至于此,小陆做的新药可比月银多多了。"

杜长卿仍拧着眉,语气忿忿:"大好前程不要,缩在西街坐馆,脑子坏了?"又不耐摆手,"算了,你的事我不想说,没一件让人高兴的……那你既然回来,就先想想要做什么新药。我先说了,虽然你是翰林医官院出来的医官,月银还是照旧,不准坐地起价。"

陆曈笑了笑:"好。"

他又问了几句,陆曈一一回答。杜长卿见问不出什么只得作罢,只是神情间仍有些耿耿于怀。

待用完饭后,苗良方拉着陆曈回到屋里,趁杜长卿在里铺结账时低声问陆曈:"小陆,你真辞官了?"

陆曈点头。

"到底是为何?"苗良方不解,"如今正是吏目考核最重要关头,你辞官,常进也同意了?"

"常医正知道的。"

"小陆……"

"苗先生,"她看向苗良方,"翰林医官院究竟是什么情况,您当年待过,比我清楚。我不适合那样的地方,亦做不来卑躬屈膝看人眼色的日子。在西街坐馆,为平民治病看诊,比在皇城里自在得多。"

苗良方看着陆曈半晌,叹了口气。

"行吧,"他扶着拐杖,"你一向有主意,自己心中有数就行。"

如今盛京皇城里才生变故,各项关系错综复杂,急流勇退未必不是好事。

"你既辞任,将来还是回医馆坐馆,恰好,我也有一事想同你商量。"

陆曈问:"何事?"

苗良方摆了摆手:"先不提,等过段日子再说吧。"

他又叮嘱陆曈几句,回头去里铺忙碌了。

陆曈静静瞧着,小半年未见,来仁心医馆的病人越来越多。不仅西街,远一些的平民也愿意来此地捡药瞧诊,或许是因为苗良方医术高明，又不多索诊金，捡药也多是寻常不贵的药材，远近病人都爱来此。

陆曈本也想帮忙，被银筝按在屋中不许她出来。

到了傍晚，巷口火红夕阳垂地，杜长卿准备带阿城回家了。

陆曈正与苗良方说话，忽听得阿城叫起来："小裴大人！"

陆曈抬头。

斜阳欲坠，半片金黄洒在店铺里，年轻人从李子树下走进来，衣袍被晚风微微吹起，让人骤觉天暖日长，一片好春光。

杜长卿脸色一变："他怎么来了？"

裴云暎走进里铺，和苗良方几人招呼过，就看她笑道："你不会今日就开始坐馆了吧？"

"没有，今日休息。"

他点头，道："那正好，出门走走？"

陆曈应了，就要和他一道出门。

医馆众人被他二人旁若无人的交流怔住，还是杜长卿最先反应过来："等等！"

东家快步上前拦在门口，目光凶狠在裴云暎身上转了一圈，看向陆曈凶道："都什么时候了还要出门？"

陆曈："日头还未落。"

"日头很快就落了！"他骤怒，"我说同意了吗？"

裴云暎看了杜长卿一眼，杜长卿骤然一寒，下意识躲到陆曈身后。

"……我是你东家，要对医馆的每一个人负责。"他在陆曈背后探出头，很没有底气地叫嚣。

苗良方尴尬轻咳一声。

银筝把陆曈往外推，瞪了一眼杜长卿，笑着开口："姑娘在苏南待久了，回来后又在医官院，是该放松。同小裴大人出门散散心也好，这几日盛京天气不错，东家就别操心了……"

杜长卿犹自不甘，陆曈和裴云暎却已出了大门，他只好追出门外，憋出一句："戌时前必须回来，听到了没？"

无人回答。

阿城无奈开口："东家，人家两个都牵手出门了，你在这喊有什么用？"

"牵手？"杜长卿大惊，"他们什么时候在一起了？"

银筝嫌弃看他一眼："东家，日后就别做这些不合时宜之事了。你知道你刚才那模样像什么吗？"

"像什么？"

"像话本里写的，棒打鸳鸯的恶婆婆。"

傍晚过去，盛京探春的人都归家了。

沿途群芳红杏遍野，春色无数。走着走着，渐渐下起细雨。

清河街上，"禄元当铺"仍是老样子，曾故意高价卖簪子给陆曈的老掌柜坐在铺子里打瞌睡，绵绵春雨里显出几分乏意。

出门时未曾带伞，裴云暎问陆曈："去不去楼上避雨？"

陆曈顺着他目光一看。

前方不远是遇仙楼。

"这雨暂时停不了了。"他拉着陆曈到檐下避雨，"如此一来，你戌时应当回不了医馆了。"

陆曈："……"

她无言片刻，正要答应，目光忽然被更远处的河面吸引。

遇仙楼临河两岸种满新柳，正是春日，春雨如烟，绿柳似雾，几只画舫飘在河中，有柔和琴声从舫间传来，伴随风雅士人的吟诗——

十里横塘半积烟,春风何处最堪怜。

长堤鸟语不知处,轻絮无声入旧船……

陆曈忽然想起杜长卿曾说过的话来。

"真想赏雨,何不到城南遇仙楼去赏?那楼上临河见柳,一到雨天,烟雨蒙蒙,河水都是青的。要是找个画舫坐在里头就更好了,请船娘来弹几句琴,再喝点温酒,叫一碟鹅油卷,那才叫人间乐事……"

眼下正是雨天,陆曈心中一动,扯了下裴云暎袖子:"我们去坐那个吧。"

"船?"他不解,"你不是晕船?"

"我看那船不用划,就在水里漂着。不像之前走水路,晃得凶,应当无事。而且我有这个。"陆曈取下腰间香囊在裴云暎面前晃了晃。

说来奇妙,裴云暎这味宵光冷十分对她喜好,每次闻见,都觉怡人清爽,回程路上走水路,全靠这香囊,对陆曈而言,比晕船药好使多了。

裴云暎不太赞同:"怎么总是不顾惜自己身体?"

陆曈:"我就想坐这个。"

裴云暎:"……"

他低头,陆曈平静与他对视。

过了一会儿,裴云暎叹了口气,点头道:"行。"

遇仙楼边的画舫重新解开一只,裴云暎扶着陆曈上了船。

二人没叫摇船桨人,任由画舫在岸边漂着。

遇仙楼下画舫有的大,有的小。大些的多是给达官贵人夜宴游船,小的则是给风雅士人舟上煮酒。

裴云暎选的这条船略小些,是条黑平船,船头雕刻莲花,里头又有青帷帐,一筵酒食,行于水上,千万垂柳绿好,烟雨蒙蒙。

陆曈扶着船栏在小几前坐下,方坐稳,一根红艳艳的糖葫芦伸到眼前。

"遇仙楼的糖葫芦。"裴云暎道,"虽然晚了些年,我也算说到做到了。"

陆曈愣了一下。

似乎想起多年前苏南破庙里,她拿着那只银戒满脸嫌弃,听坐在火堆前的黑衣人承诺:"你拿这个到盛京城南清河街的遇仙楼来找我,我请你吃遇仙楼的糖葫芦。"

时光倏然而过,苏南大雪早已融化,她以为对方随口的敷衍,没想到在多年后的今日离奇成真,虽前因不同,结果却一样圆满。

陆曈低头,咬了一口手中果子,酸甜滋味从齿间弥漫开来。

"怎么样?"

"有一种……"陆曈想了想,"银子的味道。"

他闻言失笑:"你可真会夸。"

陆曈趴在船沿看向远处,河水之上,画舫中渐渐飘来琴音,花气春深里,如泣如诉,十分动人。

杜长卿曾提起遇仙楼中琴娘技艺超群,上次来时她一心想接近戚玉台,无心欣赏,这回泛舟河上,虽不太懂琴曲,仍觉声声动人。

陆曈侧首,看向对面人。

裴云暎莫名:"怎么?"

"我听云姝姐说,你会弹琴?"

"你想干什么?"

陆曈指了指船上放着的一架琴:"不知殿帅的琴声,比起刚才琴娘的如何?"

他顿了一下,几乎要被陆曈这话气笑了:"你这要求,是不是有点太过分了?"

有些富商贵妇在外宴客,常挑生得美貌的少年服侍,途中或歌舞或琴棋,一场宴席办得体面,听得人也欢喜。

在某些特定时候,其实是带有轻侮意味的一个要求。

陆曈托腮看着他:"我就想听你弹。"

"我可以私下为你弹,"裴云暎看了一眼远处漂过的画舫,"在外就算了。"

陆曈不乐意了:"你怎么扭扭捏捏的,难道你弹了,还会有人来强抢你?真要有人强抢你,我杀人埋尸很在行,一定替你报仇。"

裴云暎匪夷所思地看着她。

陆曈神色坦坦荡荡,像是明知道这话中意味,却又故意不说明白。

他盯着她半晌,须臾,终是败下阵来,叹道:"行,殿前司指挥使就是给你做这个的。"

他起身,走到案前。

这船舫被人租下,原本就是为了供人游船赏柳,长案上摆一架七弦琴。

他在琴前坐下,垂目抚琴。

陆曈并不懂音律。从前在常武县听陆柔弹琴时,常常只听个高兴。如今裴云暎抚琴,亦只能用"好听"二字形容,平心而论,这与方才琴娘的弹拨她分不出高下,便只托着腮,静静看着他。

这人从前是拿刀的,然而拿刀的手抚动琴弦时,也仍修长漂亮。他抚琴时不似平日含笑时明朗,也不如冷漠时疏离,平静而柔和,若远山静月,淡而幽寂。

此时天色已晚,河上细雨绵绵,沿岸风灯明照。琴声顺着风飘到河面,许是被这头吸引,临近一点的画舫中有人掀开帘帐往这头看来。

不知不觉中,陆曈就想起裴云姝说过的话来。

"阿暎啊,你别看他现在宫里当差,打打杀杀,模样怪凶的,小时候我娘教他音律,也教他书画,他学得很好。说实话,从前我以为他要做个翩翩公子,谁知后来入皇城日日拿刀……想想还真有些可惜……"

她那时对裴云暎正是防备,因此对裴云姝这称赞不置可否,如今却不得不承认,裴云姝说得不错。

毕竟就连银筝都在背地里对陆曈夸赞:"小裴大人有钱有貌,知情识趣,在如今的盛京城里,确实是罕见的佳婿人选。"

陆曈兀自想着,连琴声什么时候停了都没发现。直到裴云暎收手,看向她扬眉:"你这是听入神了?"

陆曈回神。

"怎么样,"他起身,"比起刚才琴娘弹的如何?"

"其实没听懂。"陆曈老实开口,"但你离得近,听起来更清楚。"

裴云暎无言,走到陆曈身边弹了下她额头:"这是小石角九的《喜春雨》。"

他走到陆曈对面坐下:"我还从来没在外头弹过琴,第一次就送给你了,陆大夫打算用什么回报我?"

"第一次?"陆曈不以为意,"未必吧。"

"什么意思?"

"你不是遇仙楼的常客吗?"陆曈轻飘飘道,"既是常客,说不定也曾弹过别的什么《喜秋雨》《喜冬雨》。"

这话就有了些翻旧账的味道了。

"喂,"裴云暎蹙眉,"我去遇仙楼又不是玩乐。"

"未必吧。"

他无奈:"红曼是皇上的人。"

"哦。"

裴云暎不知想到什么,眉眼一动:"你不会是在吃醋?"

"没有。"陆曈答得飞快。

他笑了一声:"我不是说了吗,日后我有了夫人,就不逛花楼了。"

陆曈盯着他:"我记得我也说过,我不如殿帅大度,日后我未婚夫逛花楼,我就杀了他。"

裴云暎:"……"

他叹息一声:"陆大夫的杀伐果断,殿前司加起来都拍马难及。"

陆曈坦然接受了。

他瞥她一眼,悠悠道:"放心吧,我喜欢陆大夫比陆大夫喜欢我多得多。不过这样也好,纠结失落辗转反侧的是我,你也就不用这么多烦恼了。"

陆曈微微蹙眉:"你烦恼什么?"

"很多,比如纪珣。"

"纪医官?"陆曈一愣,"和他有什么关系?"

裴云暎轻哼一声:"他不是日日都要来给你施针?"

常进先前与陆曈商量好,陆曈身子未痊愈前,纪珣每日都要给她施针。如今她离开医官院,回到西街,纪珣也日日登门不停。

陆曈一开始也觉得太过麻烦纪珣,然而纪珣很坚持。

"小人之心。"陆曈反驳,"纪医官心系病者,你不要胡说,玷污他名声。"

"玷污他名声?"裴云暎看向陆曈。

陆曈认真点头。

裴云暎抬起眼皮看了她好一会儿,唇角一扬,语气幸灾乐祸:"说实话，我都有点同情他了。"

陆曈懒得与他说这些："就算不提这些，我与纪医官也是同行不同志。"

"哦？怎么个不同志法？"

"你不是知道吗？"陆曈道，"我已经离开医官院了。"

裴云暎一时没有说话。

虽然早就猜到她有这个打算，真正得知消息时，裴云暎还是有些意外。

"我进医官院，目的本就不纯。"陆曈说起此事，倒是十分坦然，"如今心事已了。我和纪医官不同，纪医官心怀天下，我却只愿守一方安隅。与其留在医官院，去给金显荣那样的人施诊，不如留在西街。至少没有冗杂的吏目考核。"

裴云暎望着她，低头笑起来："不错，比起皇城里的人，西街庙口的平民们显然更需要陆医官。"

陆曈一怔。

医官院有常进，有纪珣，有林丹青，还有太医局进学的许多学生，如她这样的医官有很多很多。

但西街却只有一个仁心医馆。

她喜欢做医者，更喜欢做皇城外的医者。

"不过，"耳边传来裴云暎的声音，"纪珣那种心怀天下的君子你不喜欢，那你喜欢什么样的？"

陆曈抬眼。

这人手肘撑着头，望着她笑得揶揄。

她便平平淡淡地开口："我这人比较肤浅，喜欢长得好看的。"

裴云暎佯作惊讶："这话听起来像是表白。"

陆曈一本正经:"毕竟殿前司选拔一直靠脸。"

他盯着陆曈,忍不住笑了起来。

外人总觉得陆曈冷漠疏离,常武县那封密信里却称陆三姑娘骄纵任性、古灵精怪。他曾遗憾她最后变成了截然相反的性子,如今却庆幸在某些瞬间,她渐渐找回最初的模样。

"陆曈。"裴云暎突然开口,"我们成亲吧。"

陆曈蒙了一下:"你说什么?"

他垂眸,从怀中掏出一只翠色的青玉镯来。

"这是我娘留下的玉镯。"他拉过陆曈的手,将镯子套在陆曈腕间,"我外祖母将玉镯留给我娘做陪嫁,后来我娘留给了姐姐。姐姐告诉我,若我将来有了想要相伴一生之人,就将这玉镯送给她。"

玉镯色若凝碧,落在她腕间。

裴云暎静静看着她,幽暗雨夜里,一双漆黑眸子平静温柔。

"我是认真的。"他说。

陆曈指尖一颤。

她没想到裴云暎会提亲得这般突然,令她没有任何准备。她从前认为自己能应付好各种突发情况,然而此刻竟让她不知作何反应。

片刻后,陆曈定了定神,才故作轻松地开口:"寻常人在你这个年纪,未必这么早就谈婚论嫁,你若现在成亲,盛京一定会说你英年早婚。"

新帝登基,皇城里情势复杂,偏偏他这殿前司指挥使坐得一如既往稳当,明眼人都看得出眼下圣眷正浓。前程无量的青年才俊,亲事自该慢慢挑,纵然在平民百姓家,也断没有这般火急火燎的。

裴云暎只望着她:"早晚都一样。"

像是有什么酸涩东西从心头涌起,似方才吃过的糖葫芦,又酸又甜。陆疃轻声开口:"你不怕我是个疯子?"

她偏执疯狂,有时连自己也嫌弃自己,一路走来,裴云暎应当最清楚她的个性,未来几十年中同床共枕,若无十万分的喜爱,恐怕难以长久。

裴云暎笑了一声。

"我喜欢的人,我不觉得她是疯子。"

"她聪慧狡黠,隐忍坚强,为家人一往无前,权贵面前也不肯弯腰。"

"换作是我,也不能做得比她更好。"

陆疃愣愣看着他。

"你是……殿前司指挥使,"半晌,她找回自己的声音,"我只是个普通医女,身份有别。"

"谁说的?"他笑道,"你不是凶手大夫吗?我是刺客少爷,这下门当户对了。"

游船外春雨绵密如烟,那只黑漆小船飘在春夜的细雨中沉沉浮浮。她竟无法拒绝。

"你若怕别人口舌,我去求陛下要一道赐婚圣旨。圣旨一出,没人敢说你不是。"

"如今你在西街坐馆,月银比不得医官院,我府上有田庄铺子,俸银都交与你,将来你想自己开医馆或是做别的都好。殿帅府中,你尽可随意支使。"

他考虑得十分周全。

陆疃扑哧一声笑出来。

远处画舫的琴娘歌声清越,正唱着:"花不尽,月无穷。两心同。此时愿做,杨柳千丝,绊惹春风……"

陆曈抬眼："这样你不会亏了？"

"毕竟你是我债主。"

"陈年旧债早已还清，殿帅何必耿耿于怀？"

他叹息："不一样，风月债难偿。"

陆曈望着他。

对于眼前这个人，她一直在退，一再逃避，拼命压抑自己的心。但很奇怪，或许有些缘分斩也斩不断，兜兜转转，注定相遇的人总会回到原地。

她终究会被吸引。

今后如何且不提，她从前也不是瞻前顾后的性子，因此也不必在这一事上左右顾盼，人生短短数十载，值得勇敢，抓住眼前幸福。

她微微笑起来。

裴云暎笑："不知，我能不能成为陆大夫的牵绊？"

"不能。"

听见陆曈的回答，他怔了一下。下一刻，就听眼前人开口。

"你早就已经是了。"

陆曈要成亲的消息传回西街时，整个仁心医馆的人都大吃一惊。

杜长卿宛如新年时候悬挂在李子树上的炮仗，即将炸开，在医馆里上蹿下跳："成——亲？你在说什么疯话？"

一向和气生财的苗良方也有点不赞同："小陆，怎么好端端地突然说成亲？"

陆曈刚到医馆时，一副断情绝爱模样，比尼姑庵里的师太还要看破红尘。当初西街多少血气方刚的年轻人跑医馆来一睹芳容，也没见陆曈对哪个上心。结果偏在裴云暎这里，前脚牵手，后脚成亲，跨度之大，令人叹为观止,简直像是被夺了舍!

"你不会那个了吧?"杜长卿狐疑打量她一眼,目光落在陆曈的小腹上。

西街有些气盛年轻人早早入港,惹出人命来匆匆补礼,从前也不是没见过。

银筝推了一把杜长卿:"东家,别乱说!"

"那就是威胁!"杜长卿斩钉截铁,"一定是威胁!他裴云暎仗着权势强抢民女,说,是不是他暗地里威胁你了?我就说盛京里男人都一个样,长得好看的小白脸没一个好东西!"

陆曈无言片刻:"是我自己愿意的。"

杜长卿痛心疾首:"他给你灌了什么迷魂汤?"

陆曈:"……"

她道:"其实成亲也没什么,我算过,和现在日子也差不多。既然如此,可以试试。"

她说得轻描淡写,听得杜长卿一阵心梗,只道:"短见!愚蠢!那婚姻大事是能轻易试试的吗?你现在还年轻,都没见过几个好男人,一朵花没开足,就先吊死在一棵树上,我问你,将来你万一遇到了更中意的,变心了该怎么办?"

陆曈:"那就和离。"

"和离有那么简单吗?"

"文郡王妃当初不也和离了?"

杜长卿噎了一下:"那万一他变心了怎么办?"

"那我就毒死他。"

众人:"……"

陆曈看他们一眼:"当然是说笑的。"

阿城小声开口:"陆大夫,你刚才的神情,可不像是开玩笑……"

一阵鸡飞狗跳之后,杜长卿的激烈反对仍没有丝毫作用。

陆曈一向如此,做任何事也不与旁人商量,倔得似头牛。想做新药就做新药,想参加春试就去参加春试,进了翰林医官院说辞任就辞任,随心所欲,自由自在。她又无父母兄长管束,亦不在意旁人眼光,医馆众人拿她毫无办法,象征性教训两句,也无可奈何。

陆曈这头的亲事遭到反对,裴云暎那头情形却截然相反。

得知自家弟弟要成亲,裴云姝惊讶万分。

"你要成亲,和谁?"

"当然是陆曈了。"

下一刻,裴云姝一把抓住裴云暎手臂:"陆大夫,你要和陆大夫成亲?"

手中茶水洒了一地,裴云暎搁下茶盏,道:"姐,你这是什么表情?"

裴云姝盯着他的目光满是怀疑:"阿暎,你不会是在诓我?"

她很喜欢陆曈,也瞧得出来自家弟弟的心思,只是陆曈的心思却难以揣测。裴云姝有时瞧着二人间仿若有情,有时却有几分欲盖弥彰的疏离。

然而有情归有情,怎么去了苏南一趟,回头就要成亲了?

"你不会是……"

裴云暎一眼就猜出她心里在想什么,眉峰微蹙:"没有的事。"

"……那就好,就知道你有分寸。"

"你不是一直操心我婚姻大事,怎么临到头了又嫌我太快。"裴云暎睨她一眼,"现在不怕我孤家寡人?"

裴云姝气得瞪他:"那时是听说太后娘娘要给你赐婚,我担心婚配非你所愿，如今……"话至此处，忽而顿住。

新帝登基，裴云暎却依旧做他的殿前司指挥使，分明是继续重用他的意思。

身居高位，许多事情便身不由己，亲事也一样。

她默然片刻，道："若你真的认定陆姑娘，早些成亲也好。"

"姐姐……"

裴云姝却扬起脸笑了："不说这些了，既然是你和陆姑娘两人商量的主意。母亲不在，我这个做姐姐的自该为你打算。这些年你的俸禄、田庄宅铺我都给你收着，回头陆姑娘进了门，就全由她打理，也省得我成日替你操这些心……"

"你二人交换庚帖，合过八字，还得选一日良辰吉时……"

"对了，聘礼也还没出，库房里的东西我得叫人去盘点，你娶人家姑娘，总不能亏待了人家……还有嫁衣，也由我们这头准备吧……还差什么，还有宾客的礼单，你将你殿前司的那些同僚写一份与我……"

她絮絮叨叨地盘算，宛如这亲礼明日就将举行，先前的不解疑虑一刹间抛之脑后，倒是忙碌了起来。

裴云姝对自家弟弟的亲事鼎力支持和热心打算，消息传到殿帅府时，殿帅府的五百只鸭子都沉默了。

萧逐风坐在桌前，语气十分尖刻："怎么做到的？"

明明都是情路坎坷之人，同在苦海沉浮，途中突然有一人先行上岸，委实令人心中不是滋味。

"我知道我知道！"段小宴热心解释，"先前云暎哥去苏南，恰好遇着陆大夫生病。正所谓患难见真情，都是年轻人，一来二去，不就日久生情了吗？"

萧逐风哂笑一声以示不屑。

"说不定,是段小宴的桃花符有用。"裴云暎悠悠道,"你不如日日戴在身上,说不定哪日就成了。"

萧逐风:"荒谬。"

"行,我荒谬。"裴云暎不慌不忙喝了口茶,"但我这些日子要准备成亲事宜,萧副使不干活的时候,不妨多来我家帮帮忙。"又压低声音,"如果你还想争取做我姐夫的话。"

萧逐风:"……"

裴云暎轻笑一声,起身出门。

段小宴问:"哥,你干什么去?"

"挑喜雁。"

段小宴无语片刻,一抬头,惊道:"副使,你脸色怎么这么难看?"

萧逐风咬牙:"……嘚瑟。"

皇城之中,流言与消息总是散得很快。裴云暎与陆瞳的亲事传到殿前司,也传到了医官院。

纪珣再来给陆瞳施针时,神色就比往日沉默得多。

银筝在里铺帮苗良方挑拣药材。

桌前二人相对而坐,纪珣低头认真循着穴位,一面问道:"你要和裴殿帅成亲了?"

陆瞳:"是,不过没那么快。"

纪珣没说话。

其实在苏南时,医官院中就曾传言过裴云暎与陆瞳的关系。当时陆瞳发病时,裴云暎也日日守在病榻之前。

但纪珣心中总不愿承认。好似有些事一旦承认,便再无转圜余地。

"为何这么早就定亲?"他低头落针的动作专注,仿佛只是随口一提，"婚姻大事，应当慎重。"

未料这位一向寡言的同僚今日竟有心思与自己闲谈，陆曈讶然一瞬，回道："纪医官也知道，我从来不是慎重的人。治病救人的时候，不顾手段刚猛就会去救。同样，有心上人就在一起，未来之事谁也说不清，顾好眼下方是正事。"

"心上人"三字一出，纪珣手上动作停了停。

最后一根银针落于腕间，他抬头，看向眼前人。

回西街的这段日子，她应当过得很不错，气色比从前好了许多，眉眼间少了先前寂然，藏着几分生动。他其实已经发现，陆曈在这里，笑的时候比在医官院多得多。

她笑起来时，娟娟如月，袅袅似花。

纪珣垂下眼眸。

他一向冷淡，对万事漠不关心。少时家中常说，除了医理，人情世故上迟钝得可怜。他从前不觉得迟钝是件坏事，到如今，却开始明白自己失去的是什么。

他明白得有些晚了，连争取的机会都失去了。

"纪医官？"耳边传来陆曈声音。

纪珣回过神，过了一会儿，轻声开口："当初在医官院中，我说你治病不顾手段，医德不正，言辞激烈，是我偏听偏信之过。我再次向你道歉。"

"纪医官不必道歉了，我不是也瞒了你吗？"

"可是……"

"我瞒纪医官有错在先，纪医官当时指责无可厚非。将来我也会谨记纪医官教训，开方子的时候会悠着点的。"

她笑着，语气里竟有几分罕见的俏皮。

纪珣看着她，似被她这份轻松影响，终是跟着释然笑了起来。

"陛下已准允常医正，打算在盛京单独开设一处医方局，勿论平民大夫或是翰林医官皆可入医方局讨论医方，编纂成册后，由医行发给盛京各大小医馆。"纪珣道，"从前医籍大多由太医局收藏，民间大夫只能靠行诊经验独自摸索，若有医方局整理医册，亦可造福天下百姓。"

"果真？"

纪珣点头："所以陆医官，届时编纂医册时，还需请你帮忙。"

"我现在已经不是医官了，纪医官不必这样称呼我。"陆曈道，"但若有能帮上忙的，我很乐意效劳。"

纪珣敛衽同她道谢。

又说了几句话，今日针刺结束，纪珣收起医箱，打算离开。

陆曈送他至门口，到医馆门前时，竟发现外头不知何时下起小雨。小雨淅淅沥沥，西街石板路打湿一地。

竹苓从椅子上站起来，陆曈从门后拿出一把伞递给他："用这个吧。"

"多谢。"

他撑伞同竹苓走出医馆，走在西街小巷中，巷中行人稀少，偶尔车马经过，绵绵雨水顺着伞面滴滴淌落在地上水洼中。

伞面之上，一大朵木槿开得嫣然烂漫。

纪珣瞧着那朵盛开木槿，微微失神。似乎想起在很久以前，他从雀儿街走过，在那里，撞见过一个人。

女子的伞碰到他衣襟，冰凉雨水顺着伞面花枝落在他襟前。她回过头来，目光相触的刹那有片刻惊讶，他没有察觉，只轻轻点一点头，头也不回地擦肩而过了。

男子手持雨伞，清俊身姿在潇潇春雨中显出几分寥落。小药童看着看着,面上也闪过一丝遗憾。

可怜的自家公子哟,人品端方正直,孤高清正如白鹤,可惜就是于情之一事后知后觉。不可行差踏错一步的君子,正因这份君子之心,晚了一步。

可惜,第一次对一个人心动,还未开始就错过了。

"公子,咱们现在去哪?"

纪珣顿了顿,道:"回医官院。"

"啊?"竹苓急了,"老太爷说今日府上宴聚,要您早些回家,您这回医官院,回头老太爷又得埋怨了。"

"医方局初立伊始,事务冗杂,要整理的医籍数不胜数,我还有许多事要做。"

竹苓无言。

这就是自家公子,伤情都不到一刻,立马又开始埋头医理了。可若要真的一蹶不振或是长吁短叹,那又不是公子了。

小药童追着男子脚步:"可是,可是……老太爷说,您也到了成家立业的年纪,今日府上宴聚,有夫人故交家中小姐前来,老太爷这是在给您牵红绳呢,您好歹也回去瞧一眼吧,天涯何处无芳草呢……"

"不回。"

雨水朦胧掩去行路人身影,声音渐渐远去。

第十七章 同心

陆曈和裴云暎的亲事进展得很顺利。

大梁婚配行"六礼",纳彩、问名、纳吉、纳征、请期、亲迎。

因陆曈与裴云暎的爹娘都已不在,由裴云姝做主,请了媒人上门,互换庚帖。又请西街何瞎子排完八字,只说是天造地设的一双璧人,于是开始议亲,选定吉日。

这些日子,裴云暎都在拟聘礼单。

青枫偶然瞥过一眼礼单,不禁暗暗咋舌,虽说自家大人家底丰厚,但也没见过这样下聘礼的,与将裴府打包拱手相送有何区别?

裴云暎不以为意,又往礼单上加了一处田庄。

青枫:"……"

算了,他高兴就好。

日子就在这忙碌准备中过去,这一日晌午,赤箭从门外进来,道:"大人,裴二公子求见。"

裴云暎提笔动作一顿。

"他在外不肯走,前些日子您在宫里值守时,他已来过两回。"

对于裴家的人,裴云暎曾下过令,不必客气,直接赶出去就是。然而如今裴棣已过世,裴家潦倒败落,连针锋相对都算是给他们脸面。

默了默,裴云暎搁笔,道:"让他进来。"

裴云霄很快被带了进来。

昭宁公共有三个儿子,三子尚年幼,二子虽为庶子,从前却也温文尔雅,相貌清俊。然而许久未见,这位翩翩公子已不如从前从容,衣裳皱巴巴的,眉眼间隐含几分焦躁。

裴云霄站定,看向座中人。

裴云暎——他的兄长坐在案前,神色平静。新帝登基,朝中动荡对他没有半分影响,他还是如此光鲜,比当年在裴府时更加有恃无恐。

"来干什么?"

"你要成亲了?"

"裴二少爷过来,莫非为与我叙旧?"

裴云霄忍了忍,道:"父亲过世,这么久了,你难道都不回去看一眼吗?"

裴云暎神色微冷。

裴棣走了。

宫变那日过后,裴府中传信,裴棣听闻宫中消息心中急怒,气急攻心,引发旧疾,不过几日病重而故。

而裴云暎,自始至终都没有回去看过一眼。

"回去干什么?"他抬头看向裴云霄,语气漠然,"拿我的名字给裴家撑场面吗?"

裴云霄语塞。

昭宁公府与太子走得很近,太子是输家。

那位蛰伏多年的宁王一朝登上龙椅,毫不留情地开始清理旧人。唯独殿前司安稳如山。

明眼人都能瞧出来这是为何,裴家自然也瞧得出来。若如今能利用裴云暎的关系,裴家或许还有一线生机。

思及此,裴云霄的语气软了下来。

"兄长，"他试图拉起从前情谊，"就算你和父亲曾有误会，可这么多年，心结早已该解开。你搬离裴府后，父亲日日在府中念叨你，他是念着你的，临终时还一直叫你名字……"

"是吗？"裴云暎打断他的话，讽刺地笑了一声，"他是怎么死的？"

裴云霄一僵。

"你不会真以为，我会愚蠢到相信他是病死的吧。"

犹如被揭穿某个最隐秘的角落，裴云霄蓦地心虚。

"是谁杀了他？"年轻人盯着他的目光平静而锐利，"江婉，梅姨娘，还是你自己？"

裴云霄脑子嗡的一声，下意识后退一步。

"不……"

他嗫嚅着说不出话来。

其实在宫变之前，裴棣就已有些自乱阵脚了。

昭宁公府和太子绑得太紧，偏偏梁明帝看中的储君是三皇子。那时他们还不清楚裴云暎是宁王的人，以为他在为三皇子做事。然而三皇子一旦登基，裴家势必遭到打压。

谁知鹬蚌相争，渔翁得利，最后的赢家是宁王。

宁王。

元朗和先太子元禧手足情深，可元禧死得并不清白，昭宁公府虽未直接参与，却也是顺水推舟的帮凶。

裴家大祸临头。

裴棣在得知此事后急怒攻心，病倒在床，但并未危及生命。

反倒是昭宁公夫人江婉被江大人匆匆叫回娘家，到了第二日才回。

她找到了裴云霄。

"二公子，"一向温婉娇美的嫡母将自己拉到屏风后，低声道，"你爹恐牵连先太子一桩旧案，为今之计只有先罪己求今上开恩。"

"罪己？"裴云霄茫然。

江婉看了一眼榻上昏睡的夫君，目光再无过去半分柔情，唯有冷酷："他死，我们才能活。"

三少爷裴云瑞尚且年幼，梅姨娘从前只知争风吃醋，并不知情势危急，这府里尚能算聪明人的只有江婉和裴云霄。他二人这时便成了一根绳上的蚂蚱，江婉要以此罪名拿捏他，他竟挣脱不得。

他也想活。

于是他把被子蒙在了父亲头上。

裴云霄骤然打了个冷战。

裴云暎勾了勾唇，仿佛杀人诛心似的一字一句道："原来，是你啊。"

"不是我！"他蓦地反驳，声音激动得变了调。

不是他。

怎么能是他呢？

他在昭宁公府中不过是个平平无奇的庶子，这些年，无非是因为裴云暎离家后方才能入裴棣眼。即便如此，他仍赶不上裴云暎在裴棣心中的地位，后来又有了裴云瑞，他不甘自己所有努力为弟弟做嫁衣，然而到最后汲汲营营，空空如也。

或许他将那方丝绸的毯子蒙上父亲脸时，也曾有过片刻报复的快感。

所有裴家人一起见证了父亲的死。这不能算在他头上。

裴云暎看着他，唇角讽意更浓："裴大人像养狼一样养儿子，没想到最后真养出了一窝狼。"

"裴二公子，"他走到裴云霄面前，平静道，"没有裴家了。"

没有裴家了。

裴云霄恍惚一瞬。

昭宁公府已然落败,不会有人再庇护裴家人。父亲的死或许能让他们留下一命,但在未来的日子里,他们只能提心吊胆、战战兢兢地活着,等待将来不知某个时候,当头落下的铡刀。

裴云霄跌跌撞撞出了门。

裴云暎面无表情看着他背影,直到门口渐渐挪来一个人影,在日头下抬起头,沉默地望着他。

他微怔。

陆曈小声开口:"抱歉,我不是故意听你们说话。"

裴云暎默了一下:"没关系。"

他转身,陆曈跟了进去。

裴府里的护卫都认识她,因此她进来时也无人拦路,谁知会撞见裴云暎与裴二少爷对峙的一面。

快至傍晚,初春晚霞透过窗落到屋中,洒下一片柔红。陆曈看向案几前人,裴云暎取来杯盏给她倒茶,却并不看她的眼睛。

一直以来,裴云暎都没提过自己的事,其实他做的事,陆曈大致也能猜到。他不提,她便不问,人人都有心底不可对外人言说的隐秘,这滋味她比旁人更明白,他不想说,她便不会刻意地问。

她忽地开口:"裴云暎,你已经知道我所有秘密,怎么从来不说说你自己的事情呢?"

他顿了顿。

晚霞斜照过窗户,洒下一丝暖色在眼前人身上。他默然片刻,垂下眼帘,有些无所谓地笑笑。

"觉得丢脸。"

"哪里丢脸?"

"父子相残,兄弟阋墙,为一己私欲对发妻见死不救……"他自嘲一声,"这样的出身,我也厌恶自己。"

从未见过这样的裴云暎,陆曈心中一软。

"我不明白。"她道。

"你不是已经猜到了吗?"裴云暎涩然开口,"我娘真正的死因。"

他是在母亲死后开始反应过来的。

如果说乱军掳走母亲只是偶然,那外祖、舅舅一家的相继离世,足以给少年心中埋下一颗怀疑的种子。

他偷偷潜回外祖家,通过外祖亲信,终于在留下来的信件中窥见蛛丝马迹。

先太子元禧的死疑点重重,那场秋狩丧生的"意外"或是梁明帝所为。外祖一家作为先皇"肱骨",暗中调查旧案,终于招来灭顶之灾。

梁明帝设计害死了兄长,又亲手解决先皇,磨刀向所有朝中旧人,将他们一一诛杀。

昭宁公夫人,他的母亲,或许隐隐察觉到什么。然而母亲一向良善单纯,怎么也不会想到枕边人竟已决定将自己当作皇权的牺牲品。

那根本不是什么乱军,是梁明帝对裴棣的一场考验。裴棣完成得很精彩,他做了"正确"的选择,眼睁睁看着妻子死在乱军手上,成全大义之名。

梁明帝接受了这场投诚。

昭宁公府继续荣华富贵。

裴家有了新的夫人,裴棣有了新的儿子,他的母亲渐渐被所有人淡忘,人人提起来时,也只是那场乱军"大义"中一个模糊的影子,唏嘘几句也就过了。

唯有他不平，愤怒，耿耿于怀。

不对，也不止他一人。

还有他的老师，还有宁王。

元朗与元禧幼时情深，兄长与父皇死得蹊跷，这位看似温吞年少的宁王殿下自请于国寺供奉长明灯三年，实则暗中培养积蓄力量，查探当年太子之死一案。

裴云暎还记得老师严胥第一次将自己带到那位"闲散王爷"面前时，看上去很和气的男子坐在椅子上，笑眯眯看着他道："喔哟，还是个半大孩子，这么年轻，吃得了苦吗？"

宁王提醒："这条路可不好走啊。"

"好不好走，试了才知道。"他答。

宁王笑起来，像是对他的不知天高地厚很是满意。

"严大人，这小子就交给你了。"

于是他有了同路人。

艰行险路，好在同行不孤。他有老师，有同伴，还有藏在暗处的数不清一同努力的人。追索多年，终于求得一个结果。

即便这结果来得有些晚。

"所以，"陆瞳看着他，"你曾让我看过的那两道方子，是先皇曾用过的方子？"

裴云暎点了点头。

那两道方子原本都是些补药，乍一看温养体魄，但若与金屑混合，长此以往，身体日渐衰弱，最后导致心衰而死。

皇室之中皆用金器，梁明帝换掉药膳的药方，以金器相盛，补药变成催命符，先帝日日饮下，不久撒手人寰。

"我刚进医官院不久，有一次你夜间潜入医官院的医库，也是为了此事?"

"先皇医案未曾记录此页,但医官院药单中还有留存,我来寻药方,没想到遇到你。"

想起当时画面,裴云暎微微一笑。

那时他去找先皇病故前的药方,而她在找戚玉台的医案,苦苦寻觅的两人在那一刻撞上,各怀鬼胎,各有心思,短暂交手间,又心照不宣地默契止步于此,不再继续往前一步。

未料许久之后的今日,才彻底将话说开。

陆曈问:"你一直替宁王做事,都做些什么?"

"很多。"裴云暎答,"一开始只是去找些人和线索,后来去了殿前司,皇城里,行事会方便得多。"

"宫宴上护驾也是你们的计划?"陆曈问。

当年裴云暎升迁得这般快,是因为在皇家夜宴中舍身相护遇袭的梁明帝,正因如此,他很快做到殿前司指挥使的位置,惹人红眼无数。

"有得有失吧。"他不以为意地一笑,"不是你说的,复仇,从来都很危险。"

"你当初去苏南,也是为了此事?"

"是去找人。先太子之死牵扯不少人。有人提前得了风声逃走,皇帝要杀人灭口,我的任务就是找到他们,带回盛京。"

他说得轻描淡写,陆曈却从这话里听出几分艰辛。

她有心想叫他轻松,于是玩笑道:"这算拨乱反正?"

裴云暎摇头:"其实没那么大志气,一开始,只是想复仇。"

他只是不甘心母亲就这么死了,想要讨一个公道。只是他要对付的人是天下间最尊贵的人,这复仇的希望便显得格外渺小。

后来一步步走过去,走到高处,牵连的人越来越多,身上背着的担子越来越重，渐渐身不由己。若非遇见陆曈，遇到这世上另一个自己，他险些要忘记最初发誓讨回一切的自己是何模样。

原来就是如此，孤注一掷，决绝又疯狂。

"昭宁公其实有一点说得没错，"他淡淡开口，"我身上毕竟流着母亲的血，皇帝对我仍有猜忌。当年，是他一力保下我性命。"

他自嘲一笑："他应该很后悔。"

袒护的人最后离开裴家，对裴家拔刀相向，裴棣曾为了裴家牺牲一切，最终，他的妻儿也为了裴家牺牲了他。

陆曈伸手，覆住他的手背："你已经做得很好。"

手背上传来微微暖意，他低头，语气很淡。

"出身，行事，说出去到底不光彩，所以不想告诉你。"他将她的手反握进掌心，"但如果你想听，我可以慢慢说给你听。"

"好啊。"陆曈一本正经开口，"其实你早就应该说了，你知道，我杀人埋尸很在行，若是早就知道……若是在苏南那次就知道，我一定想办法帮你杀回盛京。"

裴云暎忍不住失笑。

他以为这些难堪的过去说出来很艰难，但原来也不过如此。那些往日的阴谋算计、羞辱和眼泪似乎已经是很久以前的事，仇恨变得模糊，或许伤痕还在，但总会痊愈。

"陆曈，"他垂眸，"明日我带你见见我娘吧，也让我，见见你的父母兄姊。"

他们会成为彼此新的家人。

她怔了怔，随即笑起来："好。"

常武县到盛京很远，陆家人的尸首，只能寻到陆柔下葬的地方。

柯承兴死得不清不白，柯老夫人离世得仓促，柯家后事由柯老夫人曾经的一位嬷嬷操持，比陆柔过世时还要潦草。但也正因这份潦草，陆柔没与柯承兴葬在一处。

陆曈便将托人从常武县带回来的泥水灰土，连同好不容易搜罗来的陆家人遗物，在陆柔坟前立了衣冠冢。

如此一来，家人们便能在一起。

裴云暎则又不同，裴棣死后，裴家一盘散沙，他回过裴家一趟，将母亲牌位从祠堂请出来，与外祖舅舅家移至一处。从此后，母亲与他姐弟二人彻底脱离裴家，与昭宁公府再无瓜葛。

陆曈与裴云暎去了两处坟冢，将婚书烧了，告知泉下家人，彼此承诺。

接着就忙碌起来，等夏天过到一半，西街葛裁缝铺子里开始进纱扇时，陆曈的嫁衣送到医馆来了。

杜长卿正埋头在铺子里啃"夏至饼"，见青枫来了，吃了一半的饼啪嗒一声掉桌上，没好气开口："又来干什么？"

杜长卿对裴云暎属实没好脸色。

裴云暎心机深沉，不知给陆曈灌了什么迷魂汤，就将人给骗走了。这话且不提，自打定亲后，越发肆无忌惮，每日皇城下差后都要来仁心医馆找陆曈。

西街的人本就没见过什么世面，他穿一身公服往医馆门口一站，挺拔英朗，招风揽火的。西街的婶子们如何招架得住？直说比庙口的戴三郎还要惹人些。

气得杜长卿背后破口大骂："我这是'仁心医馆'，又不是'药材潘安'！日日一堆妇人在那看，乌烟瘴气像什么样子！"

被一脸春色的孙寡妇推一把："瞎说，这个潘安比那个潘安年轻。"

杜长卿："……"

这还不算，裴云暎日日不请自来也就罢了，更过分的是有一日来医馆下聘礼，几十担聘礼，比腰带还长的礼单，让西街街邻们都看直了眼。

娘哎，那可是几十担聘礼！

先前杜长卿还在外头与人说起此事："越有钱的人越吝啬，没见着那大户人家里用根针都要斤斤计较，面子都是做给外人看的。说不准最后草草送点聘礼打发人。"

谁知转头就被打脸。

再看礼单，喔哟，更是大手笔，田庄铺面宅邸给得很是利落。说实话，若不是自己是个男的，就冲着这份钱财，杜长卿都愿自己嫁了。

总之，当日的聘礼在西街着实惹来一番轰动，后来传到皇城里，裴云暎的同僚背地里都说他是"败家子"。

同为败家子，杜长卿深以为然，同时又心中暗暗唾骂，就说这人心机深沉，故意在西街晃这么一圈，好收服人心。

青枫把箱子放至桌上，沉声道："大人令我来给夫人送嫁衣。"

杜长卿眉头一皱："还没过门呢，乱喊什么。"

陆曈和银筝掀起毡帘出来，苗良方就笑："小陆来得正好，快瞧瞧给你做的嫁衣。"

陆曈的嫁衣是裴云暎准备的。

梁朝婚俗，女子嫁衣多半为婚前自己亲手绣好，整个过程或许长达几年。不过陆曈实在很忙，医馆每日坐馆，还要去给医方局整理方子，而她的绣工……不提也罢。

陆曈走到桌前，在众人目光中打开铜箱，从里头捧出一件沉甸甸的嫁衣来。

是件极美的婚服。绡金大袖的红色长裙，中配同色束腰，又有珠翠团冠与霞帔，绡金盖头……还有一双红色翘头履。

裙袍上以刺绣、珍珠点缀，其间金线绣成的花草凤鸟纹精致整齐。隔壁葛裁缝铺子里也有婚服成衣，却不见得如此周到细密。

"好漂亮的刺绣，"银筝赞叹，"这样式我在葛裁缝铺子里都还没见过呢。"

青枫颔首："嫁衣花样是大人亲手所绘。"

陆曈惊讶。

裴云暎善绘丹青，她先前就已知道。他平日还要宫中奉值，有时夜里处置公文，竟还有时日绘出这么一幅花样，陆曈有些汗颜。

阿城捧场："小裴大人画得真好！就这手艺，纵然日后不在殿前司当差，也能养活自己。"

被苗良方暗暗拧了一把。

嫁衣送到，青枫便回去复命了。

到了夜里，医馆大门一关，银筝将嫁衣从铜箱里捧出来，叫陆曈穿上试试看合不合身。

陆曈换上衣裙从屏风后转出来，银筝便眼前一亮。

女子穿着缠枝牡丹纹纱罗大袖绡金裙，裙袍宽大，灯色下素靥如花。她平日里总是穿素淡衣裙，今日难得穿得艳丽，纵然并未梳妆，长发垂下，也显得和平日里迥然不同。

银筝惊叹着，将陆曈推至铜镜前。

陆曈望着铜镜里的女子，大袖红裙的女子在镜中注视着自己，眉眼间平和柔软，陌生似另一个人。

她有些迟疑，转身问银筝："好看吗？"

"好看！"银筝笑弯了眼，绕着陆曈转了一圈，点头道，"这尺寸很合适,不需再改了。姑娘成亲之日,再穿戴三金与发冠,盘花髻,一定漂亮得似天仙下凡!"

她说得夸张,陆曈也赧然,任由银筝扶着在榻边坐下。

"姑娘就要去裴府了。"银筝指尖摸过陆曈衣袖的刺绣,语气有些感慨,"日子过得真快。"

她与陆曈自当初在落梅峰相遇后,一路扶持到盛京,她看着陆曈从一无所有地筹谋到大仇得报,也见着陆曈渐渐在西街拥有平凡烟火。她为陆曈觅得良人高兴,然而真当陆曈要出嫁时,心情却很是复杂。

"银筝,"陆曈道,"我成亲之后,你也搬到裴府来吧。"

银筝愣了愣:"这怎么能行?"

"我同裴云暎说过,你平日一人住在医馆,不够安全。反正我仍在西街坐馆,你搬来后,每日也好与我同进同出。"

银筝摇头:"哪有你成亲,我跟着的……"

"你我之间何须分彼此。"陆曈微笑道,"若你将来有了心仪之人,想要搬离,再离开也不迟。"

说到"心仪之人",银筝目光动了动。

陆曈见状,就问:"你呢?和杜掌柜间还是打算和从前一样吗?"

从苏南回到医馆,陆曈发现,一切好像没什么不同。

日子似乎还是照旧,杜长卿仍做那个嘴硬心软的东家,银筝帮着苗良方整理药材,二人相处平常,像是先前什么事都不曾发生。只是偶尔玩笑时,杜长卿有几分不自然。

银筝笑了起来。

这笑不同于先前每次提起此事的苦涩,反倒有几分轻松。

"姑娘,我从前觉得凡事莫要只顾眼前,不思日后。少时在苏南楼中,又看过了贵客豪门,也无非如此。本来对这些事情并无兴趣。不过,如今见了你,心思又有了些变化。"

"我?"

银筝点了点头。

"先前我瞧着姑娘与我一样,心里有事,所以对小裴大人诸多推拒,没想到从苏南回来,反倒想明白了。或许姑娘与我,从前都是将此事看得太重,其实人过一辈子,眼光再长远,又能看得到多久呢?"

她叹气:"人生一世,草木一秋,顾好眼前方是正事。"

陆曈眼睛一亮:"所以你……"

银筝笑着摇头:"我还没想好呢,姑娘,这才哪到哪。我觉得杜掌柜未必就是真想同我过一辈子,同样的,我也还没喜欢到非他不可,顶多觉得他人是不错。"

"如今这样也好,至于将来,是做家人还是做朋友,抑或做爱侣,那都是将来的事。总归西街仁心医馆不会散。"

陆曈默然片刻,还没来得及说话,她却已拉着陆曈起身,按着陆曈肩让陆曈在镜前坐下。

"不说这些了,咱们当务之急,还是想想成亲那日的花髻怎么梳吧。我还从来没有梳过花髻呢。"

她絮絮叨叨地去拿妆奁中的首饰在陆曈发间比画。陆曈看了一会儿,心中摇了摇头。

罢了,银筝说得也有理。这世上爱恨如云踪无定,各人有各人姻缘,不必强求。

求仁得仁最好。

绣娘的嫁衣送到西街,裴府里也昼夜不得闲。

对于裴云暎的亲事,裴云姝操理得很是尽心。

殿前司公务冗杂，裴家又再无父母亲眷，有时裴云暎在宫里见不上面，裴云姝便只能自己去殿前司找人带话。

段小宴常常不在，倒是经常能遇上萧逐风，他虽寡言，性情倒好，有时帮着把东西送到府上。

今日也是一样。

裴云暎宫中值守，托人订的许亲酒到了走不开，于是让萧逐风帮忙送到府里去。那沉沉一担许亲酒，每只酒瓶都以丝络装点，又有艳丽银胜点缀，红绸缠绕间漂亮得很，俗称"缴银红"。

裴云姝见了他来，叫人接了酒担，又捧过桌上茶递给他。

萧逐风谢过，饮过茶后就要告辞。

"萧副使。"

萧逐风回头，裴云姝看着他，面上有些为难："有件事想请你帮忙。"

他便转过身："裴姑娘但说无妨。"

"是为婚礼名单的事。"裴云姝道，"阿暎婚期快近，先前他写过一份殿前司宾客名册，这几日在拟菜单。我瞧着单子不知合不合适，你既是殿前司的人，不如帮着瞧一瞧。"

话到此处，她又有些不好意思："其实这些事都有管家在做，只是我总是不放心……是不是有些劳烦你了？"

"无妨，只是小事。"萧逐风道。

裴云姝便放下心来，将准备好的菜单递给萧逐风。

婚宴上每道菜品都是她认真拟的，只是看有无不合适的忌口处。

萧逐风伸手，点过其中一道菜名："这道去了吧。"

"百味韵羹？这道不行吗？"

"有蛤蜊。"萧逐风说完，又补充一句，"殿前司中有人有蛤蜊发敏症。"

裴云姝笑起来："原来如此，说起来，我也用不得蛤蜊，一用就浑身起疹子。"

萧逐风嗯了一声。

他又点了一道水龙虾鱼，洗手蟹，连点几道，皆是裴云姝用不得的。

裴云姝目光就渐渐变了。一道菜还能说是偶然，两道菜，三道菜，尽是挑的自己平日不能吃的。

萧逐风一连挑了几道，适才注意到裴云姝的眼神，顿了一下，若无其事将菜单交还于裴云姝手中："就这些了。"

裴云姝瞧着他，心中渐渐起疑。

她的口味，裴云暎告诉萧逐风也不意外。但一来，裴云暎平日有分寸，不会将她的私事告知外男，二来裴云暎少时离家，其中有几道菜是她后来不吃的，连自家弟弟都不清楚的事，萧逐风如何知晓。

现在想想，除此之外，他似乎对她也很了解，每次来裴府时顺手带些瓜果点心类都很合她口味。

裴云姝看着眼前人，迟疑片刻，轻声问道："萧副使，在你去殿前司以前……我们曾见过吗？"

萧逐风身子微僵。

"没有。"他道。

裴云姝更狐疑了。

萧逐风背过身："没什么事，我先走了。若有别的事，姑娘再来殿前司寻我。"言罢，匆匆出门。

裴云姝望着他背影思索，芳姿领着宝珠走了进来。

小宝珠如今已会走路，进门来"叔——叔——"叫着。

芳姿笑道："小小姐听说萧副使来了，吵着要出来找人，已经走了吗?"

裴云姝点头,抱起宝珠坐在膝头。

"隔三岔五都来,简直是司马昭之心。"琼影是个直性子,闻言就道,"就是喜欢上咱们小姐了呗。"

"琼影,"裴云姝斥道,"不可胡说。"

"奴婢也觉得琼影没胡说。"芳姿笑着凑近,"殿前司公务那么忙,萧副使还能寻出空,小姐一叫他就来。该帮的忙帮了,不该帮的也主动帮了。若说是看在少爷的分上,那也不至于此。没瞧着小小姐都可喜欢萧副使了,萧副使分明是想将小小姐当自己女儿养嘛。"

"你!"裴云姝佯作要打她,芳姿嘻嘻哈哈跑走,与琼影笑作一团。

偏偏宝珠还在怀里扯着裴云姝的衣领,奶声奶气叫:"娘——叔叔——"

裴云姝无奈,脸颊又忍不住微微发热。

她不是未出阁的少女,纵然从前没往这个念头想,此刻被旁观者一点,也就心知肚明。

只是,她还有一点仍疑惑,为何萧逐风对她的喜好习惯如此熟悉?那莫名其妙又隐隐约约的熟悉感究竟从何而来?

夜里裴云暎归家的时候,裴云姝就与他说起白日里的事,末了,问道:"我少时一直在裴家,寻常也没去过什么地方,不记得自己与萧副使见过,但为何我的事他都清楚,是你说的?"

裴云暎摇头。

"那是为何?"

"这就说来话长了,姐姐要是想知道,自己去问萧副使。"

"我问了,他说没有。"

"那你就多问几次。"裴云暎也不说明,"多问几次,他就肯说了。"

"阿暎！"

裴云暎伸了个懒腰："说来，我也是快有家室的人了，萧副使比我年纪大还至今孤家寡人，简直伶仃凄惨。"

这话听着耳熟，裴云姝瞪他："裴云暎……"

"下次姐姐去万恩寺祈福，记得也帮萧副使求道桃花。"他眨了眨眼，"他一定很是乐意。"

送亲酒也送过了，媒人也下定了，彩礼一下，转眼就到了立秋。

何瞎子算过的吉日在八月初一。

这时候天气也不似前段日子炎热，渐渐开始凉爽，皇上特意许了裴云暎五日公休归家成亲。

一大早，仁心医馆里就忙碌了起来。

西街从昨日起，两沿树上就挂满了贴着"喜"字的灯笼，阿城抱着个竹编篮子挨家挨户送糖，收了糖的街邻就高高兴兴地回一句"金童玉女""百年好合"此类的吉祥话。

小窗户里，不时传出几声指点。

"低了点，这个发髻再插高点更合适。"

屋子里，陆瞳端坐在梳妆镜前，银筝站在她身后正为她梳头。

陆瞳已无父母亲眷，只身一人在盛京，宋嫂曾提议叫陆瞳请个梳头娘子来梳出嫁头，陆瞳却执意要银筝来为自己梳头。

一路同行，银筝与她虽无血缘却更胜亲人，她希望自己出嫁时，拥有亲人陪伴。

"放心，"银筝巧手翻飞，珠钗金簪一根根插上去，乌发间便点缀出些琳琅色彩，"我呀，知道要为姑娘梳妆，提前一月去银月坊中和最

好的梳头娘子学了，而且姑娘天生丽质，怎么梳都好看。"

"那确实好看。"林丹青歪坐在一边感叹，"我们陆妹妹平日里连个胭脂都不擦，第一次瞧你穿红色，啧啧啧，是要惊艳死谁？"

她说得夸张，陆曈无言。

"其实一开始真没想到，你会和裴殿帅走到一起。"林丹青有些感叹，"你二人，一个殿前司的眼睛总从上往下看人，一个医官院除了做药心思都不舍得分给别处一丝，最后竟也结成一双连理。可见世上姻缘一事属实没什么道理。"

"不过，"她随手从喜篮里捡了个桂圆剥开塞进嘴里，语带促狭，"我当初说过什么来着，早看出你俩不对劲了，我这双眼睛就是厉害。难怪老祖宗要说我们林家人是月老下凡，这乱七八糟的红线，一眼就能瞧出谁牵的是谁。"

银筝闻言，忍不住笑了："林医官不是曾说，祖上是华佗下凡吗？"

林丹青噎了一下："那月老也可以一边治病一边牵线搭桥嘛，两不误喽。"

就这样说说笑笑着，前头阿城来催了好几次，银筝将最后一根木槿花簪簪进陆曈发间，长松了口气："好了！"

陆曈站起身来。

镜中女子一身大袖绡金绛纱褶裙，外罩牡丹纹生色领大袖，裙摆精细而轻柔，行动间若片翩然红云，满头乌发被挽起，中间戴一只小小的珠翠团冠。

林丹青围着她转了两圈："裴殿帅这回可是花了大手笔，这嫁衣瞧得我都动心了。"

银筝打趣："林医官不必动心，或许很快就能穿上。我家姑娘今日成亲，不知何时能喝到林医官的喜酒？"

林丹青便假意翘指责备："你这姑娘年纪轻轻的，怎么说话同我姨娘一样？老祖宗祖训，不可为一朵花放弃整个花园，我还没玩够呢。况且，自己谈情，哪有看别人谈情有意思？"又转过身来，从怀中掏出一只小匣子递给陆瞳，"给你的贺礼。"

陆瞳打开来看，险些没被盒子里的东西晃花眼睛，原是一只沉甸甸的写着"喜"字的大金灯笼。

"这是……"

"你孤身一人嫁入裴家，虽说裴云暎瞧着是对你不错，不过呢，自己手头留点东西总没错。咱们医官院那点俸银能干什么呀，买零嘴都不够。从苏南回来后，治疫的赏赐我都留着换了银子，托宝香楼给你打了这么个金灯笼。"

"俗是俗气了点，但金子嘛，有时比那些花里胡哨的好使多了。"

陆瞳瞧着那只大金灯笼，这灯笼工艺不算精巧，但足够扎实，一看就是冲着实打实的分量去的。

她忍笑，让银筝帮忙收好，诚心实意道："多谢你。"

"不客气。"林丹青凑近陆瞳，"不过，裴云暎送了那么多聘礼，我听说，你们医馆的东家也为你添了嫁妆，都是些什么啊？"

"嫁妆……"

说到这个，陆瞳不知想到什么，扑哧一声笑了。

与此同时，医馆李子树下，看热闹的街邻挤满门口。

葛裁缝边嗑瓜子边问："杜掌柜，你家陆大夫出阁了，你这个做东家的送了什么添礼啊？不会就送一篮子喜糖吧？"

"去去去，"杜长卿大怒，"我是那种小家子气的人吗？别说陆大夫，就算我们医馆门口这棵李子树出嫁，那也必须挂几只金灯笼！"

"哦？"孙寡妇好奇，"那你给陆大夫挂了几只金灯笼？"

"肤浅。"杜长卿哼了一声,"授人以鱼不如授人以渔,我给的,自然是最好的。"

他说着,神色间格外得意。

陆曈一穷二白,做医官做了一年,除了当初春试后他给的那二百两银子,什么也没挣下,白做了一年工,气得杜长卿想撬开陆曈的脑子瞧瞧这一年来究竟在做些什么。

陆曈孑然一身,还是个穷鬼,偏偏裴云暎家大业大,在皇城里当差。杜长卿左思右想也不愿咽下这口气,但若正经凑嫁妆,就算拿仁心医馆所有人月银加起来,也差对方多矣。

他盘算良久,于是想出一条妙计。

杜长卿决定让陆曈以药铺二东家的身份入主医馆。

陆曈平日也不必出什么钱,只需按时交付医方,认真坐馆,将来仁心医馆赚的每一分利钱也有陆曈的一半。

杜长卿觉得想出这条良策的自己简直是天才。

"如此一来,陆大夫摇身一变,从坐馆大夫变成医馆二东家,听起来多有面子。再者,给再多银钱换作嫁妆,万一被哪个杀千刀的私吞了呢?不如按我说的,每月按时分利。要是有朝一日和离,一穷二白被扫地出门,还能有个安身之所,不至于去街上讨饭。他裴云暎万一想和陆大夫吵架,也得拿捏几分,人家可是有娘家撑腰的人。"

阿城无言:"东家,陆大夫还没出嫁,你就咒人家和离,这不好吧?"

"这有什么不能说的?"杜长卿不以为意,"父母之爱则为之计深远,你不懂。"

正说着,外头又来个红衣小童,过来催妆。

新妇出嫁,总要多次催妆才启行。那小童道:"劳烦杜掌柜催催,新郎官已在路上了。"

杜长卿于是满脸不悦地又冲后院催了几回。

催第三回的时候,院中渐渐有了动静。

"来了来了——"

围在医馆外的街邻们纷纷探长脖子往里看,就见林丹青和银筝扶着陆曈慢慢走出来。

女子尚未披上绡金盖头,一身绯红绛罗绡金裙,刺绣红霞帔并双鱼金帔坠,似远山芙蓉,眉眼如画。

她原来容色就生得好,只是性情稍显冷清,如今一身红妆,好似素花诧然盛开,明艳不可思议。

医馆门口有片刻安静。

俄而,又有小孩子欢喜笑闹传来:"新娘子来咯!新娘子来咯!"

杜长卿赶紧嘘了两声让众人安静,阿城端上一小碗芝麻汤圆递到苗良方手里。

苗良方端着瓷碗,看向陆曈:"小陆,吃了这碗汤团,日子圆圆满满。"

新娘出嫁前,皆要由母亲亲手喂一碗汤圆再上轿。陆曈父母兄姊都已不在,喂汤团的人便成了苗良方。

陆曈捉裙走到苗良方身边坐下,由苗良方喂下一只雪白糯团。

芝麻香气顺着唇齿化开,苗良方望着她笑道:"小陆,你我虽非血亲,但当初春试前夕,好歹也算你半个老师,所谓一日为师终身为父。如今你要出阁,老夫就觍着脸做你这个长辈。"

陆曈微笑,轻声开口:"多谢老师。"

她有两位师父。一位教她看遍残酷世情,人心险恶。一位教她医德仁心,病者为先。

前者教会她追索，后者教会她放下。

西街自远而近响起车舆声，阿城喊道："新郎的车马要到巷口了，别磨蹭，快送陆大夫上轿吧！"

杜长卿挥开众人，他今日换了件崭新的黄色长衫，一众人群里格外鲜亮，三两步走到陆曈面前蹲下："上来！"

银筝扶着陆曈伏在杜长卿背上，杜长卿成日歪坐在铺子里，未承想脊背却很宽厚，边往花轿前走边絮叨："昨日给你的银票收好了吗？到了裴家记得态度傲慢些，别一去就被人低看了，你首饰都带全了吧……"

他说得很琐碎，宛如一位真正的兄长操心即将离府的妹妹。陆曈听着听着，眼眶渐渐湿润。

倘若陆谦还在，今日应当是陆谦背她上喜轿，陆柔会为她梳头，爹娘会在出门前喂她吃第一口汤团。

家人们不在了，她又有了新的家人，虽然他们是不一样的人，但或许其中温情与牵绊，爱与关切却是相同。

杜长卿一路走一路说，顺带骂骂裴云暎，待到了花轿前，放下陆曈，由银筝扶着将陆曈送进花轿。

"起檐子——"外头响起阿城欢呼声。

苗良方将提前备好的彩缎和喜钱送与周围观礼的宾客。

"哎哟！"胡员外胡子被扯掉几根，愣是从人手中抢了两吊喜钱，顺手给身边的吴有才塞了一串，"有才啊，你这一把年纪也没成亲，沾沾陆大夫喜气正好！"

胡员外身边，吴有才一身文士青衫，握着喜钱赧然一笑。

吴有才特意请辞两日赶回城里观礼。他如今在城外做西席，倒是自得其乐，人瞧着比从前开怀许多。听说他教书的那户人家待他很好，去年还委婉问他今后要不要再下场,被吴有才委婉拒绝。

有些时候,人目光落向远处,便觉天地开阔,不拘一方。

"哎哟,"身子被人一撞,吴有才回头,就见一布裙女子被拥挤的人群推得往后一退,见状忙低头同他赔礼,"抱歉抱歉,我不是故意的。"

"无妨。"

何秀便弯腰,捡起掉在地上的彩缎。

她是特意来观礼陆瞳出嫁的。

崔岷出事后,新院使暂且让常进代劳。新帝整肃朝堂,医官院和御药院都一并自上而下自检。原先被发配南药房的医工们终于得了申冤机会,那些往日被打压欺凌的医工可以重新选择。

今后,新进医官使无论身份,都要轮流去南药房奉值。

梅二娘也从医官院辞任,离开了皇城。

何秀仍留在南药房,不过不再做采集红芳絮的差事。御药院的石菖蒲觉得她处理分辨药材分辨得好,同常进求了个情,将何秀从南药房要到了御药院来。

跟着最会躲懒敷衍的石菖蒲,日子一下子清闲下来,陆瞳给她发了喜帖后,何秀就同石菖蒲告假来到了西街。

她如今面上斑疹已全部消解,每月旬休回家与弟妹团聚,心中高兴,喜悦便写在脸上。

何秀往前走了两步,陆瞳也瞧见了她,何秀偷偷对陆瞳招了招手,陆瞳就笑了起来。

外头忽然有人喊道:"来了来了——新郎来咯——"

拥挤在道旁的街邻闻言四处让开,就见西街长街尽头,渐渐行来车舆,为首之人骑一头高头骏马,鞍辔鲜明,一身红罗圆领澜袍,金镑带,乌皮靴,风流俊美,春风得意,策马而来。

西街也不是没有人成亲,可将这身红斓袍穿得如此招眼的,还是头一个。

"啊呀!"孙寡妇见了这张脸,激动掐一把身边人胳膊,"好一个'俊俏行中首领'!"

戴三郎默默忍受身侧孙寡妇掐胳膊的痛意,把脸撇到一边。

陆曈也听到了外面的声音。

银筝在轿外低声提醒:"姑娘,马上要起轿了。"

下一刻,花轿游游荡荡地被抬了起来。

外头响起更多撒喜钱的声音,抬轿人一声长喝——

起轿了。

花轿从西街出发的同时,裴府里也很是热闹。

府邸中处处张灯结彩,贴满喜字。

这宅院从前总显冷清,花圃里一朵花都没有,如今主人要成家,便处处热闹起来。

那一园子木槿且不说,光是花里胡哨的摆设都增添不少,惹得殿前司一众禁卫来时都暗自议论:"未料大人在殿帅府中杀伐正经,自家却爱花花草草珍奇摆设,真是人不可貌相。"

正往胸口别红花的青枫:"……"

裴云暎的亲事办得很是热闹。

新帝倚重的亲信,多得是想巴结攀亲之人,喜帖都还没发出去,有些人就已自发将贺礼送到裴府,顺带说一句:"届时大人成亲当日,可千万别忘了在下一杯喜酒。"

忙得裴云姝补帖子都补不完。

朝中拉亲的人不说，裴云暎的客人，还属殿前司的人最多。

五百只鸭子从殿帅府一路吵闹到裴府，直吵得萧逐风额上青筋跳动。

有个不太相熟的客人见萧逐风一路都抱着怀中小女孩不曾放下，遂开口："萧副使这是何时成的亲？怎么一点消息都没有，孩子都这么大了？"

萧逐风："……"

不慎听见的裴云姝吓了一跳，忙将宝珠从萧逐风怀里抱过来，红着脸一番解释。

"噢，"那客人恍然大悟，生硬找补，"原来如此，我瞧着小姑娘生得和萧副使眉眼有几分像，还以为是萧副使的女儿。"

这话一出口，二人更尴尬了。

"多谢萧副使。"裴云姝抱着宝珠，不自在道，"前头忙完了，可以先去厅里坐坐。估摸阿暎他们快到了。"

话音刚落，门外就响起噼里啪啦的爆竹声，迎亲的车队回来了。

裴云姝眼睛一亮，忙抱着宝珠朝门口走去。

裴府大门口早已聚满了看热闹的人，何瞎子站在一边，手持一面大斗，里头装着谷豆、钱果、草结，一面祝祷祈福一面洒向四周。

陆瞳被蒙着盖头，什么也瞧不见，只觉有人将同心结牵巾塞进自己手中。

裴云暎拿着牵巾另一头，似是察觉出她紧张，轻轻扯了扯牵巾一头。

陆瞳顿了顿，也扯了一下，算作知晓。

他便低声一笑，带着她过了门前的跨鞍与蓦草，寓意"平平安安"。

裴云姝把宝珠交到萧逐风手里，自己带着二人走到厅前。

陆瞳与裴云暎面对面，俯身参拜三下，亲礼既成。

礼成那一刻，四周响起喝彩欢呼，有看热闹的宾客起哄要裴云暎挑盖头,被看一眼后吓得一个激灵噤声,再也不敢多言。

于是二人被簇拥着进了新房。

进新房内亦有一堆流程,裴云姝特意请来夫妻恩爱的妇人们将金钱彩果散掷,谓之"撒帐"。裴云暎与陆疃则在人帮忙下,各剪一绺长发绾在一起。

裴云姝笑道:"侬既剪云鬟,郎亦分丝发。觅向无人处,绾做同心结。"

"结发同心,绾合髻!"

段小宴的声音从门后挤过来:"快,现在该喝交杯酒了吧!怎么成亲如此复杂?"

方才成亲礼的时候就数他声音最大。

裴云暎看他一眼,不过或许人多,这一眼便很没有威慑力,段小宴催促:"快呀,还等什么?"

裴云姝推裴云暎:"阿暎,是该喝合卺酒了。"

裴云暎看向眼前人。

陆疃坐在榻边,头上盖着盖头,她今日从头至尾都很平静,若非刚才跨门槛时候差点摔了一跤,还真瞧不出一点紧张模样。

他便提起酒壶,用两只银盏盛满,银盏亦用彩结相连,拿起一只,将另一盏轻轻放到陆疃手中,轻声提醒:"拿稳了。"

陆疃的手碰到那盏银杯,他的声音近在耳边,于是下意识抬头,目光所及,却是绡金盖头模糊的暗光。

只觉有人的手臂越过自己肘间,牢牢托住她,分明是分开的姿势,却又极度亲密,似她进门前牵着的那条同心结牵巾,原本毫不相干的两个人,莫名纠缠在一起。

她低头,唇落在杯盏边沿,那酒似乎是蜜酒,清甜甘洌,没有半分辛辣。

待将合卺酒一饮而尽，陆曈和裴云暎同时手一松。

咚——

两只酒盏同时落于床下，一仰一合。

裴云姝一瞧，登时喜道："大吉之兆！"

自古以来交杯酒也叫"笺杯酒"，饮酒后掷盏于地，观其仰合可占吉凶。

这兆头实在很好。

段小宴率先捧场："那自然是，天作之合一双璧人，必定恩爱白头！"

萧逐风抱着宝珠狐疑看他一眼："你今日怎么这么会说话？"

"那当然，来之前已经搜罗了一箩筐祝福语了。"

行到此处，所有亲礼都已完毕，裴云姝掩好床帐，将闹喜众人赶出房中。

裴云暎还想陪陆曈说话，还没走到跟前就被裴云姝推走，道："规矩不可坏，你先去前厅陪客人！"

她又转身来低声嘱咐银筝："总算能歇会儿了，银筝姑娘，待我们走后，让曈曈吃点东西。忙了半日也没个休息时候，今日真是辛苦她了。"

银筝点头称是，裴云姝这才推门离开。

待她走后，屋子里再没别人，陆曈掀开头上盖头，长松了口气。

其实成亲之前，她一听这烦冗流程便觉头疼，于是与裴云暎商量着，一切从简。今日这亲事能省的步骤都省了，比起当初裴云姝嫁到文郡王府已然清简了不知多少倍，然而真做起来时，陆曈仍觉头晕眼花。

银筝从褥子中捡起几颗同心花果递给陆曈："姑娘先吃点东西，忙

这么久该饿了。"

她一说，陆曈也觉出几分饥饿，就与银筝挑了些点心果子来吃，吃过后方觉精神回转些，又坐着歇息了一会儿，才起身有空打量屋子。

婚房装扮得很是喜庆，处处用彩结增色，花梨木榻边书案放着对莲花花瓶，意喻连生贵子。又有一尊和合二仙，象征夫妻恩爱。

陆曈正盯着那尊和合二仙看，冷不防银筝从后凑近，低声道："姑娘……那个，有件事想与你说……"

陆曈不明所以地看着她。

"女子出嫁呢，新婚之夜，闺房之乐是头一遭，家中有送嫁娘出嫁的，都要看些册子学习，否则一头雾水……我先前托孙寡妇要了几册，估摸着这会儿小裴大人还没来，姑娘要不要……要不要……"银筝说着，自己也赧然。

其实她倒并非害羞，只是同陆曈说起这些总觉古怪。然而陆曈身边能说这些的也只有她了。

陆曈："我不用看，知道怎么做。"

银筝满腔的话哑在嘴里："啊？"

"我是大夫。"陆曈奇怪地看着她，仿佛她的反应才是不正常，"自然知晓这些。"

银筝呆了呆："是……是吗？"

"是啊，所以不必给我看，人的身体我很熟悉。"

银筝骤觉几分荒谬。

这是否也太过于平静了一些？"人的身体"四个字一出，仿佛今夜不是缱绻旖旎的洞房花烛，而是院中料理一块死猪肉。

正说着，外头有脚步声响起。

二人对视一眼，银筝道："小裴大人回来了，快！"

陆瞳坐回榻前,银筝帮着将绡金盖头重新盖上,裴云暎推门走了进来。

在他身后,段小宴和萧逐风跟着。

萧逐风还好,人送到了就走,偏段小宴不依不饶:"我能再看看吗?至少让我瞧瞧掀了盖头再走吧。"

裴云暎不耐烦地回了他一个"滚"字。

段小宴悻悻转身:"行,我不看,我走就是了。"连带着把萧逐风也拽走了。

银筝起身,冲裴云暎福了福,小声道:"我也走了。"

屋子里霎时安静下来。

方才有人陪着还不觉得,此刻屋中只有二人,便无端觉出几分不自在。陆瞳低头,见一双乌皮靴停在自己面前。

一支喜秤轻轻伸了过来,挑开她头上的盖头,陆瞳抬头,撞进一双乌沉沉的眼睛。

裴云暎站在她跟前。

今日从早至晚,方到此刻,她才真正见到了他。这人一身大红澜袍,神采俊逸,是与平日里不同的明朗。

他含笑看着陆瞳,陆瞳脸颊微热。

"你好像很紧张,要不要喝酒壮胆?"

喝酒……壮胆?

壮什么胆?

陆瞳尽力维持面上平静,好似露出一丝胆怯就是输了似的,只道:"有什么可壮胆的,又没什么可怕……"她忽地抬头,狐疑看向裴云暎,"等等,你怎么没醉?"

林丹青说,喜宴当日,新郎总免不了被灌酒,醉了酒的人自然什么也做不成。陆瞳先前心中已有准备，毕竟裴云暌酒量不好。然而此刻看来，这人眉眼清明，哪有半分醉意？

"我为何要醉？"

"你酒量不是不好吗？"

裴云暌好笑："我好像从没说过自己酒量不好吧。"

陆瞳诧然。

先前仁心医馆店庆的时候，裴云暌都没喝多少，言辞已有醉意，那时陆瞳还觉得，他酒量甚至不如自己。不过说起来，苏南新年夜的时候，常进等一众医官院同僚也灌过他酒，好似他也没什么反应。

所以这人酒量是很好喽？

她想着，没发现裴云暌已走到自己身侧坐下，回过神来时，宵光冷的香气似片温柔云雾，渐渐笼罩过来。

"陆瞳，"裴云暌盯着她，"良宵苦短，良人难觅，你该不会今夜打算就和我讨论酒量这件事？"

"良人"二字一出，陆瞳脸有点红，目光游移到桌上喜烛之上，高烧的红烛滴滴烛泪如花，伴着一旁的铜灯火苗摇曳。

"灯芯长了，"陆瞳找借口，"你剪一下。"

他顺着陆瞳目光看过去，叹了口气，起身拿起银剪剪短烛芯，添补灯油。

陆瞳朝他看去。

年轻人一身红衣，低头认真拨弄灯芯，摇曳的烛火昏黄温暖，金粟珠垂，衬得他眼睫似蝴蝶落影，格外温柔。

不知为何，陆瞳忽然想起当年苏南破庙中，他与她曾共点的那一盏灯火来。

那时他对她说："灯花笑而百事喜，你我将来运气不错。"

可那夜苏南严寒大雪，她才从刑场捡完尸体回来，而他身受重伤尚被追杀，彼此都是最糟最难的日子，以为不过是随口而出的安慰，从不愿做大指望，未料命运兜兜转转，虽然晚了点，终究把灯花占信的大吉佳音重新送来。

裴云暎抬眼，见她直直盯着自己不出声，扬眉道："好看吗？"

这人本来就不太正经，寻常穿公服时，尚能压下几分，眼下穿这身红袍，似笑非笑模样，就带了几分故意勾人。

"好看。"

裴云暎顿了顿，眼底笑意更浓："我问的是灯。"

陆曈恼羞成怒："我答的也是灯。"

他盯着她片刻，终于忍不住笑出声来。

陆曈别过头，想了想，自己提壶往杯盏里倒了杯蜜酒灌下，倒是第一次如此痛恨自己的好酒量。

裴云暎见状，起身走到陆曈身边坐下，拿走她手中银盏："真要壮胆？"

"我没怕。"

他点头，懒洋洋道："陆大夫是医者嘛，自然知晓这些。"

"你……"

他勾唇，故意慢吞吞开口："人的身体你很熟悉，自然知道该怎么做。"

"裴云暎！"

陆曈气急，这是她方才和银筝交谈的话，这人明明听到了一切，故意逗她。

他盯着陆曈，忍笑道："可惜我不是医者，什么都不会，今夜只有仰仗陆大夫帮忙了。"

陆曈忍无可忍，一掌朝他推去，被裴云暎捉住手腕。

　　她腕间还戴着那只青玉镯，玉镯冰冰凉凉，被他握着的腕间却灼灼发烫。

　　青年低头看她，那双漆黑的眼睛落在她脸上，视线与她接触，眸色渐深，抬手拉下结着彩结的帘帐。

　　夜深了，桌上喜烛越烧越短，烛影摇红里，良宵仍长。

　　月华如水笼香砌，金环碎撼门初闭。寒影堕高檐，钩垂一面帘。

　　碧烟轻袅袅，红战灯花笑。即此是高唐，掩屏秋梦长。

第十八章

终章

九月初,寒露过三朝。

距离陆曈成亲已过了一月。

新婚伊始,总是分外忙碌。

要拜长辈,回门,作会,待一月至"满月"后,礼数就可简省。

陆曈本就是个不耐礼数的人,于是新妇新婚后流程尽数省去。皇帝特意准允旬休的几日,不是在府中浇浇花,就是乘车去丹枫台赏新红枫叶,夫妻二人很是潇洒了几日。

不过旬休过后,就各自忙碌起来。

元朗登基后,将"夏蒐"重新改回先帝在世时的"秋狩",届时轻车突骑,游弩往来,各班都要接受校阅。裴云暎每日在演武场,有时忙到夜深才回。

陆曈也很忙。

一过秋日,天气渐寒,来医馆拣药的病人越来越多。陆曈坐馆的时候,病者比苗良方坐馆时多得多——曾任翰林医官院的名头总是好使的。

一大早,医方局就热闹得很。

林丹青半个身子趴在桌上,正与纪珣争执一味药材。

"柴胡、黄芩、生地、山茱萸、丹皮、白芍……加这一味夏枯草就是画蛇添足,不行,去掉!"

在她对面,纪珣眉头微皱,语气平静而坚持:"加夏枯草更好。"

林丹青丝毫不退:"此患属经行头痛,经行时阴血下聚,冲气偏旺,冲气夹肝气上逆……纪医官,我是女子,又是最懂妇人科的,当然不能加!"

纪珣按了按额心。

自打医方局成立以来,诸如此类的争吵每日都在发生。众人一同编纂医籍,又不限平民医工抑或是入内御医,每位医者行医习惯不同,开出的方子也大不一样,有时遇到意见相左处,争得脸红脖子粗是常事。

陆曈一进门,就看见纪珣和林丹青对峙的模样。

见她来了,林丹青眼睛一亮,一把挽住陆曈胳膊:"陆妹妹,你来看,这方子是不是按我说的减去夏枯草更好?"

陆曈:"……"

这哪里是选方子,这分明是做判官。

她斟酌着语句:"其实都行,各有各的益处。"

闻言,林丹青稍有不满,纪珣松了口气,朝她投去感激的一瞥。

他实在不擅长吵架。

"算了,不提这些。"林丹青没在这上头纠缠,"你今日怎么来了?不是说这几日在仁心医馆坐馆?"

陆曈道:"苗先生听说医方局在编写医籍,整理了一些老药方让我送来。"言罢从医箱中取出文卷递过去。

纪珣接过来,道:"多谢。"

"先生让我告诉你们,此举以利天下医工,大善之举,无须言谢。"

纪珣点头,看向陆曈。

陆曈成亲后,来医方局来得少,好几次他在宫中奉值,没见着就错过了,这还是陆曈成亲后二人第一次见面。

比起当初在医官院时,陆瞳气色红润了一些,脸色不再如过去苍白,一件天水碧素罗襦裙,乌发如云,明眸皓齿,是与过去截然不同的生气。

忽而就想起,自己曾在苏南送过陆瞳一件柳叶色的衣裙,可惜那时衣裙色彩鲜嫩,她过得却很苦,如今相似的颜色穿在她身上,她终于也如初春新柳一般生气勃勃。

纪珣垂眸片刻,道:"我探探你的脉。"

陆瞳任由他指尖搭上脉搏。

片刻后,纪珣收回手,看向陆瞳的目光有些惊异:"脉象比起之前来好了许多,更稳了。"

其实陆瞳从苏南回到盛京这半年,也曾发过两次病。

但这两次发病不如先前在苏南时吓人,人是受了些疼,好在性命无虞。纪珣瞧过,应当是早年间的毒在慢慢排出体外,过程恐怕要艰辛一些。

未来的日子里,或许陆瞳还会再次发病,但再次发病时,并非走向绝望深渊,意味着她的身体在渐渐痊愈。

伤口结疤总是很疼,但她现在笑容多了很多。

林丹青道:"陆妹妹,晚些医官院有庆宴,庆贺今年入内御医的人选,咱们一起去呗。"

常进没有说谎,去苏南救疫的医官果然连升三级吏目考核,常进已将林丹青的名字添入入内御医备选,倘若今年年底考核过了,林丹青就能做入内御医了。

对于新进医官使来说,这简直是飞一般的升迁。

林丹青自己也很满意,给陆瞳看过自己的计划,争取一年进入内御医,两年做医正,三年越过常进自己端坐院使之位。

"常医正昨日还和我说好久没见着你了，一起去呗，顺带让他去御药院给你顺点好药材。"

陆瞳摇头："今日不行，苗先生要走，我要去送他。"

"苗先生要走？"纪珣和林丹青都意外，"何时的事？"

"先前就已决定，他不让我和你们说，也不要你们来送。"陆瞳笑笑，"先生有自己的考量。"

正说着，医方局门外传来马蹄声，一辆马车在门口停下，有人坐在马车上，见陆瞳看去，微微摆了摆手。

是裴云暎来了。

"哟，裴殿帅又来接你了？"林丹青凑近，"我可听人说了，但凡他不用值守的日子，每日傍晚都去西街接你回家。听说西街治安倒是好了很多，夜里户户都不用闭门了。"

她说得揶揄，陆瞳无言，只与林丹青交代几句，最后道："我先去送苗先生了，下回再来和你说医方的事。"

林丹青挥了挥手："去吧去吧，替我也和苗先生说句一路顺风。"

纪珣朝门外看去，女子小跑向马车的背影欢快，快至马车前，那人伸出手扶住她手臂，将她拉上马车，又抬眼过来，对他微微颔首，算是打过招呼，适才放下车帘。

纪珣垂下眼。

倒是很恩爱缱绻模样。

马车上，陆瞳坐稳，裴云暎递了杯茶给她。

陆瞳接过茶抿了一口，问："怎么这么早就来了？"

"今日不必武训，治所里无事。再者，你早些见到老苗，也能和他多说话。"

说到苗良方，陆曈便心中叹息一声。

苗良方决定要回苗家村了。

半年前，陆曈刚回盛京，辞去医官职位时，苗良方就对她欲言又止。后来和裴云暎的亲事定下，老苗在一个午后才犹豫着同陆曈说出了自己的打算。

"小陆，我二十多年没回云岭了，也不知苗家村现在是何模样。"他敲了敲残腿，"从前我留在盛京，是心中有怨，不甘心也没脸就这么回去，现在想想，真是懦夫所为。"

"如今前事已了，是非落定。我也想回去看看，瞧瞧家中如何。我打算在苗家村再开一家医馆，把这些年在盛京学会的医术带回云岭，让云岭那些赤脚大夫们也能像盛京的医官们一样救人。"

"小陆，"他看向陆曈，"从前我不提此事，因为医馆不能没了坐馆大夫。但如今你已不再是医官，我见你亦一心行医，我也可以放心了。"

陆曈想要挽留，却又不知如何挽留。苗良方离家二十多年，游落在外的旅人想要归家的心情，她比谁都清楚。

只是无论何时，面对离别，她总是难以做好准备。

裴云暎揽过她肩，温声安慰："不用伤心，又不是将来见不到了。"

陆曈："云岭与盛京离得远，我看苗先生是打定主意不回来，说不准真见不到了。"

"这有何难？"他唇角一翘，"若你想见，将来去云岭一趟就是，恰好可以游玩一路。"

陆曈闻言哂道："将来？以殿帅每日烦冗的公务，只怕得再等个四五十年吧。"

裴云暎啧了一声，眼皮轻抬："你这是嫌我最近太忙，冷落了你？"

陆瞳面无表情:"自作多情。"

他点头,慢条斯理道:"行,毕竟我不是医者,只会自作多情,不会别的。"

陆瞳:"……"

她就多余和这人说话。

九临江畔,渡口前。

银筝和杜长卿将满满当当几担包袱提到苗良方手里。

苗良方瞧见这几大包重物,直将临别眼泪憋了回去,干瞪着眼道:"这是疯了?我回云岭苗家村,要走几十里山路,老夫本就腿脚不好,这是想让我另一条腿也断了?"

杜长卿没好气道:"少废话,别得了便宜还卖乖啊。"

阿城把一个油纸袋塞到苗良方手里:"苗叔,我今日一早去官巷抢的腊鸡,还热乎着,你拿着路上吃。船上吃食贵得慌,还没咱们城里的新鲜。"

苗良方连道几声好,摸一把阿城的脑袋:"好好跟着东家,多读书识字,日后给你东家养老送终。"

杜长卿两道眉头一皱:"咒我呢?本少爷日后自当娶妻生子,要这个虎蛋子给我养老送终?"

苗良方睬了睬眼:"哦,那你打算什么时候成亲?有没有心里人?"

杜长卿:"……"

银筝假装没听见苗良方暗示,转身看向身后,目光一亮:"姑娘来了!"

众人回头一望,陆瞳和裴云暎来了。

陆瞳快步至众人跟前站定,看向苗良方:"苗先生。"

"就等你了，"苗良方乐呵呵道，"怎么还把小裴大人也捎来了？"

裴云暎挑眉："不欢迎？"

"哪里哪里，殿帅多心。"苗良方道，"你如今可是西街女婿。"

裴云暎："……"

"西街女婿"这名头据说是从孙寡妇和宋嫂嘴里传出来的，盖因裴云暎日日去接陆曈太过扎眼，家中有女儿的妇人们赐号"西街女婿"，直说日后给女儿挑夫婿，就得照这样俊俏会疼人，还在宫里当差的人找。

看着裴云暎僵住的脸色，苗良方的笑容更舒坦了。

他曾经一度很怕这位年轻人，总觉对方和煦笑容下藏着什么不怀好意。不过自打陆曈与裴云暎成亲后，这惧意渐渐消解，只因裴云暎对陆曈总是妥协，医馆众人便也仗着陆曈有恃无恐。

陆曈打开背着的医箱，从医箱中掏出几册书籍递给苗良方。

"这是……"

"先生要回云岭了，我没什么可送的，钱财在路上又唯恐歹人觊觎，过多反而不安全。"陆曈道，"我先前向常医正讨了几本医官院的医籍，是这十年来太医局先生教授功课。不知对苗先生可有效用。"

"小陆……"苗良方神色震动。

他也曾当过医官，自然知道太医局的这些医籍有多珍贵。

"小陆，谢谢你。"苗良方敛衽，对着陆曈郑重其事行了一礼。

"先生无须道谢。"陆曈道，"或许将来有一日，医道共通，盛京的医籍会传到云岭，云岭的医方也能流传盛京。到那时，寻常医籍不会再如从前一般'珍贵'，世间亦有更多扶困济危之人。"

苗良方怔住，裴云暎侧首看了陆曈一眼，女子语气平静，仿佛说的正是不久之后的现实。

苗良方便哈哈大笑起来:"好一个'医道共通',若真有那一日,就是天下人的福气!"

陆瞳微笑:"一定会的。"

他还要再说几句,渡口已有人催促。

苗良方把陆瞳拉到一边,侧首道:"小陆,日后医馆就交给你了,小杜是个嘴硬心软的,容易被骗,有你盯着我放心,就是你那夫君……"

他窥一眼裴云暎,压低声音叮嘱:"毕竟是在皇城当差的人,人又生得好,你年纪轻轻与他成婚,千万莫要委屈了自己。若是将来你变了心,就与他和离,若是他变了心,你就一把药将他毒死,做得干净些,别叫人发现证据……"

将一切尽收耳底的裴云暎:"……"

他嗤道:"你不妨声音再大一点。"

苗良方轻咳一声,后退两步,瞧着众人道:"总之,交代的话说多了,你们也觉得烦。我就不多说了。送君千里终须一别,天下没个不散的宴席,就到这里吧。"

他转身,拖着行囊登上客船,朝着众人挥了挥手。

"回去吧。"

江上无风,最后一个客人上岸,船夫便撑桨,摇船往江岸远处去。四面飞些禽鸟,船变成了江上的凫鸟,再然后,就见江边山色高高低低,只有一个模糊的小点,渐渐看不见了。

阿城揉了揉眼睛。

一同在仁心医馆同度寒暑春秋,一个家人离开,总令人惘然。

"打起精神。"杜长卿鼓励低落的诸人,"别都哭丧着脸,日子还过不过了,银子还赚不赚了?明日医行要来查点,今日还要回去整理药柜账本,一个个别想偷懒啊,走走走,回去了……"

他揽着众人回去,最后看一眼江边,就头也不回地离开了。

陆曈与裴云暎跟在后头,回去的时候没再乘马车。

江边沿途有卖字画书册的,从旁经过时,小贩热情地拿起几册给陆曈:"姑娘,市面新来的话本子,要不要买几册回去,保管好看!"

陆曈摇头,叹了口气。

裴云暎问:"怎么叹气?"

"想起昨夜看的一个话本。"

"哦?写什么的?"

"写的是一对有情人历经磨砺在一起的故事。"

"不好吗?团圆美满。"

"但还想看更多。"陆曈同他往前走,慢慢地开口,"想瞧以后如何生活平淡,或有儿女,再将来子孙满堂,抑或百年之后……总觉得不够,怎么结局到这里就结束了呢?"

他笑起来,纠正:"曈曈,话本才会有结局,故事没有。"

她抬眼,眼前人低头看着她,唇角梨涡可亲。

她愣了一下,心中默念几遍,渐渐释然。

人生有喜有悲,酸甜苦辣,未至尽头,谁也不知结局。纵有留恋,或许不舍,但总要朝前看。

故事尚未结束,她仍不喜欢离别,却也没有当初那般恐惧了。

裴云暎道:"时候还早,回医馆前,先去官巷买吃的。听说今年新上了花饼,选一个你喜欢的。"

"太多了,不知道喜欢什么。"

"没关系,时间很长,我们慢慢找。"

她握紧他的手:"好。"

江岸木叶半青半黄,西风祛暑,渡口码头边,冉冉秋光里,临行人与友人吟诗送别,更远处,官巷市井热闹叫卖隐隐传来。

　　盛京像是变了,又像是什么都没变。

　　相携的男女握紧彼此双手,渐渐消失在熙攘人群中。

　　此时乃永昌四十一年九月初八日,适逢金秋,天高气肃,风清露白。

　　正是人间好时节。

正文完

番外

塔

裴云暎的书房里有一座木塔。

木塔很高，每一块木块都是他用匕首亲自削凑。

极少有人能进他书房，进他书房的人看见这座木塔总要奇怪一番，堂堂殿前司指挥使，音律骑射皆通，不爱饮酒欢乐，偏偏爱好如此奇特。

他第一块木塔的木块，是在母亲过世后堆起来的。

昭宁公夫人被乱军挟持，父亲却眼睁睁看着母亲死在乱军手中，他得知消息赶至时已晚了一步，母亲颈间鲜血若泉眼斩也斩不断，对他说："暎儿……快逃……快逃……"

他一直以为母亲说的"快逃"，是要他逃离乱军刀下，许久以后才知晓，那句"快逃"指的是让他逃离裴家。

他不懂。

母亲死了，舅舅死了，外祖一家也死了。新帝即位，裴棣每日不知在忙些什么，裴云姝受此打击一病不起，饭也吃不下。

他学会母亲在世时常做的小馄饨，一勺一勺喂给裴云姝，吃到最后一个时，裴云姝的眼泪掉了下来。

"阿暎，"姐姐哽咽，"今后只有你我了。"

今后只有他们二人了。

父亲的凉薄在那一刻已显端倪，年少的他隐隐察觉外祖家接二连三的死亡有蹊跷。他告诉父亲，裴棣严令禁止他再提此事。

"不要给裴家惹祸，好好做你的世子。"裴棣语带警告，"别忘了，裴家不止你一个儿子。"

裴家当然不止他一个儿子，还有裴云霄。自母亲过世，他甚至听闻有媒人上门，要与裴棣商量续弦。

正当壮龄的昭宁公，不可能为夫人做鳏夫一辈子。人心易变，朝东暮西。

于是他冷冷道："没有裴家，没有昭宁公世子这个名号，我一样能报仇。来日方长，我们走着瞧。"

无人帮忙的情况下，追索真相总是格外艰难。他从活着的外祖亲信口中得知一件耸人听闻的秘密，原来外祖一家、舅舅一家以及母亲的死，都与先太子之死有关。

原来他的仇人是如今的九五之尊，而他血浓于水的父亲，在家人与荣华中选择了后者。

秋日的雨夜万户寂寂，冷雨潇潇，少年靠坐在墙头，冷眼听着院中促织急鸣，一声一声。

复仇之路，千难万险，一眼望不到头，而他只有孤身一人，宛如蝼蚁攀登巨山。

能否成功？如何成功？前路茫茫。

心烦意乱时，随手从门外捡了截树枝，闪着银光的匕首用心雕刻，渐渐雕刻成一块圆融木块。

裴云暎看了那木块良久。

人初生，日初出。上山迟，下山疾。

他正是年少力盛之时，不如趁此时机把握时光。母亲不能枉死，为人子女，若连家人冤仇都能忍耐，与禽兽何异？

复仇很难，难以登天，但细小木块长年积攒，也能堆成巍峨巨塔。

要弑天，就得先登天。

他把木块搁在书案之上。

就此决定复仇。

与外祖曾有旧情的一位老大人给裴云暎一枚戒指，要他去苏南寻一个人。梁明帝设计先太子死在秋猎之中，又将所有知情人尽数灭口。但总有一两个漏网之鱼，提前觉出不对逃之夭夭。他要将"证人"带回盛京，成为复仇的"砝码"。

于是他提刀去了苏南。

客路风霜，行途不易。他也曾锦衣玉食，不食人间疾苦，然而登上路来，来往皆是路客，夜住晓行，孤灯为伴，一路舟车南北，渐渐也就明白了。

他历尽千辛万苦找到"证人"，说服对方愿意同他回京，然而一转头，却被"证人"从背后捅了一刀。对方通知官府一路追杀，他九死一生逃了出去，以为自己必死无疑之时，却在藏身的刑场中遇到一位捡尸体的小贼。

小贼双手合十祈祷，一面动作娴熟地将死人心肝携走。

他匪夷所思，持刀逼对方救了自己。

小贼是个姑娘，年纪不大，医术很糟，伤口缝得乱七八糟，大冷的天戴一张面巾，满身皆是秘密。

他面上笑着，心中一片漠然。

世上可怜人无数，他对旁人苦楚并无兴趣，也不想打听。

但或许是那夜苏南的雪太冷，抑或是神像下的油灯火苗太过温暖，安静灯影里，他竟有片刻动容，任由对方逼着他在墙上刻下一张债条，给了她那只银戒。

救命恩人，他想，这报答算轻了。

他活了下来，回到盛京，经历伏杀，见到了严胥。

后来，这段经历就变成了木塔的第二块"木头"。

他第三块木块来自加入严胥以后，这位枢密院指挥使似乎十分讨厌他，每日让他和不同人交手训练，车轮般绝不停歇，每每被揍得鼻青脸肿还不算，开始要他接任务，任务免不了杀人。

他第一次杀人，回去后一遍一遍洗了很多次手，洗到手指发红。

有些事起头便没办法结束，这条路果然不好走，行至途中，上不得下不去，人却无法回头。

他默默削下第三块木块，摆在案头。

第四块木头则来自一场刑讯逼供。严胥要他在旁边看着，被刑讯的人曾参与先太子秋猎事件，严胥要审他，这人嘴很硬，枢密院的暗牢阴森，他们在这人胸口开了个口子，放上一只黑鼠，之后用火炙烤，黑鼠受火，不断用爪子在人身上打洞。

那人叫得很惨，出来后，他扶着门口的梧桐树吐了很久。

严胥冷笑从他身前走过："早日习惯，不然，今后被审的那个人就是你。"

他回到家，闭眼良久，在木塔尖放上第四块木头。

木塔渐渐堆积如山，一粒一粒木块圆融而锋利。他接过许多任务，杀过很多人，再进审刑室中，已经能游刃有余地折磨逼问刑犯。

行至高处，习惯戴面具生活，谈笑，杀人，行路，心中不见波澜。

他的塔渐渐成型，他已经很久没有再往上放过一块木块。

直到遇上陆疃。

陆疃是个有秘密的人。从他第一次见到她开始，就能看见她眼中的

憎恶与仇恨。

他对仇恨最熟悉。

所以在青莲盛会的万恩寺中,瞥见她腕间的第一时间就开始起疑。

一位妙手回春、仁心仁术的女大夫,原来是个会夜里亲手杀人的女阎罗。她所过之处,或偶然或意外,总有血光之灾。

科举舞弊案一朝捅出,陆瞳身在其中清清白白,却又处处有她痕迹。于是接到举告时,他亲自带人登门,以为将要抓到这位女阎罗的马脚。

谁知树下掩埋的却是猪肉。

女子看来的眼神嘲讽讥诮,转身将杀人罪名栽赃。

她胆大包天,无所畏惧,在她眼里,他只能看到疯狂。

他欣赏这份心机与冷静,却又怀疑她是太子抑或三皇子的人,或许是梁明帝的人,否则无人撑腰,不会如此有恃无恐。然而她一介平民,寻不出半丝蛛丝马迹,他屡次试探,她滴水不漏。

偏偏这时候她救了姐姐,他欠了份人情。

这世上,人情债难还。而她所救的,是他最重之人。他在陆瞳面前暴露软肋,却对对方一无所知。

之后他便存了几分较劲的心思,三分真心七分试探,他是刑讯逼供的人,而她是最难撬开的犯人,有时甚至反客为主。

遇仙楼偶遇,雪夜的躲藏,命运有意无意总要将他们揪扯一处。

他曾笑着问过陆瞳:"俗话说:'恩义广施,人生何处不相逢?冤仇莫结,路逢狭处难回避。'陆大夫,你我这缘分,究竟是恩义还是怨仇呢?"

陆瞳抬起眼皮看他一眼,冷冰冰回答:"是孽缘。"

孽缘。

这缘分委实不算愉快。

尤其是当他发现自己的名字也在陆曈的杀人名单之上。

他曾想过许多种陆曈的身份，未料她就是一个普普通通的为家人独自进京的孤身医女。没有背景，无人撑腰。

她骗了他，用一个莫须有的"大人物"，为自己增添砝码。

一切只为复仇。

行至绝路之人，总是孤注一掷得疯狂。混有迷药的香被一切为二，她的匕首脆弱得似她这个人，烟火映照一片泥泞，女子坐在满地狼藉里，声音有竭力忍耐的哭腔。

"我不需要公平，我自己就能找到公平。"

他停住。

眼前之人忽然与少时祠堂的人渐渐重合。

那时他也如此，一无所有，唯有自己。

时日流水般倏然而过，他都快忘记过去的自己是何心情，却在眼前女子身上，瞧见了自己当年模样。

于是他递过去一方帕子。

除夕之夜，德春台烟花将要放很久，等他回到家中时已经很晚，裴云姝和宝珠都已睡下，他进了书房，桌案之上，许久没碰过的木塔静静矗立。

他坐了下来，那天晚上，在木塔放上了一块木头。

……

很久以后，殿前班的禁卫们喝酒闲谈，说到女人的眼泪对男人究竟有没有用。他从旁经过，被手下叫住，询问这个问题的答案。

他答："分人。"

又有人问："陆大夫的眼泪如何？"

被另一个禁卫起哄:"陆大夫又不会哭!"

陆曈行事镇定冷静,的确不像会哭的模样。

裴云暎没说话,脑中却回忆起除夕夜那晚的眼泪。

他想,她的眼泪,他其实根本招架不住。

好似就是从除夕夜那一日开始,他许久未堆的木塔渐渐又开始堆高起来。

陆曈被发配去南药房摘红芳絮,被朱茂挫磨,医官院的崔岷受太府寺卿影响,故意让她去给金显荣看诊……她身上总有很多麻烦,他冷眼旁观,想要做个无动于衷的局外人,却每每不自觉地投以关注。

他对陆曈的心情很复杂。一面觉得她自不量力,如此对付戚家犹如以卵击石;一面心中又奇异地相信,只要她想,她就能成功,她一定会成功。

只是难免担忧,于是暗暗相助,仿佛在她身上投注某种期待,以至于做得超出自己分寸。去莽明乡、说杨家人……

被她推倒的木塔七零八落,有些事从那一刻开始失控。

萧逐风总是调侃讽刺,他不以为意。

直到京郊围猎。

那一刻的怒意令他差点拔刀当众宰了戚玉台,他想护之人,凭什么遭人践踏?

裴云暎想要帮她复仇,被一口拒绝。陆曈总是拒绝旁人帮助,他一次次靠近,被一次次推开,木塔曾被她推倒一次,他没再继续重堆,可是苦恼却半分未少。

她成了新的难题。

有时他觉得对方对自己未必无意,可是下一刻,她又扔掉梳篦,冷冰冰将自己推开。

他不明白陆曈在想什么。

傩仪大礼后,戚玉台死于戚清之手,戚清穷途末路,她已心存死志,要与戚清玉石俱焚。他赶去阻拦陆曈,却在看到对方眼睛时骤然明了,她根本不想活。

幸而常进将她带往苏南。

所有一切都已安排妥当,他没了后顾之忧,留在盛京,为筹谋已久的复仇添上最后一笔。

梁明帝在位这些年,朝中招权纳贿、卖官鬻爵之风盛行,太师戚清更溺爱恶子,植党蔽贤,朝中看不惯人亦不在少数。枢密院与殿前司兵权合一,由宁王举事逼宫,顺利得不可思议。

厮杀中,梁明帝颤抖着手指向他:"裴云暎,你竟敢犯上作乱?"

他淡淡一笑:"论起犯上作乱,谁比得过陛下呢?"

"你……"

"你这样的人,"裴云暎冷冷道,"也配为君?"

"为何不配?"梁明帝怒吼,"朕哪里比不上元禧?就因为他是太子,这江山帝位就该在他手中。他有忠臣有兄弟,有最好的一切,父皇骗了我,嘴上说我是他最疼的儿子,实则还是偏心,要把最好的东西都留给他!他们都该死!"

"朕当年就不该留你!"梁明帝喘着粗气,狰狞地盯着逼近的宁王,"还有你!隐忍多年就是为了眼下……好一个闲散王爷!"

"兄长又何尝不是呢?"宁王冷笑,"一介贼子,妄图江山,可笑。"

刀锋斩过,所有恩怨戛然而止。

筹谋多年的复仇终于落下尾声,他回望过去,竟有些想不起来时之路,内心一片空茫。

不知陆曈大仇得报那夜,仰头望向长乐池边烟火的心情,可曾与他一样?

他在盛京料理完严胥后事,元朗点他去歧水,他知道元朗是故意的,更从善如流。

裴云暎想得很明白,人与人相处,犹如面对面行走,有人走得快,有人走得慢。

她走得慢无妨,他愿意多走几步。

他庆幸自己多走了几步。

才知道她曾那么苦,那么疼,那么孤单过。

幼时他骄傲飞扬,眼高于顶,旁人邀约总不愿搭理,母亲告诉他:"阿暎,你这样,日后不会有人与你说话。"

"不需要。"

"可是阿暎,人的一生,高兴或是不高兴,倘若只有一人独自领略,就会非常孤单。"

陆曈就曾这样的孤单过。

好在以后不会了。

从今往后,无论悲喜,他都会和她一同分享。

他走进书房,陆曈正坐在书案前,认真搭建他那堆木塔,木塔高高耸立成一团,最上的一块怎么也搭不整齐。

反反复复几次,陆曈脸上已有不耐。

他牵了牵唇,走到她身后,握住她的手将那木块往上摆,边道:"不要着急,凝心静气。"

她被笼在他怀里,发顶擦过他下巴,顿了顿,没好气道:"你在这里,我怎么宁心静气?"

"啧,你这是在怪我令你分心?"

"不然？"

"都怪我这张脸。"他感慨。

陆瞳转过脸来，蹙眉盯着他，半晌，一本正经道："这张脸的确长得像我一位故人。"

"什么故人？"

"欠了我银子的故人。"

他扬眉："银子没有，人有一个，要不要？"

陆瞳佯作嫌弃："凑合吧，脸还行。"

"……那我还赚了。"

她抬眼看着他，看了一会儿，忍不住笑了。

裴云暎跟着笑了起来。

木塔静静立在桌上，曾被人一粒粒堆起，又被人阒然推倒，反反复复，前前后后，见证他的过去与现在，脆弱与坚强。

将来日子很长，不敢说再无困惑，但他已经很久不搭木塔了。

她是最后一块。

也最有分量。

番外 落叶逐风轻

金风细细,叶叶梧桐坠。

盛京一到秋日,夜里骤雨如愁,一夜过去,院中梧桐叶落了一地。

早起段小宴起来喂栀子,前脚才把落叶扫走,后脚一阵风来,惊落半树梧桐。

萧逐风还未进门,头顶一片落叶飘飘摇摇落下来,正落在他肩头。

他脚步一停,伸手将落叶从肩头拿了下来。

是片完整梧桐叶,青绿色彩已变成漂亮的金黄,秋日清晨显出一点鲜明暖意。

他拿着落叶进了门。

殿帅府中,几个禁卫正凑在一起吃早食,见他来了,忙噤声让开,神色变得严肃起来。

和裴云暎不同,萧逐风素来冷面寡言,禁卫们瞧了他,多少有些忌惮,萧逐风早已习以为常。

待回到屋子,桌案上难得没有堆积如山的公文。秋狩将近,裴云暎整日忙在演武场上,他却闲暇下来——裴云暎去苏南的那半年,都是他处理殿前司的所有事宜。

难得空闲,他也不会去给自己找事。毕竟裴云暎新婚不久,太过空闲,总会令独在情海沉浮之人心生妒忌。

萧逐风在窗前坐下,拿起桌角一本诗集,把刚才捡的金黄落叶夹进书中。

　　书页之中，已然夹了不少落叶，段小宴曾不小心翻到过这诗集，瞧见里头夹杂的枯叶大为震惊，忍不住问他："哥，你这是什么癖好，在书里夹这么多叶子？"

　　盛京文人雅士或有此风雅行径，但他只是个武夫。

　　萧逐风转头看向窗外。

　　深院无人，梧桐早凋，瑟瑟西风吹得外头空枝乱拂。

　　他喜欢收集落叶。

　　是因为他曾收到过一片落叶。

　　一片写满了少女心事、字痕清秀的落叶。

　　……

　　萧逐风是个孤儿。

　　有妇人浣洗衣裳时在河边发现婴孩的他，于是将他送到慈幼局。

　　慈幼局收养盛京被弃养的孤儿，这些孩子到了年纪就会离开自谋生路，抑或是得了造化，被人收养。他在慈幼局长到五岁，连名字都没有。

　　有一日，一个男人过来挑人，男人眼角有一道狰狞伤疤，目光似鹰隼锐利，目光掠过慈幼局众孤儿时，小孩都为这凶光所慑，唯有他不避不躲，默默对视回去。

　　男人给了慈幼局十两银子，将他带走。

　　回去后，男人问他名字，他摇头。

　　对方看着他，过了许久，冷声道："萧萧泪独零，落叶逐风轻。既然你没有名字，今后就叫萧逐风吧。"

　　萧逐风。

　　他喜欢这个名字，有一种秋草同死、叶叶离愁之感。

　　带走他的人叫严胥，后来就成了他的老师。

严胥教他认字读书,也教他武艺。老师在枢密院做官,却又私下里追查旧案,他手下收养了一帮孤儿,这些孤儿替严胥做事,身后无牵无挂,纵然死了,也无人在意,宛如凋零秋草。

萧逐风是严胥手下这批孤儿里最出色的一个。

他不喜欢说话,总是沉默待在一边,发起狠来时又比谁都不管不顾,这样的人,最适合做死士。他十二岁时,就能单独出任务,严胥将他当作心腹培养。

萧逐风十六岁时,接到一个任务。

这任务与过去不同,不需要杀人,也无须冒险,是去昭宁公府保护一个人。

那个人叫裴云姝。

他乔装易容,换成一张平平无奇的让人看一眼就绝不会再想起的脸,花了很多力气,终于成了裴云姝院子里的护卫。

他见到了裴云姝。

十八岁的裴云姝养在深闺,和所有高门小姐一般,乏味、沉闷、温婉,若要说特别的,就是性子很好,从不苛待下人,甚至被人欺负时,都不会还嘴。

裴云姝在昭宁公府的日子并不好。

裴棣在昭宁公夫人故去一年后迎娶新人,主母江婉面慈心恶,妾室梅氏亦不是省油灯,裴云姝在裴府里,虽不缺吃穿,处境却很艰难。

萧逐风在慈幼局长大,远比旁人更会看人眼色,眼见裴云姝在裴府中过得如此日子,心中感慨。

原以为富贵人家的千金小姐,不必仰人鼻息,原来无论何时何处,困境总会存在。

不过,裴云姝自己倒很通透。除了会在弟弟的事情上操心,大部分时候,她都是平静而坦然的。江婉的绵里藏针,她假意听不见,妾室的挑拨离间,她四两拨千斤,就连亲生父亲的冷漠凉薄,她看过,也并不放在心上。

有一次,梅姨娘和新主母院中的嬷嬷不知发生何事吵架,裴云姝从旁经过,争执途中,食篮中滚烫甜汤就要泼在裴云姝脸上,萧逐风飞身上前,替裴云姝挡掉汤水。

他来裴府的目的就是保护裴云姝。

后来裴棣的人来了,将此事化解。萧逐风回到院子,继续守着院门,未料傍晚时分,有人找了过来。

"我找了你好久。"裴云姝道,"总算找到了。"

萧逐风吓了一跳,差点抚上自己的脸,以为人皮面具暴露了。

"你不是受伤了吗?"女子伸手,把一瓶药塞到他手中,"方才我都看到了,汤水烫得很,你手臂恐怕受伤了,应该很疼,也许会留疤。这药很好用,你记得擦。"

"刚才多谢你了。"她笑着冲他颔首道谢,提裙走了。

萧逐风看着手中药瓶,抿了抿唇。

他受过很多次伤了,那点烫伤根本不算什么。老师总是告诉他们要坚强,怕疼的人无法走向以后。

只有这样养在深闺的女儿家才会在意留不留疤。

他在心中嗤之以鼻,但这是第一次有人送他伤药,于是留了下来。

裴云姝十八岁了,盛京这个年纪的小姐,有的已经开始议亲。

听说裴棣也开始为裴云姝挑选合适的人家。

院子里的梧桐树叶子黄了,裴云姝叫婢女捡了许多,在上面效仿文人墨客写字,写完靠着小楼撒下来,又自己捉裙下去捡。

有一日少了片叶子怎么都找不到,后来想着上头既无落款也就作罢。

再后来,萧逐风夜里行过院中时,在高处找到了那片叶子,应当是裴云姝撒落时不小心飘到院墙上，恰好被挡住了。

他低头，见梧叶上写着行行娟秀小字：

拭翠敛双蛾，为郁心中事。搦管下庭除，书就相思字……

此字不书石，此字不书纸。书向秋叶上，愿随秋风起……

天下有心人，尽解相思死。天下负心人，不识相思意……

有心与负心，不知落何地……

他不通诗词，于是翻遍典籍，才知这典来自前朝一位尚书，于寺中倚靠时，忽有桐叶翩然坠于怀中，捡起来一看，上头正写此诗。尚书将此叶收藏，后来多年后娶妻，原来妻子就是题诗者。

或许裴云姝是因为亲事，想到将来，故意书此桐叶。

他应当把这片叶子扔掉，但鬼使神差地，他捡起了那片叶子，夹在了书里。

枢密院有新任务，他要出远门一趟，裴家的差事交给了另一个人，等他再回到盛京时，裴云姝已经出嫁了。

她嫁到了文郡王府。

一向对所有事寡言沉默的萧逐风第一次对严胥问了与任务不相干的一句话，他问："老师为何不阻拦？"

穆晟是什么样的人，盛京皆知，裴云姝嫁给那种人，能是什么好归宿。

"你怎么知道我没有拦过。"严胥冷冷回答，眼角疤痕火光下刺眼。

原来一开始，裴棣是要裴云姝进宫的。

裴云暎也知道此事，所以拼命去找当初昭宁公夫人母族留下的证据试图与裴棣做交易。

但不知裴棣与裴云姝说了什么，其实想想也知道，能威胁裴云姝的只有裴云暎，总之，裴云姝接受了安排，她没有进宫。或许裴棣也考虑到被激怒的裴云暎可能做出两败俱伤之事，最终退而求其次，将裴云姝嫁进了文郡王府。

她就这样，嫁了人。

那个在桐叶上写下情爱期待的女子，就这样嫁给了一个不怎么样的郡王。

萧逐风打开诗集，看到夹着的那片桐叶，心中窒息得发闷。

裴云暆回到了盛京，他二人从互相看不顺眼到最后勉强合作，再到成为彼此依靠的搭档。他总是旁敲侧击从裴云暆嘴里打听裴云姝近况如何，她瘦了，她病了，她在文郡王府是否受过委屈。

裴云暆是个人精，轻而易举就从蛛丝马迹中窥出痕迹，何况他隐藏得并不高明。

"你喜欢我姐姐？"

"不是。"

"不是你绕这么远给她买荔枝？"

"顺路。"

"萧二，你怎么不早点出手？"

他沉默。

他其实不是在昭宁公府的那些日子喜欢上裴云姝的，纵然那时候他天天看见她，也只当她是自己要保护的任务对象而已。

反倒是在她嫁人后，时时担忧，放心不下，陷得越深，适才惊觉，原来这是动心的意思。

他喜欢的人已罗敷有夫，他只能暗中护着、看着，如自己的老师当年一般。

裴云暆总问他，裴云姝既已和离，为何不向她表明心意。他每次都沉默，避而不谈这个问题。

含着金汤匙出生的天之骄子，并不知慈幼局是什么地方。他没有父母、没有亲人，跟着严胥，或许有朝一日就会死在敌人暗箭之下，连自己都不确定未来之人，怎么能给别人未来？

窗外秋风阵阵，有禁卫进来道："副使，新兵编修籍册送来，大人叫您去演武场一趟。"

他放下诗集收回桌屉，起身出了屋。

正是秋日，盛京街头人来人往，他没有骑马，行至一处巷口时，忽听得一个熟悉的声音。

"穆晟，你不要太过分了！"

萧逐风脚步一停，猛地往巷中看去。

裴云姝怒视着眼前人。

她和芳姿出来逛铺子，落了样东西在食店里，芳姿回头去取，她在楼下等着，谁知会遇见穆晟。

文郡王穆晟，她曾经的夫君，过去的枕边人。

当初因小儿愁一事，裴云姝与穆晟和离。之后裴云暎给她安排了宅子，平日护卫守着，她再没见过穆晟。

许久未见的前夫就在自己眼前，却远不及从前光鲜，看衣着随从皆是不如往日，人潦倒之时，连那股眼高于顶的傲人劲儿都没了。

看见裴云姝，穆晟眼睛一亮，叫了声"夫人"，一把抓住她手腕，将她拽入旁边小巷中。

裴云姝挣了好久才将他手甩开："你干什么？"

"夫人，"穆晟打量着她，目光有些奇异，"许久不见，你真是与从前大不一样了。"

从前在文郡王府中，裴云姝冷冷淡淡，一点都不温柔小意，如所有的高门淑女一般无趣。和离后的裴云姝却衣裙鲜亮，眉眼间顾盼生辉，与从前好似变了个人。

"郡王自重。"裴云姝冷冷开口,"我已经不是你夫人了。"

她越如此,穆晟心中越是不舒服。

自打与裴云姝和离,因裴云暎要挟,他不得已放过对方,成了满京城的笑料。而今新帝登基,他这个"旧人"情势岌岌可危。盛京的墙头草们见状不妙,个个避他如蛇蝎。他没本事,从前靠着祖上留下的爵位狐假虎威,如今爵位被削,大不如从前,再过不了多久,穆家就要彻底没落了。

男人在败落潦倒之时,陡然瞧见光鲜的前妻,心底那一点点不甘心便生了出来。

他虚情假意地笑起来:"云姝,你我也曾夫妻恩爱过,何故说得如此疏离。"言毕上前欲拉裴云姝的手,被裴云姝后退一步避开。

穆晟的手落了个空,又换了副深情模样看向裴云姝:"云姝,我们的女儿现在如何,听说你为她取名叫宝珠……自打她出生后,我还没抱过她呢,我想去见见她……"

裴云姝脸色一变:"你离宝珠远一点!"

"我为何要离她远一点?我可是她爹。"穆晟笑着开口,"云姝,其实当初小儿愁一事,的确是我忽视之故,后来每每想起,心中后悔不已……你我之间有宝珠,宝珠也需要父亲,不如和好,破镜重圆……"

"破镜重圆?"

"是啊,一日夫妻百日恩,咱们也曾有过去的情分在的……"

裴云姝感到荒谬又恶心。

"抱歉,"她冷冷开口,"我对和你破镜重圆一事没有半分兴趣,芳姿还在楼下等我,请你离开。"

连着两次被拒绝,穆晟的脸色渐渐难看起来。

"我是宝珠的爹,你凭什么要我离开?"他一把攥住裴云姝的手。

裴云姝挣扎不得,只得怒道:"放开我,穆晟,你不要太过分了!"

"过分？"穆晟冷笑，"我还有更过分的！"言罢，俯身朝裴云姝颈间吻去。

裴云姝屈辱不已，正奋力挣扎，突然间，穆晟的动作僵住了。

她抬眼，就见穆晟的脖颈之处横了一道漆黑长刀。

"……萧副使？"

穆晟也察觉到身后杀意，连忙举起双手，萧逐风冷着脸踹了他一脚，穆晟被踢得跌坐在地。

"可有事？"萧逐风皱眉问道。

裴云姝心有余悸摇头，又看向他："你怎么在这里？"

"从旁经过，听到你声音，过来看看。"

他二人旁若无人交谈，落在穆晟眼中，便成了另一副模样。再看提刀的男子，浑身上下散发冷意，唯独对裴云姝说话时，语气关切柔和。

妒忌、不甘、愤怒混在一起，穆晟恍然大悟，恼羞成怒地指着前妻开口："难怪刚才一副贞洁烈女的模样，原来是已经另攀高枝，奸夫淫妇，无耻！"

裴云姝怒极："住嘴！胡说八道！"

"我哪里胡说？"穆晟一抬头，见那男子身姿硬朗，模样英俊，越发刺眼，口不择言道，"你这淫妇，说不准在郡王府时就已与对方私通，还有你那女儿，是不是我的种也说不清，贱人！"

他无端谩骂自己就算了，还这样侮辱宝珠，从未见过这样无耻之人，裴云姝气得浑身发抖。

唰的一声，长刀再次压颈。穆晟一僵，那男人看着自己，目中杀气四溢。

颈间刀锋冰凉，冲淡了一些方才的愤怒，回过神来，穆晟又有些后悔。

嫁入文郡王府后，裴云姝几乎足不出户，的确不可能与人私通。他只是不甘心,凭什么裴云姝与自己和离后还能找到更年轻英俊的男人?凭什么她还能过得这般好?

她应该憔悴痛苦,日日以泪洗面,再次重逢时,欲语还休,舍不得放下他才是。

而不是现在这样,他潦倒败落,而她对他不屑一顾。

穆晟盯着裴云姝,过了片刻,忽然笑出声来。

裴云姝皱眉:"你笑什么?"

"我笑你蠢。"穆晟收起笑容,刻薄开口,"你一个和离弃妇,还带着一个拖油瓶女儿,盛京哪个好人家敢要你?要么是图你钱财,要么就是逗着你玩。裴云姝,你别以为你就真能攀上高枝,小心到最后什么都没落着,反成了别人口中的笑话!"

此话一出,颈间刀锋一压,一丝鲜血从刀下缓缓溢出,穆晟身子一缩,骤然闭嘴。

裴云姝却缓缓走到了他面前。

"不管旁人是图我钱财,还是逗着我玩,都与你无关。"裴云姝忍怒看着他,"与你做夫妻,是我此生做过的最恶心的一件事。"

"你!"穆晟咬牙,"你别忘了,我是宝珠的爹。将来你想再嫁,可哪个男人愿意给别人的女儿当爹?"

"我愿意。"

裴云姝与穆晟均是一愣。

一直没开口的男人语气平静,缓缓重复一遍:"我愿意当她是亲生女儿真心爱护,所以,你可以滚了。再不滚,"刀锋缓缓移到穆晟的嘴巴处,"就割了你舌头。"

眼前男人神色冷漠,平静里却似隐藏危险。

穆晟倏尔悚然,对方真的有胆子割了他舌头。他再看一眼裴云姝,

不甘心从地上爬了起来，满怀怨愤地溜之大吉。

巷子里没了穆晟的身影，萧逐风收刀回刀鞘，一抬头，正对上裴云姝看来的目光。

四周安静，二人一时间都没说话。

半晌，萧逐风才解释："他刚才对你不敬……我那些话，"他停顿一下，"情急出口，裴姑娘不必放在心上。"

裴云姝默了默，反倒笑起来："我知道。萧副使是为我解围才会这样说的。不过，穆晟此人尤为无耻，怕他之后在外四处宣扬，恐怕给萧副使招来麻烦。"

"无妨。"萧逐风道，"我不怕他。"又补充，"若他再来寻你，你可以到殿前司来找我，我替你将他赶走。"

裴云姝摇头："怎好一直劳烦萧副使，若真有那一日，我告诉阿暎一声就是了。"

她仍笑着，态度却陡然多了层疏离。萧逐风有些不知所措。

裴云姝目光落在地上，停了一下，弯腰从地上捡起一只珠串，方才萧逐风拔刀时，从他腕间掉落。

那珠串与别的檀木串不同，晶莹剔透，是淡淡的粉色，看起来肖似女子首饰。

裴云姝将珠串递还给萧逐风："萧副使的东西掉了。"

萧逐风怔住，忙接了过来，神色有一瞬慌乱。

这慌乱落在裴云姝眼中，越发证实心中猜测，于是微微笑道："今日之事，我会回头与阿暎说一声，提醒穆晟不要在外乱说话。就算萧副使心胸宽大不在意，难道也不在乎心上人的想法？"

萧逐风不解："心上人？"

裴云姝笑容更淡："萧副使腕间珠串，不是心上人所赠吗？"

萧逐风低头看了一眼珠串，恍然大悟，紧张解释："不、不是，这不是女子所赠，这是段小宴买的，殿前司里人手一条，用来招揽桃花……你若不信，可以问裴云暎……他也买了一条。"

难得见他结巴一回，裴云姝稍感意外，再听他说到"招揽桃花"四字，越发诧然，忍不住开口："萧副使这是心中有人，所以才戴着珠串？"

萧逐风顿时闭嘴。

二人正沉默着，外头响起芳姿的声音："小姐，小姐……"

裴云姝回头："芳姿，我在这里！"

芳姿提着盒子小跑过来，"四处找不着小姐，可吓死奴婢了。"

她又瞧见萧逐风，惊讶行礼："萧副使怎么在此？"

"方才无意路过的。"裴云姝回答，对萧逐风道，"今日多谢萧副使出手，既然无事，我们就先回去了。"

她笑着对萧逐风点一点头，转身就和芳姿往巷外走。

萧逐风看着她背影，不知为何，脑海中忽然想起裴云暎先前与他说过的话来。

"我姐姐年轻貌美，亦有家底在身。我如今又深得陛下圣宠，盛京城里，想给宝珠当爹的男子数不胜数。"

"你是我兄弟，我才破例告诉你一声，若还想做我姐夫，最好主动点。别回头错失良机，又走一回爱上有夫之妇的老路。"

想给宝珠当爹的男子数不胜数……

裴云暎没说错，连穆晟这样的王八蛋都想赶来吃回头草了。当然，这不仅是因为裴云暎的缘故，就算没有那些身外之物，她也值得。

她本来就是世上最好的女子。

头顶之上，一片落叶被风吹走，落到他怀中，半青半黄的叶子犹如他此刻心情。

如今新帝登基，他已不会再如从前一般明日是死是活也说不清。而她方才误会他时倏然转淡的笑容令他心中发涩。

天下有心人，尽解相思死。天下负心人，不识相思意……

有心与负心，不知落何地……

他想做有心人，愿为相思死。亦不愿她一片珍爱之心，为这世间辜负。

萧逐风蓦地捏紧叶子，大步向前。

裴云姝才走到巷口，忽然听到身后传来一声："裴姑娘。"

她转身，萧逐风走上前来。

男子腰间长刀凛冽，一向冷硬的面上竟生出一丝微红，沉声道："不是解围。"

他抬头，看着她眼睛："刚才我说的是真心话，我会将她当作女儿，我很喜欢宝珠，也喜欢……"

萧逐风没有说完，芳姿已经捂住嘴压抑自己的尖叫。

裴云姝望着眼前人，寡言冷硬的男子微微垂着头，笨拙生涩，与往日不同。

长风吹拂落叶铺了远处石阶。

她沉默一会儿，抿唇一笑，带着芳姿往前走，走了两步，停下脚步。

"白日宝珠说，傍晚想去潘楼街东看糖花儿，阿暎已经答应了。"

萧逐风一愣。

"萧副使可要一起去？"她问。

女子声音温柔，一刹间，像是回到很多年前，她把伤药塞到他手中，捉裙匆匆离开。他看着对方背影，明明越来越远，影子却越来越近。

就这样，清晰地映下许多年。

于是他轻轻笑了，柔声应道。

"好。"

番外

故人入我梦

严胥书房里挂着一幅画。

画中绘着一幅山间晚霞图,其灿烂明丽,与他书房中古板沉闷的色彩截然不同。

偶然有朝中同僚来过他书房一回,见这幅与书房风格迥然不同的画作,以为他是爱画之人,于是传扬出去,那些试图交好他的官场中人于是四处搜寻名家真迹前来送礼。未料到他对一众真迹不屑一顾,令人全部退回。

吃了闭门羹的众人不解,既非爱画之人,何故在书房挂上这么一幅?

其实仔细瞧瞧,这画虽然笔锋细腻,色彩明艳,但与真正的书画名家究竟还差几分距离。偏偏严胥爱若珍宝。

严胥对外人猜测视若无睹,仍每日以丝拂软帚轻轻掸扫,窗开半扇以免风吹,墙下置案几,冬日生暖炉以免冻伤……

枢密院中人偷偷暗说,严胥待这幅画犹如绝世美人,待真正美人却毫不怜惜,是个"怪人"。

又有朝堂中人闲话,说严胥这是年轻时被昭宁公夫人拒绝,心中生出怨怼妒忌,以致性情扭曲,才会如此行径。

他总是冷冷听着,不置一词。

侍卫从门外进来,低声道:"大人,马车备好了。"

严胥"嗯"了一声,收回掸拭悬画的丝帛,转过身来:"走吧。"

马车去了丹枫台。

盛京一到秋日,丹枫台的枫叶最好。今日又有雨,茶斋窗户半开,细雨如烟,漫山红叶如火,他坐着,静静看着远处峰峦。

"江空木落雁声悲,霜入丹枫百草萎……蝴蝶不知身是梦,又随春色上寒枝……"有白发老者一边低吟,一边送上清茶,一碟蟹壳黄,看着他抚须笑道,"客人,今年又来了。"

他淡淡颔首。

每到秋日,严胥都会来丹枫台喝茶。茶斋主人与他多年旧识,年年为他留一座靠窗位置。他每次来都不做什么,只是静静看着,喝完一壶茶就离开。

"旁人都是晴日来,偏偏客人来时挑雨日。"老者笑叹,"这么些年,雨日赏枫的也就客人一个。哦,不对,"似是想起什么,又道,"前些日子,来了个年轻人,也是下雨日,在老朽茶斋等至子时,灯都熄了。"

严胥低头饮茶:"他等到想等之人了吗?"

"听说是等到了。"

"是吗?"严胥放下茶盏,"那他运气比我好。"

"客人呢,还打算一直等下去?"

"不行吗?"

老者笑起来。

"老朽老啦,半截身子已入土,说不准哪一日,茶斋就开不了了。届时,客人再想等,就没茶和点心了。"

他沉默片刻,道:"我知道了。"

老者颤巍巍地起身,拄着拐杖离开,走了两步,又停下来:"丹枫台的枫叶年年都红,老朽还记得当初客人身边那位姑娘,如今这蟹壳黄倒是没人吃了。"

"等不到人是常事,毕竟如那位年轻人一般好运的人是少数。"

"这么多年都过去了,客人也无须太过执着。喝完这壶茶,就早些离开吧。"

茶斋里又只剩下他一人了,窗外细雨沥沥。

桌上,一碟蟹壳黄烤得酥脆,颜色橙黄,他一向不爱吃这些腻人糕点,却低头,慢慢拾起一枚放进嘴里。

嚓——

像是有女子愉悦笑声从耳边传来:"是不是很好吃?我没骗你吧,这茶斋里的蟹壳黄就是最好的!"

他倏然闭眸。

这茶斋其实是一个人告诉他的,蟹壳黄也是那个人爱点的。

托她的福,他才知这枫叶丹红的高台中有这么一处赏景佳地。

严胥幼时出生于一四品文官之家,他是姨娘所生庶子,姨娘病死后,父亲更对他冷待,主母刻薄,他在家中实在待不下去,于是自谋生路,阴差阳错进了兵房当一小吏。

他身手极好,行事冷静,办起事来有股不要命的劲。兵房里这样的人不在少数,不过,在他好几次将自己功劳拱手让给上峰时,上峰看他的眼色就渐渐变了。

他很快得了上峰青眼。

一把又快又锋利的刀,不仅办事周密,还知情识趣,无论在何处,都是受上头人喜爱的。

他升迁得很快,渐渐在枢密院崭露头角。

父亲从一开始的不屑低看,到渐渐对他态度转变,再到后来亲热拉近关系，他只觉厌恶。后来有一次，兵房有人起乱，他一人镇乱，因此身受重伤，眼角留下一道长长疤痕。

那一次过后，他成了兵房亲事官。

枢密院都知道有他这么一个狠人，疯起来不要命，眼角长疤似乎成了一种记号，人看见他时，皆对他敬而远之。

严胥毫不在意，升迁后的第一日，就让父亲将姨娘的木牌移到祠堂中。

姨娘身份低贱，她的牌位原本是不够格入严家祠堂的。

不过，规矩，从来都是因人而定。行至高处，规矩也可为人更改。

姨娘牌位入祠堂后，他去了丹枫台。他没什么爱好，日子过得平淡，不在兵房奉值的时候，只想一个人坐着看看山看看水。反正旁人惧怕他，背地里嘲讽他性格古怪凶神恶煞，他也并不在意。

丹枫台的枫叶不会说话，秋风从来不管闲事。他安静坐着，听得草丛中有窸窣碎响。

他以为是要来杀他的刺客，在枢密院的日子，他成了明面上的靶子，想要他死之人数不胜数。他安静等着那刺客出手，再打算将对方一刀封喉，未料过去许久，对方迟迟不动。

直到啪的一声，有气急败坏的声音从草丛中传来："都快十月了，怎么还有这么多蚊虫！"

他皱眉，见身后的草丛里跳出一个女子来。

这女子很年轻，一身石榴色长裙，眉眼娇美灵动，见他看来，似是意识到自己暴露了，忙不好意思地一笑。

她一笑，露出颊边一对梨涡。

严胥冷漠看着她，长刀一动，女子身前之物落于他手。

"哎，那是我的东西！"女子喊了一声。

严胥不为所动，方才他就见对方偷偷摸摸想将这东西藏起来，神色间极为躲闪。

待将手中之物展开，不由一怔。

竟是一幅画。

画卷墨痕未干，上头飘飘洒洒绘着一幅晚霞枫叶图，颜色倒是极为美丽，而他自己也赫然在上，只一个背影。

他看不到自己的背影，因此第一次才发现，自己坐着看枫叶的样子竟是这样的寂寞。

"抱歉，"女子低声道，"我在这里作画，恰好看见你，觉得你很适合入画，未经你允许就将你画进去了……"

不等她说完，严胥就将画卷撕了个粉碎。

"哎！"她急了，"你怎么把画撕碎了？"

"谁让你画我？"他冷漠，语气很凶。

旁人一瞧他眼角这道疤便发怵，偏偏这位年轻小姐勇气可嘉，瑟缩一下就继续大声道："你坐在这儿，不就是让人画的？这山中百物，人、山、水、叶子都是风景，我画我的风景，与你何干？"

风景？

严胥觉得不可思议，他算什么风景？

偏偏这女子理直气壮。她甚至还来拉他的袖子，不依不饶："你毁了我的财物，理应赔偿。别想就这么算了。我的护卫就在不远处，只要我叫一声，他们立刻就会赶过来将你抓走。"

他不欲与对方纠缠，扔下一枚银子。

"一点银子就想打发我？你当我是什么人了？"女子把银子塞还他手里。

"你到底要怎样？"

"简单。"女子道,"你坐在这里,再让我画一幅就行了。"

严胥无言。

他不知道对方对画他这事究竟有何执着,他姿容平平,又凶恶可怖,寻常女子见了他退避三舍,偏偏这个丝毫无惧,还主动近前。

"不可能。"他转身就走。

"哎,你别走呀,"对方跟上来,"你是这画的灵魂,你就让我画一幅吧。"

"荒谬。"

严胥觉得这女子脑子有些奇怪。

他冷待她,恐吓她,皆无作用,他其实并不擅长与人拉扯,过去那些日子,刀可以斩断一切纠缠。

但他总不能在这里一刀杀了一个手无缚鸡之力的女人。

女子望着他,像是察觉出他无论如何都不肯入画的决心,终于后退一步,想了想,道:"这样吧,山中有一处茶斋,里头的蟹儿黄最好,你请我吃一碟蟹儿黄,此事就算过了。"

他站着不动。

"走呀,"女子走两步,见他没动,回头催促,"晚了就赶不上第一锅了。"

他应该掉头就走,不欲搭理此人。然而许是对方嘴里的那处茶斋赏景甚美,抑或是被她所说的绝世好茶吸引,他最后还是跟了上去。

果如这女子所言,丹枫台中隐藏一处茶斋,茶斋主人是个老者,女子熟稔地叫了几碟菜名,与他在靠窗的位置坐了下来。

茶点很快送了上来。

一壶清茶,一碟蟹儿黄。

他拿起茶盏饮了一口,齿颊留香,的确好茶不假。

女子把乱七八糟的画绢书箱放在一边，擦完手后捻起一块蟹儿黄尝了尝："第一锅果然很香！你尝尝？"

严胥别过头。

她便笑了，颊边梨涡甜蜜。

"认识一下，我叫苏凝霜，你叫什么名字？"

苏凝霜……

盛京各户官员家眷名册他都曾特意记过，于是很快想起来，苏凝霜这个名字。

苏凝霜的父亲乃当朝左谏议大夫，掌管盛京各处登闻检事，为人正直不知变通。他隐隐记得同僚曾说过，苏父爱女如命，对家中女儿极尽娇惯。

眼下看来，果不其然。

苏凝霜的丫鬟并护卫都在茶斋外，一位千金小姐，家中竟应允她带着书箱纸笔来山中作画，与陌生男子交谈共处也丝毫不避。这行事放在普通人家倒是不算什么，但放在高门闺秀里，属实出格。

严胥不欲与苏凝霜过多纠缠，喝完茶后，不顾她的问话，径自离开了。

兵房中事务总是很忙，越受器重，负担越重。

累的时候，他只想去山里独自坐坐。

他再一次去丹枫台时，忆起茶斋中那壶清苦香茶，遂再次前往。才进门，就瞧见一个熟悉身影。

女子坐在窗前，正于桌上泼墨挥毫，听见动静抬头，眼睛一亮："严胥！"

他站住："你为何知道我名字？"

"你的刀是皇城里的佩刀。我回家后问我爹了，我爹一听说你眼角有一道长疤，就知道你是谁了。"她笑弯了眼，"原来你是枢密院的人。"

她说得坦坦荡荡，丝毫不怕他因此生气。

"一起坐吧！"她拍拍桌子，递给他一块蟹儿黄，"尝尝？"

严胥冷漠谢绝。

苏凝霜是个奇怪的人。

与她清冷如霜的名字截然不同，苏凝霜性子活泼好动，惯是自来熟。严胥懒得搭理她，她却丝毫不在意他凶狠可怖的外表，熟稔与他攀谈。

丹枫台的枫叶会红两三月，他平日没有别的爱好，唯独喜欢在这里觅一方清净，偏偏每次来都能遇到她。

"都认识这么久了，我们应当也算朋友了吧？"她说。

"我没有朋友。"

"人怎么能没朋友？"苏凝霜笑眯眯道，"一个人的悲喜无人分享，那是一件多么无趣的事。我可以做你的朋友。"

严胥转身就走。

他不需要朋友。

但这位千金小姐却俨然将自己真当作了他的朋友。

她喜欢画画，每次来的时候，书箱中都会背着纸笔。

"我若不是出生在高门贵府，此生定要做个画师，走遍世间山水，画遍世间美景。"

严胥嗤之以鼻。

只有不识人间疾苦的大小姐，才会有这样荒谬无度的天真想法。

"书画大家说，画人最难，次山水，次狗马，其台阁，一定器耳，差易为也。"苏凝霜笑道，"可惜我现在技艺平平，待我练出来了，就

为你画一幅画像。"

他打断:"为何总想画我?"

严胥不明白,他一介平平无奇之人,她为何总是如此执着。

苏凝霜想了想,道:"我第一次看见你的时候,你坐在林间,抬头看夕阳。你的背影很孤单,画不会骗人,它能看到你的心。"

苏凝霜叹了口气。

"其实我也挺孤单的,我喜欢画画,盛京那些小姐们与我玩不到一处。你孤单,我也孤单,大家都是孤单的'知己',自然就是朋友咯。"

她清亮眸子里映着漫山红枫,明明在笑,语气却很寥落,

严胥第一次没有讽刺她。

后来他便常常来丹枫台,与茶斋的主人也熟识了,即便丹枫台的枫叶落了,盛京开始下雪,每当他觉得孤独的时候,他总来这里。

十次里,总有三五次能遇上苏凝霜。

她还是一副没心没肺的模样,背着书箱满山乱转,每次都点茶斋的蟹儿黄,试图劝他尝试都失败。

她也还是想偷偷画他,都被他发现,继而无果,悻悻而归。

日子就这样不紧不慢地过,丹枫台的枫叶红了又绿,绿了又红。

苏凝霜也到了该定亲的年纪。

苏家为她定下昭宁公府的少爷,裴棣。

得知这个消息后,严胥愣了很久。

他那时仕途走得更顺了些,职位也比先前高,在茶斋里看到无精打采的苏凝霜,迟疑许久,第一次主动开口问她:"你不想嫁?"

"当然,"苏凝霜撇嘴,"我都不认识他。"

回去后,严胥思虑良久,差人请了媒人,去苏家说亲。

他想得很简单,如果苏凝霜不喜欢裴家的亲事,可以用自己这门亲

事挡一挡。她要是愿意，在丹枫台画一辈子枫叶也很好。

媒人很快就回来，言说苏家拒绝了说亲。

再次看到苏凝霜时，她坐在茶斋窗前，与前些日子的沮丧不同，一改先前颓然，眉眼间神采飞扬。

"我知道你讲义气，去我家提亲了，多谢你，可是不必啦。我偷偷去见了裴家那位少爷，"苏凝霜两手托腮，迫不及待与他分享，"他生得英俊儒雅，风度翩翩，最重要的是，我以画试他，他是个懂画之人，对书画颇有研究！"

"我觉得这门亲事不错！我喜欢他！"

严胥从未见过她这副模样，满心满眼都是少女娇羞。

许多要说的话止于口中，他平静道："恭喜。"

"亲事一定，我要忙着绣嫁衣，日后可能来得不会这么勤了。这幅画送你！"

她交给严胥一幅画。

是幅丹枫台的山间晚霞图，其颜色明丽灿烂，令人印象深刻。

"等以后我成亲了，年年枫叶一红，还是会来此地作画。届时我那画艺应当突飞猛进，你可不要再拒绝我为你画像了！"她笑着起身，似一朵枫叶似的飘远。

严胥沉默。

他又变成了一个人。

从前他觉得一个人没什么不好，但大约习惯了有人叽叽喳喳在身旁，再来丹枫台时，对山间的安静竟觉出几分冷寂。

苏凝霜很快成了亲。

这是一门看起来很般配的姻缘，男才女貌，门当户对。她的消息时不时传进他耳中，筵席上夫妻二人的琴瑟和鸣，不久后喜得千金，儿子

聪慧伶俐……

她过得很幸福。

他一直一个人。

倒是随着他官位越来越高，朝中有好事之人翻出他曾向苏家提亲那一段旧事，为怕给她添麻烦，他便故意令人传散流言，只说是自己单相思求而不得苏家小姐，反正他名声不怎么样，也不在意更差一点。

而苏凝霜，嫁入裴府，为人妻母，便不得从前自由。每年枫叶红时他都会去茶斋饮茶，但她再也没出现。

他一直觉得无所谓，只要等孩子渐渐大了，等她得了空闲，丹枫台的枫叶年年红，人一辈子那么长，总会再见。

直到等来了她的死讯。

懂画之人或许并不爱画，那位儒雅翩翩的公子并不似她以为的良人。

他一生多舛，亲人凉薄，更无知心好友，唯独一人不怕不惧不嫌弃，似丹枫台那片温暖晚霞，照得他那些在山中独坐的岁月不那么寂寞。

然而这最后一个人也离去了。

他很愤怒。

这愤怒就变成了复仇。

宁王的招揽他顺水推舟，其实倒也并非想事成之后向上爬。或许也曾对权力有过渴望，但那渴望太轻，真正得到时，也觉得不过如此。

他收养一群孤儿做手下，其中包括她的儿子，他本该对那个男人的血脉厌恶，可那孩子偏偏像他的母亲，连唇边那个小小的梨涡也一模一样。

他没有成亲，也没有子嗣，一面骂着，一面将那孩子当作自己儿子教导。

有人一起为同一个目标努力，便觉生活有些奔头。然而当复仇行至最后一步,他忽然觉得心里空落落的。

他究竟是为何复仇呢?苏凝霜并非他恋人,不过是少时曾有过那么一点点好感,很快也就被岁月消磨过了。可他却偏偏为此奉献半生,替她养儿子,为她复仇。

可怕的是他在这过程中竟能感到愉悦,那空荡荡人生里为数不多的满足。

说到底,是他太寂寞了。

苏凝霜说得没错,

"你的背影很孤单,画不会骗人,它能看到你的心。"

他只是太孤单了。

孤单到在她走后,觉得人世间一切索然无味,权力纷争不过如此。

最后长刀朝萧逐风挥去的时候,他推开对方,刀锋刺入时,他感到久违的解脱。

两个徒弟在他面前哭得狼狈,他却觉得很是欣慰。

这世上,人心易变,新帝登基,可将来之事未必好说,曾同舟之人,未必将来就能共济。这样死在情谊最重的时候,算是留给两个徒儿最好的遗物。

他可以放心了。

只是真累啊。人的一生,汲汲营营到头,究竟能得到什么呢?

他好像得到了一切,但总觉得不高兴,没什么值得喜悦的。

"严胥。"有人叫他名字。

他抬头,看见一张眉眼弯弯的脸。

年轻的姑娘背着书箱,颊边酒窝一如既往甜蜜,自漫山红枫中提裙走来,笑着开口:"这下可不要赖账了吧?我在这里等了你许久,总算能为你画像了。"

他愣了许久,直到对方走到他面前,朝他伸出一只手。

"你来得好晚。"她小声抱怨。

他看着那只手,很久很久以后,慢慢地,一点点朝她伸出手去,握住了那只手。

"是有点晚。"他说。

江空木落雁声悲,霜入丹枫百草萎……

蝴蝶不知身是梦,又随春色上寒枝……

丹枫台的枫叶年年都红,他后来一直没等到那个人。

如今,终于等到了。

番外

如云往事

她出生时，后背有一块胎记。

胎记似朵祥云，人人恭贺莫府添丁之喜，这孩子将来必定是有福之人。

于是她在众人的期待中长大。

她幼时聪敏通慧，三岁能识百字，五岁开始看医经，八岁辨认各处药材，到十岁时，寻常人的小病小痛，她已能尝试着开方。

祖父莫文升是宫廷入内御医，很得宫中贵人喜爱。奈何家中子嗣不丰，见她对医术感兴趣，便手把手地教她。

她学习得很好。

渐渐地，家中对她期望越来越重，祖父决定让她及笄后就去太医局进学。

她表面欣然，内心却不屑一顾。

太医局的那些先生，行事古板，只知循照书本循求医理。论起医书，她背得不比他们少，听从他们教诲于她而言，是一种羞辱。

她有很多稀奇古怪的想法，更对毒感兴趣。祖父每次都严厉制止她，认为她冒进浮躁，不懂慎重行医。

她嗤之以鼻。

祖父是宫廷入内御医，长年累月给宫中贵人们开方。给贵人瞧病，治好了理所应当，治坏了却可能掉脑袋，甚至连累家人。入内御医开方一个比一个保守，哪里懂得用药的奥妙，更勿用提用毒。

她阳奉阴违，在院中偷偷种植毒草。

直到被祖父发现。祖父扔掉她饲养的蜈蚣毒蛇，再三警告她日后不可再做此事，罚她对着神农像抄书。

她抄至一半，厌烦地撕碎纸笔。

她只是喜欢研制毒药而已，何错之有？

错的是这世间，总有这么多无用又讨厌的规矩。

她在街上撞到一个乞讨的小孩，随手扔给对方一锭银子，乞儿感恩戴德磕头谢恩。她看着对方那张脏兮兮的脸，心中忽然有了一个主意。

她给了那乞儿自己新做的毒药。

药不至于要人命，只会让人暂且哑上几日。小乞儿不知是何物，但看她满身绫罗，不疑有他，仰头服下。

她叫那孩子回庙里等着，过了三日，小孩再来，果真喉咙嘶哑，只说前几日说不出话来。

她兴高采烈。

于是就得了更好的试药方法，盛京多的是穷苦人家。那些兔子、小鼠毕竟与活人不同，同样的毒未必用得出效果。

她给自己院中丫鬟尝试，得到一副又一副漂亮的毒方。

她及笄了，祖父将她送去太医局进学，每次考核皆是名列前茅，名声甚至传到翰林医官院。后来又有医官拿治不好的疑难杂症来考她，她从容写下药方，病人连服一段日子，果然痊愈，就此声名大噪。

她趁机向祖父提出不去太医局。

祖父这回同意了。

一个不必上太医局的"天才"孙女，在盛京总是更能给莫家长脸。

她亦是满意，终于不必在那些迂腐医理教条中浪费光阴。

行医与读书不同,若不能亲自见过大量病者病症,仅凭读几本医经药理,是无法做到医道翘楚的。

然而她有大量可以试用的"药人","医术"便突飞猛进。

医术越来越好,人却越来越年长,父亲有意为她定下一门亲事,她拒绝。一向平庸的父亲在此事上却格外坚持。

"女子到了年纪就该嫁人,难道你日后也要抛头露面与人行医吗?"

她知道父亲心中是如何想的。

他自己平庸,被祖父打压,偏偏生了个拔萃的女儿。若是儿子也就罢了,偏偏她是女儿身,因此更显得他无能。

父亲也会妒忌自己的女儿,于是想要将她关在内宅中,以此彰显自己的地位。

父母之命媒妁之言,他的确能做主她的婚姻大事,祖父对此也不能说什么。

于是她毒死了他。

药是一点点下的,无知无觉,令人瞧不出一点端倪,祖父都没察觉出不对。

父亲死在为她定亲前,按规矩,她要守孝一年。

焚烧纸钱的时候,她一身素白孝衣跪在灵前,垂着头,面上凄楚,却在抬手时掩住唇边笑意。

家里人都没有察觉。她越发快乐了,全身心投入在研制新毒中。她手上的方子越来越多,然而越是如此,越是觉得自己所掌握的毒经药理远远不够。

人牙子四处为她寻来贫苦稚童,只要一点点银子,就能买到试药工具。她把他们藏在密室,让他们试毒,谁知其中竟有一位刑部郎中的私生子。

就此东窗事发。

祖父不敢相信地看着她,气得呕出一口鲜血:"逆女!禽兽!"

她笑一声:"医毒共通,以他们得来的毒方说不准将来能造福天下人,那些乞儿微如草芥,能这样死,也算有价值。"

啪——

祖父扇了她一巴掌。

她冷冷回视。

"你走吧。"头发斑白的老者颓然垂下头,语气是从未有过的疲惫,"走得远远的,不要回来了。"

祖父要送她走。她是莫家最天才的子嗣,自小又是由祖父手把手地教大,终究是不忍。

她藏在暗处,看着莫家阖府锒铛入狱。她本来该被祖父安排的人接走,却舍不得自己写下的毒经,想要回府拿回,被人发现,不得已扔下油灯放下一把大火,把与自己同行的丫鬟关在里面,自己忍痛逃走。

丫鬟死了,成为一具焦尸,祖父指认那就是她。

于是莫如芸死在了这场大火里。

世间再无莫如芸。

她戴着幂篱,带着祖父给的钱财,离开了盛京。

一个年轻女子,孤身在外,总是惹人非议,那些对她打过歪主意的人,最后都悄无声息地消失了。

毒,是天下间最美妙的东西。

她走了很多处地方,最后在苏南的落梅峰定居下来。

这是座美丽的山,一到冬日,白雪红梅,嫣然多情。

她陆陆续续收了十六个孩子,皆是家境贫寒的幼童。幼童体弱,对毒物最是敏感,她把新制的毒药用在他们身上。可惜孩子的身体很难坚持，不过数月，最长的也不过半年就夭折，只能埋在茅草屋后的草地里。

常武县附近有一味难寻的药草，她去收药，无意撞见县城瘟疫，知县儿子诊金给得很高，她很满意，更满意的是在那里，收到了第十七个礼物。

小十七与前面十六位不同，常武县大疫，她家四口接连病倒，唯有她安然无恙。

她体质特殊，用来做毒药的容器最好。

她把小十七带回了落梅峰。

小十七聪明温顺，做事手脚麻利，更重要的是，她还读过书。

她随手扔在屋里的医经药理，小十七总是背着她偷偷翻看。她看着，觉得很是有趣。

小十七也很坚定，前头十六个都没熬过半年，唯有她求生意志最为强烈，每次都能挣扎着度过一日。

像是随手在地上撒下一颗种子，不知会开出何样的花。她期待那是一朵毒花，最艳丽最斑斓，她可以将自己的毒经全部拱手相送，待她死后，这世上就有一人能接受她的衣钵。

可惜小十七不同。

这孩子很聪明，有时候却很愚笨。她给过小十七很多次机会杀了自己，可惜小十七从未想过。有一次她旧伤复发，忽然晕倒，小十七竟然给她煎了药。

那一刻她就明白，小十七与自己是不同的人。

她快要死了，当年莫家那场大火毁去了她的皮肤与容颜，这些年，她是用毒药维持。然而身体作为容器，已经即将崩裂，她要开始处理后事了。

毒经毒方，必然要和她一起入葬，她在这世间最珍爱的莫过于此。

埋骨之地，就在落梅峰更好，她喜欢这地方，云飘雾散，风景独佳。

唯独还剩了个小十七。

这个药人，这个本该早早埋进草地的第十七个药人，执着地在山上生活这么些年。她看着对方背着药筐下山的背影，心中思索如何安排小十七的结局。

她没有婚配，也没有子嗣，若有女儿，或许就是小十七这般年纪。可惜对方心肠太软，她想要让对方成为与自己一样的人，继承自己的衣钵，便要为小十七安排一场游戏。

于是她安排小十七亲手"杀"了她。

这孩子很聪明，能想到用自己的血做药引。最后关头，望着她眼泪朦胧，她却很高兴。

杀人这种事，有第一次就会有第二次。主动杀人的人，就不能再做医者。

小十七天赋过人，这些年跟着她熟读毒经药理，不应被埋没。她应该与自己一样，将来走过很多个地方，见很多人。

天下之人之物，只是毒药的容器，不必怜悯，不必同情，做自己喜欢做的事就好。

人的一生，总要做点自己喜欢的事。

就如她自己。

比起相夫教子，平淡一生，显然这样更有乐趣。

她的眼皮越来越沉，小十七的啜泣声从身边传来，她看着这个悲伤的孩子，心中觉出几分好笑，忽而想起上山这么久了，还没问过对方的名字。

她想要开口，却发现唇角溢出更多的血，已经说不出话来。

罢了，不知道就不知道吧。

毕竟，她连自己的名字都快要忘了。

她的名字……她叫什么来着？

山间多云雾，朦胧雪白浩荡涛翻，她在其中隐隐听到人说话。

似乎有白发苍苍的老者抱着个扎着双鬟的小女孩坐在院中，一笔一画教她写字。

"出其东门，有女如云。虽则如云，匪我思存……"

"哎哟，写得正好，不愧是先生说的，莫家祥云降！"

笑声渐渐远去，唯有纸上笔墨新痕。

是两个稍显稚嫩的、歪歪扭扭的字——

如云。

番外

画像

一过寒露,天气骤然转凉。

傍晚时分,仁心医馆门前的灯笼亮了起来。

陆曈把没卖完的成药放到药架上,架子太高,才踮脚往上够,一只手从身后伸过来,将她手中罐子放在药架上。

一回身,裴云暎站在身后。

陆曈看看漏刻,有些奇怪:"今日怎么这么早?"

"连值守两日,今日可以提前下差。"裴云暎提起风灯,往里铺照了一照,问,"其他人哪去了?"

"在城南看铺子。"

老苗走后,陆曈在仁心医馆坐馆。有时坐馆闲暇之余,也试着研制一些新方。

不过如今写新药方,大概是受苗良方和纪珣影响,还有常进先前在医官院的耳提面命,她用药温和良多。纵然如此,医馆里新出的成药还是颇受病者赞扬。

加之她从前又在翰林医官院中任职,虽说以身体不适为由辞任,但又因裴云暎的缘故,在盛京一时名声大噪。简直就成了仁心医馆的活招牌。

杜长卿怎会放过这个绝佳机会,立刻寻人在清河街物色了一处铺面,专门售卖成药,叫作"仁心药铺"。

不过"仁心"这块招牌，在西街尚算名副其实，在清河街却不怎么"仁心"。同样的成药，换个装药的漂亮罐子，价钱贵了一倍不止。

银筝曾委婉劝说这样是否不太好，被杜长卿理直气壮地反驳："这城南的铺子租金和西街的租金能一样吗？何况西街的是自家铺子。再说了，你不懂有钱人的心思，你要是把这药价定便宜了，人家还不乐意买，怀疑你这不是好货！"

要说杜长卿虽然有时瞧着不着调，但对富人心思拿捏精准，成药价格一上涨，买药的人还越来越多，一个愿打一个愿挨，其他人也不好说什么。只是城南那头生意好，银筝和杜长卿、阿城他们免不了过去帮忙。

陆曈从里铺里出来，裴云暎替她拿医箱，问："你怎么不去？"

"你不是知道，"陆曈答，"我最讨厌权贵。"

她答得一本正经，裴云暎盯着她看了一会儿，沉吟着开口："你这么说，让我觉得有点危险。"

陆曈递给他一杯茶，他接过来，低头饮尽。

"你怎么不问问是什么就喝？不怕我在里面下毒？"

裴云暎笑了一下，无所谓道："陆大夫给的，砒霜也得喝。"

陆曈："……"

他瞥一眼陆曈神情："时间还早，既然银筝不在，出去走走？"

今日没有多余医籍要整理，夜里左右无事，陆曈就点头："好。"

潘楼街东，不是七夕日，冷清了许多。

小贩都已自归家去了，人少逛着倒是不挤，陆曈和裴云暎走着，瞧见前头有一小摊车。

摊车车主是个年纪不大的小姑娘，好不容易见有游人经过，忙热情招揽:"首饰珠串,最后几只啦,姐姐,"她看着陆曈笑道,"来瞧瞧我家的首饰吧,给您算便宜些。"

陆曈还未说话,裴云暎已走到小摊车前:"挑一件?"

陆曈心中失笑。

当初她和裴云暎针锋相对时,总觉此人并非良善,后来才发现,裴云暎是个心软的人。每次与他从街上经过,常有摆摊的老妇孩童,他都会买走摊主之物,让对方早日归家。

从前他说"从来都是坏人装成好人,怎么陆大夫还反其道而行之",其实这句话应该送与他自己。

她走到裴云暎身边,低头看摊车上的东西。

珠串首饰都已被卖得差不多了,只有零零散散几只耳坠,陆曈拂开面上几只,见耳坠下露出一角木质,于是伸手,从耳坠下拿起一把木梳来。

木梳弯弯似瓣月牙,裴云暎低眸看过来,意味深长地开口:"是梳篦啊。"

"是。"她应着,忽然反应过来,抬眼朝他看去。

裴云暎好整以暇地瞧着她。

他什么都没说,陆曈却倏而生出几分心虚。

那时七夕夜,她和裴云暎去了乞巧楼,换来一只梳篦。而后她拒绝裴云暎时,干脆利落告诉他"已经扔了"。

从前做事不留余地,总觉结局无可更改,如今看来,真是搬起石头砸自己的脚。

陆曈斟酌语句:"其实……我不是故意……"

他突然轻笑一声。

"那么紧张干什么,"他悠悠道,"我也不是那么斤斤计较的人吧。"

见陆曈仍蹙着眉头,他无奈道:"知道当初你不是故意的。"

"你如何知道?"

"探子后来告诉我,你曾单独被叫到戚华榴院中,就猜到了。抱歉,我不知道你当时境况。"

默了默,陆曈若无其事开口:"从前的事我早就忘了,反正那梳篦也不好看,我瞧这只更好。"她握紧手中梳篦,"买这只吧,我明日就戴。"

他失笑,低头付过钱。

陆曈才把梳篦收好,忽然听得前头传来一声:"陆医官?"

陆曈回头一看,远处酒楼的台阶上正下来一行人,为首的官员一身公服,一见他们二人,一溜烟从台阶上跑下来,满面兴奋地开口:"裴殿帅!"

陆曈愣了一下:"申大人?"

申奉应穿着公服,腰间却未如从前一般佩刀剑了,宽袖大袍,与往日不同。

陆曈看了看他身后,疑惑问道:"申大人这是……"

"我如今在司农寺下监当局都曲院当主簿,掌管造酒曲,供内酒库酿酒销售。"申奉应道,"陆医官,哦不,现在应当叫陆大夫,你们日后府上要酿酒,尽管来寻我。"

陆曈看他一脸神清气爽,与从前做巡铺时满脸疲惫截然不同,就道:"申大人瞧着不错。"

"那是。"申奉应笑道,"不瞒二位,从前在巡铺屋奉值,钱少事多。如今虽然钱还是少,但事儿可比巡铺屋时少多了。"说着又看向裴云暎,拱手笑道,"这也多亏了裴殿帅。"

陆曈道:"裴云暎?"

"都曲院缺人,是裴殿帅举荐的我。虽说这职位不高,但可太好了,现在日日傍晚就能下差。"

裴云暎道:"你自己通过的吏目考核,与我无关。"

"那多少还是借了裴殿帅的面子,"申奉应说着,将手里提着的一只小瓷坛不由分说塞到陆曈手里,"这是前头酒楼新酿的桂花酒,过了监察的,二位带回去尝尝,也算我一番小小心意。"

"等等……"

陆曈还未说话,他又一撩衣袍转头跑回石阶,只撂下一句:"这酒不贵,可不算贿赂,陆大夫尽管放心。"

这人从前不愧是做巡铺的,动作矫捷得出奇,匆匆拉着一众同僚走了。

陆曈低头,看着手中瓷坛,又看看裴云暎。

"收下吧。"他道,"回头我叫人把银子送去。"

"……好。"

又在潘楼逛了小半个时辰,直到夜色渐深,二人才回了府。

银筝已回来休息了,城南铺子忙得很,陆曈也没去打扰她。裴云暎因还有些公务要处理,就叫陆曈先睡,自己在书房将待办公文处理好,夜已经很深。

裴府里安静得很,待他沐浴梳洗过,回到寝屋时,却见寝屋的窗户上一点灯色仍亮。

陆曈还未睡下。

他推门进去,一眼瞧见陆曈坐在灯下,一手支着下巴似在打盹,旋即笑起来:"不是让你先睡……"目光掠至桌前时,神色倏然一顿。

长案上斜斜倒着一只瓷坛。

那瓷坛看着有几分眼熟，是今日在潘楼街东遇到申奉应时，对方强行塞给陆曈的桂花露。

他悚然一惊。

裴云暎伸手扶起瓷坛，晃了晃，里头空空如也。

恰在此时陆曈醒转过来，揉了揉眼睛抬起头。

"你喝光了？"

"是甜的。"陆曈奇怪地看了他一眼，"再说了，我百毒不侵，酒量很好，你知道的。"

裴云暎按了按额心。

陆曈的确百毒不侵，因做药人的经历，使得寻常酒酿对她起不到任何作用。当初殿前司庆宴，陆曈也曾凑过热闹，他出门去唤个人的工夫，回来司里的禁卫已经被陆曈喝趴下一半。

不过……那是从前。

自打她身体渐渐好转，纪珣的药物对她的旧疾起效同时，从前无惧的酒水自然也会受到影响。后来几次家宴中，陆曈醉酒便渐渐显出端倪。

但有一点好笑的是，陆曈醉酒，面上丝毫不显，既不脸红，也不说醉话，神色表情十分清明，唯有一点……

她会在醉酒之后认真行医。

第一次喝醉时，陆曈默写了一夜的医方。

第二次喝醉的时候，她在后院整理了一夜的药材。

第三次喝醉的时候，陆曈大半夜叫府里所有人起来挨个为众人把脉，连宝珠都未曾幸免。

后来裴云姝便警告裴云暎，千万不要让陆曈喝醉。

今夜看起来，她这老毛病又犯了。

果然,还不等裴云暎说话,陆曈抓过笔山上一支朱笔,扯来张白纸就要提笔写字。

"等等,"裴云暎一把按住她手,"……时候太晚,不如明日再写吧。"

她微微蹙眉,抬眸看向裴云暎,裴云暎被她直勾勾目光看得不自在,正欲再说,忽被她拍了拍肩。

"你坐,"陆曈说,"我为你画像。"

"画像?"

陆曈点了点头。

裴云暎莫名。

他擅绘丹青,与陆曈新婚燕尔时,陆曈也曾心血来潮想要学他书画。他亦有心教习妻子,顺带同铸夫妻之乐。

谁知陆曈在复仇一事上蛰伏冷静,隐忍筹谋,却在学画一事上毫无耐心。画得乱七八糟不说,他不过指出几句,便被她撂了笔扬言不学,后来果真不了了之。

"你确定?"

陆曈把他按在案前坐下:"坐好。"自己回到桌前,铺纸提笔,低头勾画,看着挺像那么回事。

知道今夜是免不了一番折腾了,裴云暎无奈摇头,索性身子往背后一靠,好整以暇地瞧她究竟要做什么。

陆曈动作很认真。每画两笔,就捉袖蘸墨,秋夜寂静,她画一画,又抬头来看裴云暎,眸色专注,仿佛要将人样子深深镌刻在眼底。

他原本是含笑打量,看着看着,不觉有些失神。

时光仿佛在此刻变慢,摇晃明灯也要凝固在夜色里。

直到陆曈砰地一下搁下笔,墨汁溅了一点在案上,她却浑然不觉,欣喜捧着画纸道:"好了!"

裴云暎回过神,起身朝她走去,笑道:"我看看。"

画这么久,还如此认真,他姿势都摆僵了,倒生出几分期待,想瞧瞧陆瞳笔下的他是何模样。虽然她画技是不太好……但人底子在这里,想要画丑也很难。

他走到陆瞳身边,两手撑在她身后,俯身去看桌上的画,一看之下就沉默了。

陆瞳侧首:"好看吗?"

裴云暎:"……"

这画实在说不上好看或是不好看,因为倘若她不说,很难有人能看出来这画的是谁。

白纸上只囫囵画着一副骨架,骨架边用细笔写着穴位。

"百会、鸠尾、天突……"陆瞳一面说一面对照画像,"没错啊,你怎么不高兴。"

裴云暎继续沉默。

所以她让他坐好,他在对面摆了半天姿势就画了这么一幅穴位图?

甚至连五官都没画全。

陆瞳虽画技一般,察言观色的本事却一流,敏锐觉出他此刻的无言,有些不解:"难道是我画错了?"

她把画平摊在桌上,转过身,对照画像抚上他的脸。

"百会、头维……攒竹、四百……"

指尖落在他眉眼,顺着鼻梁往下。

他怔住,凝眸看去,陆瞳却浑然未觉,仍一点点往下触碰。

"水沟……"

指尖抚过双唇,继续向下,裴云暎喉结微动。

她还在摸,颈下肩头,顺着往胸前,呼吸也带着甜酒的芬芳:"天突、膻中……"

裴云暎忍无可忍,一把抓住她继续向下的手:"别摸了。"

陆瞳不高兴:"为何不行?医者无男女,我都不怕,你怕什么?"

裴云暎:"……"

他又好气又好笑。

这人已经喝醉了,说的是醉话,偏偏要用这么正经这么古板的语气。

"你真的不怕吗?"他意味深长。

陆瞳摇了摇头。

裴云暎点头,思索一下,忽然拉过她手臂绕过自己脖颈,打横将陆瞳抱起来。

陆瞳蒙了一瞬,依稀记得自己方才未完的穴位图,道:"等等,我穴位图还没画完。"

他嗤笑一声:"别画了,我看那穴位图粗糙有余,想来陆大夫这些日子是疏于医术,还是为夫帮你温习温习为好。"

"胡说,"陆瞳怒斥,"我怎么会疏于医术?"

"那你对比对比真人,瞧瞧有何不同……"

帘帐被拉下,帐中声音渐渐幽微。

……

第二日一早,陆瞳起来只觉腰酸背痛,稀里糊涂。

脑中隐隐有些片段,不太真切,不过细究起来,也未免尴尬,不如就这么蒙混过关,放过自己。

裴云暎一大早就去皇城奉值,她起身,走到桌前,忽然一愣。

桌上放着两幅画。

一幅画一看就是出于她手,线条歪斜,人物粗暴,只囫囵画了一幅骨架,上头标着穴道,还有偌大三个字:裴云暎。

陆疃:"……"

这实在惨不忍睹,平心而论,若换作她自己,此刻应当已经将这画摔在裴云暎脸上了。

至于另一张……

陆疃目光凝住。

秋夜孤灯,幽人未眠,女子身着中衣,发丝垂顺,一手撑着头正坐在案前打盹,眼眸微阖,案上一只酒坛斜斜滚落。

作画之人笔调细致,栩栩如生,仿佛透过画能瞧见秋夜溶溶月华。那女子亦是生动,连发丝都勾画得随风飘舞,与她的囫囵画技截然不同。

那是她自己。

她怔然片刻,心头微生波澜。

他这是昨夜画的,抑或是清晨?

精力真好,不过倒是画得很像。

两幅画边还放着一张字条,陆疃捡起来一看。

字迹锋利遒劲,漂亮得很,洋洋洒洒写着两行大字。

"夫人以画赠我,我亦以画赠之。"

"还望不吝相赠,得闲再作一回。"

陆疃:"……"

图书在版编目（CIP）数据

灯花笑·共此灯：全二册 / 千山茶客著. -- 南京：江苏凤凰文艺出版社, 2025.6. -- ISBN 978-7-5594-9505-1

Ⅰ.I247.5

中国国家版本馆CIP数据核字第2025CN4123号

灯花笑·共此灯：全二册

千山茶客　著

责任编辑　汪玉玲
策划编辑　李　娟
特约编辑　王　萌
封面设计　Laberay淮
责任印制　杨　丹
出版发行　江苏凤凰文艺出版社
　　　　　南京市中央路165号，邮编：210009
网　　址　http://www.jswenyi.com
印　　刷　三河市中晟雅豪印务有限公司
开　　本　880毫米×1230毫米　32开
印　　张　22.25
字　　数　560千字
版　　次　2025年6月第1版
印　　次　2025年6月第1次印刷
标准书号　ISBN 978-7-5594-9505-1
定　　价　69.80元

江苏凤凰文艺版图书凡印刷、装订错误，可向出版社调换，联系电话025-83280257